KB216753

첫사랑

첫사랑

성석제
소 설

문학동네

차례

내 인생의 마지막 4.5초

작은 폭탄이 터지는 소리가 들렸다. 펑, 하는 소리, 아니, 뻥, 아니, 땅굴을 파고 들어간 금고털이 일당이 마지막으로 강철벽을 뚫는 소리라고 이야기할 수도 있겠다. 비행기가 음속을 돌파할 때 나는 소리 같기도 하다. 소리, 소리가 중요한가. 아니다. 그저, 그렇다는 것이다. 듣는 사람이 없으므로 들리지가 않는다. 들리지 않으므로 무엇이라고 판별할 수 없다.

　자동차 한 대가 떨어지고 있다. 막 떨어지기 시작했다. 자동차는 떨어지기 직전 다리 난간과 격렬하게 에너지를 주고받아 앞부분이 몹시 비틀려 있다. 한쪽이 쭈그러진 우산처럼 들린 보닛에서는 헐떡거리듯 연기가 나고 있다. 그래도 엔진은 돈다. 배기량 육천 시시, 사륜구동 지프의 엔진에서 생성된 에너지는 여전히 바퀴를 힘차게 돌린다. 다만 바퀴는, 평상시에 도로와 마찰하여 그 힘으로 자동차를 달리게 했던 것과는 달리, 공기와 마찰하고 있을 뿐으로 이젠 자동차를 달리게 할 수 없다. 멈추게도 할 수 없다. 공중에 떠 있는 자동차는 가위뛰기를 보여주는 멀리뛰기 선수처럼 보인다. 아니, 보는 사람이 없으므로 보이지 않는다. 그저, 그런 모습이라는 것이다.

바퀴가 공중에 들린 지 0.5초 후. 차 안에 있던 사내가 정신을 차린다. 그는 추락 직전 과속으로 커브를 달려내려왔다. 다리의 서쪽과 연결된 도로는 심하게 휘어 있고 비탈이 져 있다. 속도제한 표지가 있고 주의 표지, 위험 표지도 있다. 그러나 사내는 속도를 줄이지 않았고 주의하지도 않았다. 그는 화가 나 있었다. 옆자리의 여자는 그가 화를 내는 동안 내내 몸을 움츠리고 있었다. 그건 충돌하기 전의 일이다. 지금 그녀는 기절해 있다. 차가 다리 난간과 충돌하는 순간 이마를 유리창에 들이받았다. 이마를 들이받은 것은 사내도 마찬가지다. 그 때문에 사내도 잠시 의식을 잃었을 것이다. 그러나 일 초도 되기 전에 정신을 차린 것은 불행 중 다행이다. 다행이라고?

사내는 정신이 들자마자 화를 낸다. 잠에서 깨면 울기부터 하는 아이들이 있는데 어른 가운데도 화부터 내고 보는 사람이 있다. 버릇이다. 사내 역시 버릇대로 화를 낸다. 그다음에 뭔가 잘못되어 있다는 걸 느낀다. 알게 된다. 느낌에서 아는 데까지 최소한 0.2초 이상이 소요되었다. 그는 자신이, 자동차에 탄 채로, 다리 아래로 추락하고 있다는 걸 알게 됐다. 알게 된 것이 다행스러운가. 아니면 정신을 차린 것이 다행스러운가. 그는 날 줄도 모르고 나는 동안에 무엇을 해야 할지도 모른다. 그러니 이 비싼 차가 추락하는 데 얼마만한 시간이 걸릴 것인가를 계산할 수 없다. 어떤 친절한 사람이 천사처럼 날개를 달고 와서 차창 밖에서 설명해줄 수는 없을까. 천사가 있는지 없는지 알 수 없지만, 하다못해 천사 같은 사람이 있는지도 알 수 없지만, 천사 같은 사람이라고 해서 백주에 날개를 달고 공중을 펄펄 날아다닌다는 보장이 없고, 날개는 달았다고 하더라도 하필 다리에서 떨어지는 자동차 주변을 날고 있다가 떨어지고 있는 사람에게 '너, 이제 떨어져 죽기까지 몇 초 남았다'*고 설명해줄 이유도 없다.

예컨대 지상 팔십 미터의 높이에서 떨어지는 자동차가 있다고 하면 바닥에 닿기까지 약 사 초가 걸릴 것이다. 그러나 자동차에 들어 있는 사람이 그걸 계산할 수 있다고 해서 무슨 도움이 되는가. 그런 내용을 가르치는 천사, 또는 천사 같은 사람의 말에 귀를 기울이고 있다가 그대로 바닥에 떨어져버리면 얼마나 허무해? 아는 게 힘이라고? 천사는 떨어지는 당사자가 아니다. 그의 생에서는 천사가 당사자인 적이 없었다. 이제 당사자인 그는 떨어지고 있고 떨어지고 있다는 것을 안다.

당사자인 그가 아는 게 또 있다. 자동차에는 낙하산이 없다는 것,

---

* "그래도 지구는 돈다"는 말을 남긴 갈릴레오 덕분에 자동차가 공중에서 떨어질 때의 시간을 계산할 수 있게 되었다. 공기의 저항을 무시했을 때 지상으로 낙하하는 물체의 운동을 자유낙하라고 하는데, 자유낙하운동은 물체의 낙하 거리가 지구의 반지름에 비해 작을 경우, 중력가속도 g(9.8미터/초제곱)에 따르는 등속도운동이 된다. 물체가 지상 h미터의 높이에서 떨어진다고 하고 t초 후의 낙하 거리를 s미터, 그 순간의 속도를 v미터/초라고 하면, 낙하 거리는 가속도 곱하기 시간의 제곱의 2분의 1이다. 이는 $s=1/2gt^2$, $v=gt$라는 산식으로 표현할 수 있다.

지상 100미터 높이에서 심장마비를 일으켜 아래로 떨어지는 대머리수리가 있다고 가정해보자. 대머리수리가 땅에 떨어지기까지 걸리는 시간은, $100=1/2 \times 9.8 \times t^2$, 고로 $t=4.5175394$이다. 또, 최종적으로 땅에 닿은 순간의 속도 $v=9.8 \times 4.5175394$, 이를 시속으로 환산하면 159.37878킬로미터가 된다. 불쌍한 대머리수리. 머리가 무사할 수 있을까.

지프는 아무리 비싸도 비행기가 아니라는 것, 공수부대도 아니고 장갑차, 수륙양용정도 아니라는 것. 공수부대 일개 연대나 장갑차 오천 쌍, 천만 대의 수륙양용정인들 이처럼 대책 없이 떨어져내릴 때 무슨 소용이 있는가. 그런 건 따질 필요가 없다. 다만 그의 머릿속에 그것이 떠올랐다는 것이다. 그가 알게 된 게 또 있다. 이대로 떨어지면 살지 못하리라는 것. 그건 육감이다. 그의 육감은 틀린 적이 없었다. 그걸 존중하자. 그 육감 때문에 그는 여러 차례 죽을 고비를 넘겨왔던 것이다. 그런데 그 남다른, 귀중한 육감이 이번에도 그를 살려줄 것인가. 학교종처럼 땡땡거리는, 또는 강아지처럼 낑낑대는 육감이 이 상황에서도 그를 구원해줄 수 있을까. 아니다.

그러므로 그는 절망한 사람답게 비명을 지를 수도 있다. 비명에도 여러 가지 종류가 있다. 으아아아, 악, 오오, 꽥, 이를 어쩌나 등등. 그중에 하나를 고르고 입을 벌리고 호흡 조절을 한 다음 가슴과 배와 성대와 후두를 울리다보면, 어쩌면 소리를 내기도 전에 차는 바닥에 떨어지고 말 것이다. 그런 계산이 세상 어딘가 존재하거나 말거나 간에 그는 비명을 지르지 않기로 한다. 죽더라도 사내답게 죽자는 생각이 떠올랐기 때문이다.

천 길 낭떠러지에 선 소나무 가지에 한 손으로 대롱대롱 매달렸을 때 사내대장부라면 마땅히 그 손을 놓아야 한다. 애초에 그 말을 한 사람은 누구였던가. 그로서는 알 길이 없고 알 것도 없었다. 그는 그저 그 말을 틈만 나면 되풀이했다. 그 말을 들은 사람은 셀 수 없이 많다. 백 명? 이백 명? 오만 명? 결혼식장에서도 그는 하객에게 그렇게 말했다. 바로 그 말을 하기 위해 결혼식을 했는지도 모른다. 그랬다.

그 말 때문이었다.

결혼식에는 그의 동료, 선배, 후배 들이 초청됐다. 그 수가 이백 명은 넘었다. 식장 입구에는 ㄷ시의 '큰형님'이 보내온 대형 화환과 ㅇ시에서 보내온 대형 화환이 아치를 이루고 있었다. ㄷ시의 큰형님은 그의 직계 보스였다. ㅇ시는 최근 온천이 개발된 자리에 호텔이 들어서면서 조직이 만들어졌다. 그 역시 ㄷ시와 ㅇ시를 본받아 조직을 만들려고 했다. 그러나 이 지역에는 호텔이 없다. 유원지나 온천이 있는 것도 아니다. ㄷ시의 큰형님은 유능한 행동대장인 그가 조그만 지역에서 골목대장 노릇을 하려는 것을 이해하지는 못했지만, 그가 원하는 일이라면 무엇이든 들어주었다. 그는 다만 한마디 말을 하기 위해 결혼식을 했다.

신부는 중요하지 않았다. 주례도, 부모도, 친척도, 친구도, 그들의 축하 인사도. ㄷ시의 형님은 화환과 함께 식구 스무 명을 보내왔다. 그들은 모두 검은 양복과 검은 양말, 검은 구두, 그리고 눈부시게 흰 와이셔츠에 검은 나비넥타이 차림으로 화환 옆에 도열하고 있었다. 손님이 들어올 때마다 구십 도 각도로 허리를 숙이며 우렁찬 목소리로 "어서 오십시오!" 하고 외쳤다. 손님이 축의금을 내면 "감사합니다!" 하는 원기왕성한 복창 소리가 식장을 울렸다. 그건 ㅇ시 형님의 아이디어였다.

손님들은 식이 끝나기 전에는 한 사람도 밖으로 나갈 수 없었다. 가려고 하면 "어딜 가십니까" 하고 두 팔을 늘어뜨린 대원들이 작고 낮은 목소리로 물어봤기 때문에. "식당이 어디죠?" 하고 물으면 대원들은 큰 비밀을 공짜로 알려주기라도 하는 듯 한 손을 입에 대고, "없습니다. 그러니까 식이 끝날 때까지 얌전하게 찌그러져 있으라고" 하면서 눈을 부라렸다. 식이 끝난 후, 그는 의례적인 사진 촬영을 생략했다. 하객이나 양가 부모 친척에 대한 인사, 폐백 따위도 생략했다. 그 대신 이례적인 연설을 했다. 그는 주례가 바쁘게 빠져나간 연단 앞에 서서 "천 길 낭떠러지에서 소나무 가지에 대롱대롱 매달려 있을 때 그 손을 놓아버리는 각오로 지역 발전과 동지들의 단합, 결속을 위하여 이 한몸을 바치겠다"고 역설했다. 그것으로 그의 조직은 완성됐다.

추락은 이제 포물곡선 단계에 접어들었다. 다리 난간을 부수고 공중으로 날아간 차는 일단은 관성에 따라 직선운동을 한다. 그러나 곧 중력의 느리고 완강한 힘에 의해 직선에서 포물선으로 운동 방향이 바뀌게 된다. 직선운동을 계속한다면, 차는 어쩌면 무사히 맞은편의 다리 동쪽 야산에 닿을 수 있을지도 모른다. 직선운동이 계속된다면, 차의 속도는 공기저항에 의해 조금씩 느려지게 된다. 직선운동이 계속된다면, 차가 땅과 이루는 각도가 평행하다면, 차는 지구궤도를 따라 도는 위성처럼 수십 년 동안 땅 위를 날다가 언젠가는 내려앉게 될 것이다.* 이도 저도 말고 그저 차의 속도만 조금씩 줄어든다면 우주왕복선처럼, 헬리콥터처럼, 슈퍼보드처럼, 오동잎처럼 땅에 내려앉게 된다. 불가능하다. 중력은, 공기나 물이나 사람처럼 흔한 중력은, 그

---

* 돌을 세게 던져 초속 7.9킬로미터가 되면 돌은 땅에 떨어지지 않고 지구를 빙빙 돌게 된다. 조금 더 세게 던져서 11.2킬로미터가 되면 돌은 지구를 벗어나게 되고 16.7킬로미터를 넘으면 태양계를 벗어날 수 있다. 문제는 이 정도의 속도로 돌팔매질을 할 힘센 팔이 존재하느냐 하는 것이다. 또 차는 돌이 아니므로 힘센 팔보다는 로켓 발사장치를 쓰는 게 나을 텐데 유사 이래 차를 발사한 사례는 없는 듯.

것이 있는지 없는지 상관 않고도 며칠, 몇 달, 몇 년, 어쩌면 일생을 살 수도 있는 중력은, 다리 난간을 치고 나간 차가 공중에서 몇 시간이고 재주껏 날도록 버려두지 않는다. 몇 시간 몇 분은커녕 째깍하는 순간 십 미터, 째깍째깍하는 동안 이십 미터씩 차를 아래쪽으로 잡아끌고 있다.

다리는 남북을 가로지르는 강 양안을 동서로 연결한다. 길이 사백오십 미터. 완공까지 사 년이 걸렸고 연인원 이만여 명이 투입됐다. 그렇게 해서 준공된 게 한 달 전이다. 준공식에는 이 지방의 기관장과 의원들과 도지사와 지방 유지와 그들의 친지와 친구와 선후배와 다리 건설 관계자, 지방 방송국 중계팀도 참석했다. 그들은 기념비적인 준공에 걸맞은 거창한 행사를 치렀다. 그 다리에서 최초로 떨어지는 자동차에 탄 그는 생각한다. 왜 하필 나야? 내가 왜 여기 있지? 느닷없이, 어처구니없이, 터무니없이, 하염없이, 속절없이. 그래서 귀중한 일념一念* 하나만큼의 시간을 소비한다.

여섯 살 때 이웃집 아이의 장화를 빼앗은 것이 그의 기억에 떠오른다. 생애 최초로 남의 물건을 빼앗았던 일이. 그 장화는 바다 건너 먼

---

* 불교에서의 시간 단위. 1주야(24시간)는 30수유須臾다. 수유는 모호율다牟呼栗多이기도 한데 30납박臘縛의 길이이고 1납박은 60달찰나怛刹那이다. 달찰나는 일념의 120배나 되는 기나긴 시간이다. 일념이란 말 그대로 생각 한 번 할 시간이 아닐까. 생각 한 번 할 시간이 차라叉拏이고 차라가 곧 찰나이니 이 길이는 75분의 1초에 해당한다. 이를 알기 쉽게 표현해보자.
1주야=30수유=30모호율다=900납박=54,000달찰나=6,480,000일념
　　　=6,480,000차라=6,480,000찰나
1일념=1찰나=1/75초

리 외국에서 그가 사는 읍내의 성당으로 보내온 구호물자에 들어 있었다. 그 장화는 이웃집 아이가 신기에는 너무 작고 귀여웠고, 무엇보다 장화라는 이름이 붙은 물건이었다. 비 오는 날 신는 장화, 비가 오지 않아도 신을 수 있는 장화. 고무신도 비가 오거나 말거나 신을 수 있다. 그러나 장화라고 부르지 않는다. 장화만이 장화였고 장화라고 불렸다. 그 역시 구호물자를 받으러 성당에 갔지만 그의 아버지가 멀고 가까운 세상 사람이 다 아는 술주정뱅이였던 까닭에, 날이면 날마다 아내의 머리채를 끌고 동네 우물에 집어넣겠다고 을러대면서 온 동네와 신성한 성당까지 시끄럽게 만드는 장본인이었던 까닭에, 그는 빵 한 조각밖에 얻지 못했다. 이웃집 아이가 걸음마를 시작한 아기가 신으면 적당한 크기의, 실상 아기에게는 별 볼 일 없는, 아기는 업혀다니면 되니까, 그 장화를, 무엇보다 집안에 걸음마하는 아기도 없으면서 구호품으로 얻어왔을 때, 그는 그 장화를 빼앗아야 한다고 생각했다. 걸음마하는 동생에게 신기기 위해서가 아니라, 빼앗아서 찢어버리고 싶었다. 그래서 빼앗았고 찢어서 들에 버렸다. 그 과정에서 이웃집 아이의 코피가 터졌다. 그 일로 이웃집 아이의 아버지와 그의 아버지가 싸워 그의 아버지의 코피가 터졌다. 또 그의 아버지에게 코를 얻어맞고 그의 어머니의 코피가 터졌으며 그 역시 어머니에게 맞아 코피가 터졌다. 그래서 그는 그길로 즉시 이웃집 아이의 코피를 터뜨렸다. 그렇게 해서 그 동네에서 그가 어린 시절을 보내는 동안 그로 인하여 코피가 터진 사람은 어른 아이 할 것 없이 수백 명이었다.

그는 다시 일념 하나만큼의 시간을 쓴다. 중학교 때까지 그의 영웅은 시골 읍내의 깡패, 우는 아이도 그 이름을 들으면 울음을 그친다는 마사오였다. 마사오는 캐시어스 클레이의 주먹과 김일의 박치기와 천규덕의 당수唐手 실력을 한몸에 갖춘 싸움 귀신이었다. 마사오는 읍내 모든 사람의 코피를 터뜨릴 수 있었고 모든 술집에서 외상을 할 수 있었고 모든 영화를 공짜로 보았다. 마사오는 읍내 아이들의 영웅이자 어른들의 골칫거리였다. 그는 마사오가 되려고 했다. 그래서 마사오를 흉내내어 그도 모든 영화를 공짜로 보았다. 마사오가 극장 정문으로 어깨를 펴고 들어가는 사이, 그는 극장 담을 넘어 다녔다. 마사오가 그랬듯이 그는 돈 많은 친구들에게서 용돈을 타 썼는데, 특히 돈내고 영화를 보러 온 아이들의 주머니를 자주 털었다. 마사오가 그랬듯이 그는 마당에 있는 대추나무에 새끼줄을 친친 감고 권투 연습을 했다. 마사오가 그랬는지는 모르지만 그는 면도칼을 가지고 다니다가 급할 때 상대의 손등을 긋기도 했다. 마사오가 그랬는지는 모르지만 그는 극장 출입을 단속하는 선생에게 들켜 정학을 받았고 그다음에 극장 앞에서 그 선생과 마주치자 이단옆차기로 길바닥에 선생을 쓰러뜨렸다. 퇴학을 당한 다음, 그는 한층 더 많은 시간을 극장에서 보내게 되었다.

그러나 그가 열다섯을 막 넘겼을 무렵, 마사오는 고향을 떠났다. 마사오는 코피가 터진 채, 웃통을 벗은 몸에 피칠갑을 하고 포승에 묶이고 트럭에 실려, 황소처럼 울부짖으며 읍내를 빠져나갔다. 그는 그때 트럭의 꽁무니가 보이지 않을 때까지 오래도록 서 있었다. 그는 아무도 모르게 살짝 울었고, 한 가지 맹세를 했다. '나는 마사오처럼 되지는 않겠다. 나는 누구도 나를 잡아갈 수 없도록 하겠다.'

그리고 그는 두 명의 아이들과 함께 ㄷ시로 가는 새벽 기차를 탔다.

ㄷ시에는 마사오가 갇혀 있는 교도소가 있었고 커다란 역광장과 역광장에 사는 건달들과 비둘기가 있었다. 거기서 그는 건달들의 심부름꾼이 되었다.

떨어진다. 차는 포물선운동 단계에 진입했다. 차창 바깥으로 아이스크림이 녹아내리는 듯한, 무언지 알 수 없는 희끄무레한 풍경이 지나간다. 막 얼기 시작한 수면인지도 모른다. 아니면, 청둥오리들이 앉아 있는 논이거나 눈 쌓인 산, 그가 늘 차에 오르기 전에 침을 뱉던 땅인지도 모른다. 그의 머릿속에 펄럭펄럭, 수십 년 치의 달력이 넘어가듯이 아우성과 같은 소리들이, 그 아니면 뜻을 알 수 없는 장면들이 한꺼번에 들이닥치고 물러가고 다시 들이닥친다.

ㄷ시에서 여섯 해를 보낸 다음, 그는 돌아왔다. 그의 어머니가 죽었기 때문이다. 그의 아버지는 그 두 해 전에 죽었다. 그는 아버지의 죽음을 몰랐다. 알았다 하더라도 아버지의 장례를 치르러 돌아왔을지는 불확실하다. 그는 그즈음 ㄷ시에서 가장 큰 조직의 행동대원으로 일주일에 서너 번씩 전쟁을 치르는 중이었다. 그는 체구에 맞지 않는 발길질과 주먹질이나 박치기보다는 칼질을 배웠다. 칼은 신식이고 깨끗하고 무자비하다. 그는 칼을 누구보다도 능숙하게, 눈도 깜빡하지 않고 소리도 눈물도 웃음도 없이 쓰는 것으로 이름을 얻어가고 있었다. 그래서 바빴다. 아버지가 돌아가셨다 해도 몸을 빼기가 쉽지 않았다. 그러나 그보다는 생전에 수백 번 어머니의 코피를 터뜨렸던 아버지의 장례식장에 올 생각이 없었다. 그에게는 아버지 때문에 돌아온다는 생각은 조금치도 없었다.

어머니의 장례식에는 그와 함께 새벽 기차로 고향을 떠났던 두 소년들도 왔다. 소년들은 세월의 우유를 먹고 청년으로 자랐다. 한 청년은 청조끼를 입고 있었는데 보통 사람의 두 배쯤 되는 주먹과 한 배 반쯤 되는 덩치를 자랑했다. 한 청년은 레미콘 트럭을 몰고 있었다. 그와 두 청년은 술을 마시고 있었다. 아니, 그는 술을 마시지 못했으므로 다른 두 청년만 마셨다. 청조끼를 입은 청년은 헤어져 있는 동안 자신이 겪은 우여곡절과 파란만장함에 대해 이야기했고, 그동안 자신의 근육과 의지가 얼마나 우람해지고 단단해졌는지를 과시했다. 레미콘을 모는 청년은 이따금 고개를 끄덕이든가 소리내어 감탄하든가 웃든가 해가면서 엄청난 양의 음식과 술을 먹고 마셨다. 그에게 그런 이야기는 너무 빈약하고 우스웠으며 한심했다. 그는 너절한 사연을 늘어놓기보다, 또 위의 크기를 과시하는 것보다, 함축적으로, 상징적으로, 멋지게 무슨 말이든 해주고 싶었다.

"사나이는 천 길 낭떠러지에서 소나무에 대롱대롱 매달렸을 때 그 손을 놔버리는 거야."

그 말을 들은 청년들은 어리둥절해하다가 약속이나 한 듯이 말했다.

"웃기고 자빠졌네."

청년들은 헤어진 사이 그가 어떻게 변했는지 잘 모르고 있었다. 그는 아무것도 말하지 않았고 아직 아무 말도 해서는 안 되었다. 청년들이 알고 있는 것은 그가 ㄷ시에서 가장 큰 술집에 근무한다는 것 정도였다. 그의 몸은 다른 청년들보다 작은 편이었고 얼굴은 희었으며 검은 양복을 입은 것이 썩 잘 어울렸다. 요컨대 그는 말쑥한 제비나 웨이터로 보였다. 그래서 사나이는 어쩌고저쩌고 하는 말에 웃긴다고 반응한 것은, 논평한 것은 당연했다.

사실, 그의 몸이 작은 것은 가혹한 훈련과 실전으로 불필요한 살이 없어서였다. 사실, 그의 얼굴이 유난히 흰 것은 낮에 얼굴을 보일 일이 없어서였다. 사실, 그에게 검은 양복이 어울리는 것은 그가 늘 검은 양복을 입는 조직원 가운데 하나이기 때문이었다. 그는 그것을 조금 암시하는 것도 괜찮을지 모른다고 생각했다. 그래서 양복 속주머니 옆에 달린 고동색 가죽주머니를 꺼냈다. 가죽주머니에서 칼을 끄집어냈고 남들이 뭐라고 말하기 전에 식탁에 그것을 꽂았다. 그 칼은 미국의 나이프 전문 제조사에서 만든 것으로 손잡이 옆의 스위치를 누르면 자동으로 날이 튀어나가게 되어 있었다. ㄷ시 큰형님 조직의 행동대원들 가운데 열 명 미만이 그 칼을 가지고 다닐 수 있었는데 그건 큰형님이 직접 하사한 칼이었기 때문이다. 그 칼은 손톱 소제에도, 우는 아이의 울음을 그치게 하거나 울지 않는 어른을 협박하는 데도, 심지어 개구리나 인체 해부에도 쓸 수 있는 다목적용 칼이었다. 그는 거두절미하고 한마디로 그 칼의 용도를 설명했다.

  "내 말이 웃긴다고 다시 지껄일 놈이 있으면 먼저 이 칼한테 물어봐."

  그때부터 일 분간, 또 일 분간 그들 세 사람과 그들 주변에 있던 사람들 모두 침묵을 지켰다. 그가 거두절미한, 칼의 다른 용도에 대해 생각했고, 그렇게 복잡한 용도의 칼이 어머니의 장례를 치르러 고향에 돌아온 청년의 품에서 나온 이유를 생각했다. 온 세상이 생각에 빠진 사람들로 조용했다. 마침내 먹고 마실 시간에 생각하는 걸 무엇보다 싫어하는 레미콘 트럭을 모는 청년이 팔뚝을 걷으며 말했다.

  "그래서 뭐냐 이거야. 나 이 칼이 마음에 드는데 우리 내기나 할까."

그는 조그만 입을 있는 대로 크게 벌리고 소리 없이 웃었다.

"어떻게?"

레미콘을 모는 청년, 절벽의 소나무 가지에서 대롱대롱 매달린 손을 놓는 일 빼고는 모든 면에서 사나이로 인정받고 있는 청년은 번쩍이는 눈으로 주변을 둘러보며 말했다.

"그 칼로 각자 팔목을 긋는 거야. 못 긋는 사람이 지는 거다."

"간단하게 하자고. 내가 네 팔을 그어주지. 참으면 네가 이기고 네가 아야, 하고 비명을 지르거나 그만하라고 하면 내가 이기고."

"됐어, 좋아."

두 사람은 마주앉았다.

"참아라, 참아."

청조끼를 입은 청년이 참다못해 두 사람을 말렸다. 그러나 입만 놀렸을 뿐이었다. 수십 명의 문상객들이 있었지만 그들은 착하거나 나이가 많거나 무서움을 타거나 구경거리를 좋아하거나 하는 사람들이어서 말릴 생각은 하지 않았다.

레미콘 트럭 운전사, 제비처럼 보이는 상주, 두 사람은 한동안 서로를 노려보았다. 이윽고 레미콘 트럭을 모는 청년이 팔뚝을 걷어 앞으로 내밀었다. 상주는 칼을 뽑아들었다. 레미콘 트럭을 모는 청년은 입을 꾹 다물고 팔뚝에 힘을 주었다. 적갈색의 굵은 팔뚝에 실뱀 같은 핏줄이 꿈틀거렸다. 그는 미국 나이프 전문 제조사에서 만든 칼, 무수한 인간의 피맛을 본 그 칼로 벗의 팔뚝을 그었다. 그들은 한때 ㄷ시로 가는 기차를 함께 탔다. 측백나무 울타리를 뚫고 들어가 새벽안개 속에서 달리는 차에 뛰어올랐다. 힘을 준 팔뚝에 칼끝이 먹어들어가자 마치 단층이 벌어지듯, 상처가 벌어지기 시작했다. 칼끝은 차츰 팔꿈치 쪽으로 뻗어갔다. 두 사람은 서로의 눈을 들여다보면서 웃으려고 안간힘을 썼다. 웃으려고.

한때 새벽 기차를 함께 탔던 세 사람은 함께 단층처럼 갈라져 솟아오르는 인간의 팔뚝 근육 내부를 들여다보고 있었다. 주변에서는 숨을 죽이고 결과를 기다리고 있었다. 속삭임도 곁눈질도 없었다. 조용했다. 이윽고 팔뚝은 배가 갈라진 검붉은 물고기처럼 변했다. 비린내가 났고 청조끼를 입은 청년이 구역질을 했다.

"졌다."

그는 칼을 내던졌다. 친구의 상가에서, 우연히 팔뚝을 다친 사나이는 병원으로 갔고 거기서 수십 바늘을 꿰맸다. 그로부터 오 년 동안 그는 지상에서 가장 용기 있는 사나이로 존경을 받으며 레미콘 트럭을 몰다가 절벽에서 떨어져 죽었다. 절벽에서 차가 굴렀다. 음주운전을 했다. 과로로 졸음운전을 했다 등등, 여러 가지 이야기가 돌았지만 어느 것도 사실이 아니다. 그게 사실이 아니라는 걸 아는 사람은 죽은 사람을 빼고 두 명밖에 없다. 이제 그중 한 사람도 떨어지고 있다. 숨을 두 번 몰아쉴 정도의 시간이 지나면 그 사실을 아는 사람은 지상에 단 한 명만 남을 것이다. 이런 기억은 그에게 유쾌하지 않다. 그리운 것도 아니다. 그런데도 그 기억이 떠오르는 것은 어쩔 수 없다. 이제 그에게 남은 시간이 일 초이고 그 기억이 차지하는 시간이 일 초라고 해도 마찬가지다. 어쩔 수가 없다. 살아오면서 어쩔 수 없었던 때가 있었듯이 떠오르는 기억을 어쩔 수 없는 때도 있는 것이다.

떨어지고 있다. 떨어지는 차 속에서 여자는 기절해 있다. 차라리 그게 행복한지도 모른다. 죽음에 임박해서 사람들은 대개 의식을 잃는다. 그게 행복한가? 최소한 의식을 잃기 전보다는 행복해 보인다. 생애 처음으로 그 여인의 뇌세포들은 죽음의 황홀한 화학작용*을 느끼고 있는지도 모른다. 그러다 여자는 깨어난다. 행복으로부터. 곧 그는 여자가 깨어났다는 것을 알게 된다. 이제 여자는 순식간에 불행해진다. 일념 하나, 또하나.

떨어지는 차에서, 입과 눈을 있는 대로 벌리고 귀를 먹먹하게 만드는 비명을 지르는 이 여자는 누구인가. 그는 안다. 이 여자는 '청카바와 청바지'의 청바지다. 내가 왜 얘와 한차에 같이 타고 있었지? 그에게는 여자가 많다. 천 길 낭떠러지에서 소나무에 대롱대롱 매달리는 사람처럼, 그에게 대롱대롱 매달리는 여자들이. 그중에 하나인가. 아

---

* 2차대전이 끝난 다음, 일본에 진주한 미군 가운데 지프를 몰고 가다 교통사고로 죽은 사람이 여럿 있었는데 죽고 난 다음 살펴보니 그들은 대체로 행복하고 편안한 표정을 짓고 있었다고 한다. 어떤 의사가 그들을 해부하고 연구한 다음 한 가지 가설을 만들었다. 교통사고로 충돌하기 직전, 충돌하면 죽는다는 것을 인지하게 되면 사람의 뇌에서는 강력한 진통, 진정 물질이 분비된다. 인간의 인색한 뇌는 한 인간의 일생 동안 그 물질—후에 엔도르핀endorphine이라고 이름 붙여진 것—을 이쑤시개 끝으로 찍어 맛볼 정도밖에 내보내지 않는다. 백 명째의 연적을 물리쳤을 때, 첫아이를 낳았을 때, 이십 년 동안 잊어버렸던 일 캐럿짜리 다이아몬드 반지를 이삿짐을 싸면서 장롱 밑에서 발견했을 때, 먼 친척이 죽으면서 막대한 유산을 남겼을 때에도 아주 극미량만 흘려보낼 뿐이다. 죽음에 임박해서 인간이 흔히 황홀경에 빠진다는 속설이 있는데, 이것이 엔도르핀의 작용이 아닌가 생각해볼 수 있다.

엔도르핀은 동물의 뇌에서 추출되는 모르핀과 같은 진통 효과를 가지고 있는 물질의 총칭이다. 내인성의 모르핀과 같은 물질인 'endogeneous morphine'에서 연유한 용어다. 1976년 동물대뇌의 시상하부, 뇌하수체 후엽에서 잇달아 추출된 모르핀과 같은 펩티드로서 뇌하수체에 존재하여 호르몬과 같은 활동을 하고 있다고 여겨지지만 생리적 의의는 아직 밝혀지지 않고 있다(『남자대백과』 '보유편 2'에서 인용).

니다. 이 여자는 감히 그럴 생각도 하지 못한다. 자격도 의지도 없다. 그럼 왜 이 여자와 하필이면 떨어지는 차에 타고 있는가. 특별한 이유라도 있어야 한다.

일단 이 여자가 특별한 것은 늘 청바지를 입고 있다는 것이다. 그는 여자에게 청바지를 입게 했다. 청바지를 입지 않으면 죽이겠다고 말하지는 않았다. 그렇게 죽인다면 세상 사람들이 죽을 이유는 너무도 많을 것이다. 다만 "넌 앞으로 청바지만 입어"라고 말한 적이 있다. 단 한 번이다. 그때부터 여자는 청바지만 입었다. 청바지는 재수가 없는 여자였다. 사람들은 그렇게 알고 있었다. 재수없는 청바지와 그가 함께 떨어지고 있는 것이다. 나중에 사람들이, 청바지와 나란히 죽어 있는 그를 보며 뭐라고 할 것인가. 청바지하고 어딜 갔다 오다 그랬대? 역시 청바지는 재수가 없어.

청바지는 청카바의 여자였다. 청카바는 그와 새벽 기차를 같이 탔던 소년이 자라서 얻은 별명이다. 어느 날 누런 점퍼를 입고 있던 청카바에게 결투 신청이 들어왔다. 결투를 신청한 자는 청바지와 보리밭에서 한 번 잤다. 한 번 잤으면 자기 여자니까 그 여자에게 다른 남자가 있다는 것은 어색하다고 여겼기 때문에, 그 다른 남자에게 결투를 해서 이기는 사람이 청바지를 독차지하자고 제의했다. 청카바는 승낙하지 않을 수 없었다.

청카바가 결투를 승낙하고 난 다음, 상대는 청카바가 그 유명한 '작두', 지서 순경의 팔을 작두로 자른 장본인임을 알게 됐다. 그걸 알게 된 건 좋지 않았다. 결투가 벌어지는 날까지 상대는 치가 떨리도록 청카바의 영웅담을 듣고 또 들었다. 한때 지서 순경과 싸워 작두로 팔을 잘랐고, 한때 씨름 선수의 허리를 분질러놓았고, 한때 마사오의 수제자였던 청카바와 결투를 하게 된 건 불운이었다. 그게 전부 다 사실은 아니더라도, 사실이라면 읍내를 활보하고 다니기는커녕 진작에 감옥으로 끌려갔겠지만, 그래도 어느 정도는 사실일 것이고, 그게 아니라면 외팔이 순경이 지서에 없을 것이며 지금 전국적으로 이름을 날리고 있는 씨름 선수가 가만히 있겠는가. 어쨌든 그게 다 헛소문이더라도 이길 수 없다는 게 공통된 결론이었다. 그 덩치와 주먹과 소문, 어느 하나만 가지고도 막강한데 그 셋을 합쳐놓으면 그게 청카바였다.

그러나 결투 신청이 대로상에서 공공연히 이루어졌고 각자가 탄 오토바이 주변에 여러 사람이 있었기 때문에 이미 신청한 결투를 철회할 도리가 없었다. 상대는 청카바와 어느 다리 아래에서 만나기로 했는데 심판은 그 지역의 건달이면서 청카바의 친구인 황포가 맡았다. 다리 주변은 황포의 구역이었으니까.

결투 당사자, 심판, 그리고 청바지를 입은 청바지가 자리한 가운데 벌어진 결투는, 그러나 너무 싱거워서 싸움이라고 할 수도 없었다. 상대는 몇 번 청카바의 무릎 아래위로 헛발길질을 하다가 청카바의 정권 한 방에 안면을 맞고 나가떨어졌다. 한 방에 나가떨어지는 편이 여러 대 맞는 것보다는 나았을 테니까. 상대는 즉시 꿇어앉았다. 항복했다. "형님, 잘못했습니다. 용서해주십시오" 하고 빌었다. 청카바는 지역의 오랜 전통에 따라 상대의 머리를 두어 번 쥐어박고 남 두 배는 되는 주먹으로 힘껏 뺨을 갈긴 다음, "꺼져"라고 말했다.

그런데 그날 밤, 청카바와 청바지가 그 다리 아래서 잔 그날 밤, 어디서 왔는지 모르는 아이들이 두 사람을 에워쌌다. 청카바는 누군가 배에 발을 얹는 바람에 잠에서 깼다. 깨는 순간, 청바지의 청바지가 이미 벗겨지고 있다는 것을 알게 됐다. 첫번째 아이가 청바지를 올라타고 있었다.

청카바는 청바지의 비명을 들어가며 영웅적으로 싸웠다고 했다. 일대 십이었으나 세 명의 안면을 부숴놓았고 최소한 열 대의 갈빗대를 부러뜨렸다는 것이다. 청카바를 잘 아는 그는 그 말을 곧이곧대로 듣지 않았다. 청카바에게서 허풍을 빼면 물살과 솜주먹밖에 남는 게 없었으니까. 덩칫값을 하느라 세 명분만큼 맞고 제 갈빗대가 여러 대 부러졌겠지. 그건 그렇다 치고 아마 오백 대쯤? 그 정도 맞는 데 두세 시간이 걸렸다. 그건 어느 정도 사실일 것이다. 체중 백 킬로그램이 훌쩍 넘는 청카바는 맞을 데도 많다. 청바지는 두번째로 올라탄 아이의 얼굴을 할퀴고 네번째 아이의 혀끝을 물어뜯었다고 했지만, 그건 사실이었지만, 후에 그것이 재수없는 짓임이 판명되었다. 당할 바에 곱게 당할 것이지. 피맛을 본 아이들이 본전을 뽑으려고 더 길길이 뛰었으니까. 청카바는 한 아이의 주먹에 눈을 맞아 오른쪽 눈이 손가락 한마디만큼은 안으로 밀려들어갔고 몽둥이에 뒤통수를 맞아 도로 두 마디쯤 튀어나왔는데, 그 순간 소리를 질렀다고 한다.

"아이고, 내 눈알! 눈깔이 다 빠졌네!"

아이들은 그 소리를 듣고 잠시 주먹질을 멈췄다. 청카바는 그 틈을 타 눈알을 집어넣을 시간을 달라, 그다음에 죽여도 좋다고 엉엉 울며 사정을 했고 착한 아이 둘이 그것을 허락했다. 청카바는 냇물에 눈을 씻고 얼굴을 씻으면서 정신을 차렸고 눈알을 안으로 집어넣는 체하면서 주변을 살폈다. 또 한 아이가 청바지를 올라타고 있었고 그의 뒤에

두 명, 앞에 한 명이 몽둥이를 들고 지키고 있었다. 청카바는 냇물 속에 평소 그 동네 아낙들이 빨래할 때 쓰는 넓적한 돌이 있는 것을 알았다. 그래서 일어서는 척하며 돌을 집어들어 있는 힘을 다해 한 아이를 향해 집어던졌다. 이어서 냇물로 뛰어들어 도망갔다. 냇물이 깊었다면 풍덩풍덩 소리를 냈을 것이고 더 깊었다면 빠져 죽었겠지만, 수영을 못했으니까. 하여간 그런 소리를 내며 도망갔다. 아이들이 곧 그를 따라왔다. 벙첨벙첨벙첨벙첨벙첨. 그는 물을 줄줄 흘리며 방죽을 기어올라 냇가에 있는 외딴집으로 뛰었다. 그 집은 바깥주인이 바람을 피우느라 몹시 바빠, 한 달에 한두 번 들어올까 말까 하는 집이었는데 그 바깥주인이 마침 집에 있었다. 청카바는 대문으로 들어가려고 했지만 문이 잠겨 있었다. 문을 두드리려고 했으나 시간이 없었다. 청카바는 담을 넘었다. 넘기 전에 청카바를 따라잡은 아이들이 그의 무릎을 잡아당겼다. 청카바는 "애고, 사람 살려요!" 하면서 몸을 굴린 다음, 담을 넘어 마당으로 떨어진 다음, 팬티 바람으로 튀어나온 집주인에게 황포를 불러달라고 말한 다음, 기절했다. 황포가 달려왔다.

"야 임마, 그러니까 여관에 가지, 애들처럼 다리 밑에서 자지 말라고 했잖아."

황포는 동이 트기도 전에 제 아이들을 불러모아 주변을 이잡듯이 뒤졌다. 근처 정자에서 떼로 잠이 들어 있는 아이들을 발견한 잠 덜 잔 아이들은 잠 깬 아이들을 줄레줄레 묶어 그들이 사는 동네, 청카바와 초저녁에 결투를 한 친구가 사는 바로 그 동네, 이장 집으로 끌고 갔다. 그 과정에서 세 명의 안면이 부서졌는지, 열 대의 갈빗대가 나갔는지는 모르겠다. 어쨌든 황포는 이장 집의 마이크와 앰프를 빌려

방송을 했다.

"주민 여러분. 여러분의 아이들이 지금 이장 집에 잡혀왔어요. 낫으로 목을 끊기 전에 빨리 나오시오."

나중에 그는 심심할 때마다 청카바에게서 그 이야기를 들었다. 그런데 청카바가 이야기의 끝을 교묘하게 흐리기가 일쑤여서 여러 사람의 이해를 돕기 위해 그는 이렇게 묻곤 했다.

"그다음이 있잖아. 그 이야긴 왜 안 해?"

그러면 청카바는 계면쩍어하면서도 후일담을 이야기했다. 청카바는 병원으로 실려갔고 청바지도 앰뷸런스에 실려갔다. 황포가 아이들의 목을 자르지 않는 대신 위자료로 아이들의 부모로부터 걷은 돈 이십만 원을 가져왔는데 치료비로 쓰고 남은 돈으로 두 사람은 청조끼와 청바지를 사입었다. 그때부터 한 사람은 청카바, 한 사람은 청바지로 불리게 되었다. 그 청바지가, 세상에서 가장 불행한 청바지가 비명을 지르고 있는 동안에도 차는 떨어진다. 그때 그에게 생각지도 않은 일념이 다가온다.

그로서는 지상에서 가장 완벽한 사나이, 벼랑에서 떨어져도 눈 하나 깜빡 않는 용기를 가진 레미콘 트럭 기사가 있는 한 이 지역에 발을 디딜 수 없었다. 레미콘 트럭 기사는 음주운전 때문에, 과로로 세상을 떠났다. 절벽에서 떨어진 레미콘 트럭은 두 동강이 났고 레미콘 트럭 기사는 수십 미터 떨어진 곳에서 유리 닦는 걸레와 함께 발견되었다. 그다음에 그는 이 지역에 들어왔다. 술집을 냈고 ㄷ시에서 여자들을 데려다놓았고 영업을 시작했다. 황포가 화를 냈다.

"아무개가 왔다며?"

"그 아무개가 팔뚝 굵은 아무개에게 박살난 그 아무개지? 그런데 이 아무개가 죽으니까 그 아무개가 제 세상 만났다고 술집을 낸다?"

"벌써 냈다는데?"

"형님들한테는 인사도 없이? 겁대가리는 뒷주머니에 넣어뒀나?"

황포가 떠벌리고 다닌다는 소문을 들은 그는 아이들에게 황포를 모시고 오라고 했다. 황포는 청카바와 함께 왔다.

"어서 오십시오."

"사장 없어?"

"사장님, ㄷ시에 가셨습니다."

제비처럼 생긴 웨이터가 그들을 안내해서 자리에 앉혔다. 공주처럼 차려입은 여자아이가 시중을 들었다. 두 사람은 처음에는 체면을 차렸지만 술에는 장사가 없다. 덩칫값을 하느라고 남들 두 배분을 부어라 마셔라 하다가 한 시간도 되지 않아 곤드레만드레가 되었다. 웨이터가 계산서를 가지고 왔다.

"나 사장 친구야. 그러니까 외상이야."

"그러시죠. 성함이?"

"나, 황포야."

"난 청카바."

청카바는 그때부터 가끔 황포와 술집에 들르다 단골이 됐다. 그러면서 어른을 알아모신다, 봉사하는 정신이 됐다는 등의 이야기를 하고 다녔다. 청카바는 마침내 혼자 몸으로 보무당당하게 와서는 마음 놓고 마실 정도가 됐다. 또 곤드레가 된 다음, 웨이터가 계산서를 가져왔다.

"계산서 가져왔습니다."

"사장 어디 갔어? 오라고 해."

"사장님, ㄷ시에 가셨습니다."

"그럼, 외상이야."

"그렇게는 안 되겠습니다. 사장님이 앞으로 외상 손님은 절대 받지 말라고 하셨습니다."

"나 때문에 이 가게가 얼마나 장사 잘되는지 알아?"

"모르는데요."

"나, 청카바야. 몰라?"

"알아. 그러니까 지난번 것까지 계산해달라고."

"이 자식, 사람을 놀려?"

"이게 술 취하니까 보이는 게 없나? 내가 왜 네 자식이니? 맞기 전에 빨리 돈 내라."

청카바는 스무 살이 되었는지, 안 되었는지도 모르는 웨이터한테 온몸이 노글노글해지도록 얻어터졌다. 한창 맞고 있는 청카바를 그가 구원해주었다. ㄷ시에서 막 돌아온 것처럼 가게에 나타나 아이들을 제지했다.

"그만 됐어. 일들 봐."

청카바는 그의 얼굴을 보고는 그만 울어버렸다.

"아이고, 나 정말 맞아 죽을 뻔했네."

그는 청카바에게 자기 밑에서 일을 보면 더이상 맞지 않게 해주겠다고 말했다. 또 원한다면 청바지를 그 집에 취직시켜주겠다고 약속했다.

그때부터 청카바는 더욱 부지런히 소문을 퍼뜨리고 다녔다. 그래서 공짜 좋아하는 주먹과 어깨와 건달 들이 떼를 지어 그의 가게로 왔다. 그들은 곤드레만드레 마신 다음, 외상을 했다. 그러면서 한두 명씩 그에게 항복했다. 그러나 그가 기다리던 마사오는 오지 않았다.

"마사오는 요새 뭘 하고 있나?"

어느 날 그는 이제 그의 부하가 된 청카바에게 물었다. 청카바는 마사오가 이제 싸움은 하지 않는다고 했다. 무서운 사람이 있기 때문이다.

마사오는 평소에 자기가 다치거나 앓아누우면 갈 병원을 정해두었다. 그런데 몇 달 전에 혈압 때문에 쓰러졌을 때 가족이 입원시킨 병원은 그 병원이 아니었다. 마사오는 병원 정문에서 들어가지 않겠다고 뻗대다가 병원에 도착하자 눈을 감아버렸다. 마사오가 입원하자 제일 좋아한 사람은 병원의 원무과장이었다. 마사오가 그때까지 병원비 외상한 게 수천만 원은 되었기 때문이다. 자기가 팬 사람 치료비도 외상으로 하고 자기 동생들 치료비도 외상으로 처리했다. 다만 자신의 치료비에 해당하는 채무는 없었는데, 치료를 할 만큼 다친 적이 없었기 때문이었다. 마사오가 입원해 있는 동안 원무과장은 의사보다 훨씬 자주 병실을 드나들었다. 그때마다 마사오는 괴로운 표정으로 돌아누웠다. 마사오가 이제 힘을 못 쓰는 것은 원무과장 때문이다.

그가 껄껄거리자 청카바는 냉장고에서 달걀을 꺼내듯이 또하나의 신화를 끄집어냈다. 레미콘 트럭 기사의 장례식 때는 굉장했다. 병원에서 부원장하고 원무과장을 포함, 여섯 사람이나 문상을 왔다. 그 친구는 외상이 절대 없는 가장 큰 고객이었으니까. 또 장례식에 문상 온 사람들 대부분이 병원의 단골고객이자 장래에 새로운 고객이 될 것이 었으므로.

그때 그는 청카바를 조금 진정시켜야겠다고 생각했다. 이 세계를 끌고나가는 힘의 반은 소문이다. 소문이 무슨 상관인가, 증거와 사실이 중요하지 않느냐고 묻는 사람은 이 세계의 사람이 아니다. 그건 다른 세상, 좋은 세상 사람들 이야기다. 청카바는 소문의 진원지다. 대수롭지 않은 이야기도 그의 입에서는 그럴듯한 전설과 신화로 탈바꿈한다. 전설과 신화로 무장하면 싸우지 않고도 이길 수 있다. 그는 천천히 입을 열었다.

"그 친구, 왜 죽은 줄 알아, 레미콘?"

청카바는 낭떠러지에서 레미콘 트럭이 굴러떨어졌다고 말했다.

"내 앞에서 까불다가 그렇게 된 거야."

청카바는 잠자코 있었다.

"세상에는 우연한 사고라는 게 없어. 천 길 낭떠러지에서 떨어지더라도, 떨어지는 이유가 있는 거야."

그리고 그는 청카바에게 마사오를 모시고 오라고 지시했다.

떨어진다. 차가 기울면서 그도 청바지도 아래를 향해 기운다. 그는 푸른 기둥처럼 일어선 강물을 본다. 기둥과 차와의 거리는 반에서 반으로, 다시 반에서 반으로 좁혀든다. 반의 반이 다시 반의 반이 되고 있다. 그에게는 반의 반의 반이 남는다.* 그의 머릿속에서는 반딧불처

---

* 그리스의 철학자 제논은 이렇게 말했다. 아킬레우스와 거북이 경주를 한다고 하자. 아킬레우스보다 거북이 느리므로 거북이 먼저 출발한다. 아킬레우스는 결코 거북을 앞지르지 못한다. 왜냐? 아킬레우스는 먼저 거북이 출발한 지점에 도달해야 한다. 거

럼 희미한 대화들이 마지막 섬광을 발하고 소멸한다.

'넌 데려오기만 해. 넌 술집 지배인이 될 수 있어. 청바지도 다시 네 여자로 만들어주지. 청바지가 싫으면 다른 애들을 주고.'

'데려오면…… 뭐할 건데.'

'그냥 술 한잔 대접하려는 거야. 데려올 수 있는 사람은 너뿐이잖아. 네 사부라면서.'

'아니, 심부름 몇 번 해준 것밖에 없어.'

'네가 옛날부터 얼마나 자랑을 했냐. 그때는 삼촌이라고 하더니.'

'사실은……'

'그래, 너는 내가 잘 알지. 그러니까 데려오기만 하라고.'

청카바는 결정적으로 그의 왼팔이 될 수 있는 기회를 잡았다. 그래서 마사오를 찾아갔다. 지금 새로운 인물이 왔다. 나를 도와준다. 사업을 하고 있다. 실력이 있다. 의리도 있다. 뒤를 봐주는 사람이 많

북은 그때 이미 제2의 지점에 도달해 있다. 그가 그 지점에 도달하면? 거북은 이미 제3의 지점에 다다라 있다. 아킬레우스가 제3의 지점에 가면 거북은 제4의 지점에 가 있고 그곳에 가면 거북은 이미 없다. 제5의 지점에 가 있는 것이다. 이렇게 하여 아킬레우스는 영원히 거북을 앞지르지 못한다. 또 날아가는 화살은 과녁을 맞추지 못한다. 처음 과녁을 향해 날기 시작한 화살과 과녁 사이에는 일정한 거리가 있고 그것을 반으로 나눌 수 있다. 그 반으로 나눈 지점과 날아가는 화살 사이에 다시 반으로 나눌 수 있는 지점이 있다. 그 지점과 화살 사이에는 다시 반으로 나눌 수 있는 지점이 있는데…… 화살은 그 반으로 나눈 지점을 모조리 통과해야 한다…… 그러나 나눌 수 있는 지점은 무한하다. 화살은 무한한 반을 통과할 수 없다.

이 역설을 논파하는 방법은 여러 가지가 있지만, 있겠지만, 가장 간명하고 확실한 방법은 그것에 대해 생각도 하지 말고 걱정도 하지 않는 것이다. 라이프니츠Gottfried W. Leibniz(1646~1716)를 참조할 것.

다. 국회의원과는 형님, 동생 사이고 경찰서장의 친척이며 시장의 후
배다. 지역 군 부대장과 하루 안 보고는 못 사는 사이다. 무엇보다 사
업가다. 엄청난 돈을 투자할 계획이다. 호텔을 세울 것이다. 카지노
도 만들고 온천도 개발하고 유원지도 만들겠다고 한다. 그런데 그런
일에는 이 지역에 오랫동안 뿌리를 내려온 사람, 즉 고문이 필요하다.
그래서 한번 뵙고 싶어한다.

　청카바의 공작으로 드디어 마사오가 그의 술집에 나타났다.

　"어서 오십시오."

　"사장 있어?"

　"안 계십니다. ㄷ시에 가셨습니다."

　"술 좀 가져와."

　늙은 마사오는 술을 마셨다. 그때 그는 술집 밖에서 기다리고 있었
다. 실상 그는 술집을 차린 이후 한 번도 ㄷ시에 가지 않았다. 다만 마
사오를 기다렸다. 어두운 차 안에서 마사오가 오기를 기다렸다. 이 지
역 논두렁 건달들의 영원한 형님, 마사오. 그의 신화인 마사오, 그가
건너뛰어야 할 절벽.

　이제 차는 완전히 수직으로 땅을 향하고 있다. 그 역시 기울었으며
여자 역시 기울었다. 머리에 피가 몰린다. 이제 질식할 것 같은 느낌
이 온다. 시간이 없다. 아주 짧은 반이 남았다. 무한의 반. 위액이 식
도로 쏟아진다.* 동시에 그의 종말을 행복하게 하려는 배려, 엔도르핀

---

* 위산의 분비는 공포의 소산이다. 정면 충돌 사고를 당한 운전자의 대부분은 갑작스
러운 위산의 분비를 경험한다고 한다. 한꺼번에 쏟아져나온 위산은 위벽을 녹일 정도
로 강력해서 평소에 궤양 등이 있는 경우에 그 자체로써 위천공胃穿孔을 유발할 수 있

도 분출한다. 그는 느낀다. 행복과 고통의 이중주를.

마사오를 추락시키는 일은 그에게는 고통스럽고도 행복한 일이었다. 해야 할 일이다. 그는 마사오를 정리하는 것으로 한꺼번에 마무리 지으려고 했다. 이제 마사오의 시대가 간다. 주먹과 박치기와 발길질로 술값이나 우려내는 건달들의 시대는 가고 있다. 사업과 조직, 관리의 시대가 온다. 마사오는 늘어진 근육과 눈꺼풀, 혈압 때문에 술은 조금만 마셨다. 그리고 기분을 풀기 위해 밴드를 불렀다. 그는 마사오의 노랫소리를 들으면서 어두운 차 안에서 가느다란 담배를 피웠다. 밴드 소리가 멎었다. 노랫소리도 멎었다. 청카바가 술집에서 나왔다. 담뱃불을 붙이고 골목 밖으로 사라졌다.

그가 술집에 들어서자 웨이터가 달려와서 마사오가 들어 있는 방을 가리켰다. 그는 시무룩해 있는 밴드 마스터에게 물었다.

"너희들 왜 그래?"

"손님이 마이크를 던졌습니다. 반주를 제대로 못한다고요."

그는 마사오에게 들리도록 목소리를 높였다.

"어떤 새끼야? 어디 있어?"

"일호실입니다."

밴드는 원래 반주를 잘 못하게 되어 있었다. 그 아이들은 노래 반주를 전문으로 하는 아이들이 아니었으니까. 그는 일호실의 문으로 다가갔다. 마사오, 불쌍한 마사오는 아무것도 몰랐다. 다만 타고난 육감

다. 위천공이 일어나면 위의 내용물이 복강에 유출되어 급성복막염을 병발하고 구토를 되풀이하게 하며 쇼크 상태에 빠지는 일이 많다. 긴급수술을 하지 않으면 생명이 위험하다.

으로 문을 잠갔다. 창문으로 나가려고 했지만 그 창문은 마사오의 비대한 몸이 나가기에는 너무도 작았다. 그 방 역시 마사오를 위해 준비되고 설계되었다.

"문 열어."

"잠겼습니다."

"도끼 가져와."

밴드에게서 등산용 도끼를 건네받은 그는 문을 부쉈다. 마사오는 문고리를 잡고 있었다. 아니다. 청카바를 불렀다. 아니다. 창문을 깨고 나가려고 했다. 아니다. 탁자를 뒤집어 다리 하나를 떼어내려고 했다. 아니다. 소파 뒤에 숨으려고 했다. 아니다. 늙은 왕처럼 위엄 있게 앉아 있었다. 문이 열리자 밴드 전원이 민첩하게 안으로 뛰어들었다.

"잡아!"

밴드는 네 명이었고 마사오의 팔은 둘, 다리도 둘이었다. 밴드 구성원들은 마사오의 사지를 하나씩 붙잡았다. 그게 그들의 전문 분야였다. 마사오는 무슨 일이 벌어질지 몰랐다. 그는 아무 말도 하지 않았다. 바닥에 눕혀진 채 버둥거리는 마사오의 오른팔, 왕년의 철권이 달린, 피스톤 펀치를 자랑했던, 기관차를 뒤로 물리는 괴력을 지녔던, 전설과 신화 속의 위대한 오른팔을 등산용 도끼의 등으로 부수었다. 자르거나 부러뜨린 게 아니다. 살은 잘게 다지고 뼈는 가루가 되도록 부수었다.

마사오는 떠났다. 그는 다른 곳에 가서 자리를 잡을 것이다. 팔이 하나뿐인 외팔이로서, 왜 그렇게 당해야 했는지도 모르고, 아무에게도 말하지 못하는 상처를 지닌 늙은이로서 여생을 마치게 되었다. 이

제 모두가 알게 될 것이다. 새로운 시대에 맞는 새로운 인물이 왔고 그에게 복종해야 한다는 것을.

거의 다 왔다. 반의 반, 반의 반이 점점 빠르게 다가든다. 그의 머릿속의 일념들도 빠르게 소진된다.

ㄷ시의 큰형님이 다녀갔다. 큰형님은 이제 도박장을 하나쯤 세울 때가 되었다고 했다.

벽돌 공장을 하나 접수했다. 잘될 것이다. 독점이나 마찬가지였다. 지역에서 그의 허락 없이 벽돌건물을 지을 사람은 없었다.

창고에 도박장을 열었다. 돈을 빌려주었고 이자를 받았고 돈이 떨어진 사람들에게서는 집문서나 논문서도 받아주었다.

경찰은 알아서 해주었다. 그도 섭섭지 않게 해주었다.

그의 아내는 그에게 맞아 이가 부러진 다음, 근 일 년 동안 입을 열지 않고 있었다.

여러모로 바빴다.

그렇게 바쁜데도 청카바가 보이지 않았다. 마사오가 술집에 다녀간 그날 밤 일도 널리 소문을 내야 하고 새봄에 분위기도 새롭게 해야 하고, 건달들을 몽땅 네발로 기어오게 만들어야 할 이때에. 술집도 바쁘고 회사도 바쁘고 창고도 바쁘고 아이들 싸움시키기도 바쁘고, 도저히 혼자 힘으로 일이 안 굴러갈 때에.

그러다 엉뚱하게도 세상에는 우연한 사고란 없다는 소문이 퍼졌다. 마침내 그가 비겁하게, 떼로 덤벼서, 갖가지 무기를 사용해 맨손인 마사오를 해치웠다는 소문이 돌았다. 마사오를 해치웠다는 건 아무것도 아니다. 공정하지 않고 비겁하다는 게 핵심이다. 위기였다. 그냥 둘

수 없었다.

소문을 퍼뜨린 자가 누구인가. 그는 알고 있다. 모를 리가 없다. 그의 왼팔이었다. 왼팔은 겁이 많았다. 그건 마음에 든다. 형님을 겁내지 않으면 형님의 왼팔이 될 수 없다. 죽으라면 죽는 시늉을 했다. 그것도 마음에 든다. 그러나 정말 죽지는 않는다. 그것도 마음에 든다. 형님의 왼팔이, 형님이 죽는 시늉을 하라고 했는데 정말로 죽어버리면 그건 곤란하다. 형님은 자신의 왼팔에게 진짜 왼팔이 할 수 있는 일의 대부분, 콧구멍이나 귀를 후비는 일을 제외한 대부분의 일을 맡겼다. 그런데 배신했다. 왜? 사라진 게 배신이다. 배신하고 사라지고 배신했다. 찾아내야 한다. 그 입을 닥치게 해야 한다. 이젠 시간이 없다. 이미 시간이 없다.

청바지를 끌고 청카바를 찾아나선 길이었다. 다리 건너 청카바의 집에 다녀오는 길이었다. 그 집 근처 들판에서 그는 한 사내가 청카바를 입고 천천히 걸어가는 것을 보았다. 죽이겠다고 다짐했다.

그가 부르자 청카바를 입은 비대한 사내, 마사오가 돌아보았다. 텅 빈 눈이었다. 바람에 빈 소매가 흔들렸다. 그 소매가 그를 향했다. 그는 생애 최초로 등을 보이며 도망쳤다. 그 속에 총이 들어 있을지도 모른다고 생각하면서. 가만, 무서운 것은 총이 아니었다. 팔이 없는 사람이 어떻게 총을 쏘지? 무서워한 게 아니지. 그럼? 그 눈이 바로 등뒤에 붙어 있는 것 같아서 내내 좌석에 등을 비볐다.

길은 굽어 있었다.

과속을 했다.

다리 위에서 미끄러졌다.

그는 마지막으로 무슨 말이든 해보려고 한다. 그 말은 발음되지 않을 것이다. 시간이 없다. 정녕 시간이 없는 것이다. 그러나 살아남은 청바지의 입을 빌린 나는 기록하지 않을 도리가 없다.

　"엄마, 무서워."

　그리고 그는 물에 빠져 죽었다.

조동관 약전 ^{略傳}

똥깐이의 본명은 동관이며 성은 조이다. 옛날 선비처럼 그럴싸한 자호字號가 있을 리 없고 이름난 조상도, 남긴 후손도 없다. 동관이라는 이름이 똥깐으로 변한 데는 수다한 사연이 있어 한마디로 말할 수는 없다. 다만 똥깐이와 한 시대를 산 사람들이 똥깐이를 낳고 똥깐이를 만들고 똥깐이를 죽게 하는 과정에서 평범한 사람 조동관을 자신들과는 다른 비범한 인간 조똥깐으로 받아들이게 되었다는 것은 분명하다. 똥깐이 살다 간 은척읍에서 세 살 먹은 아이부터 여든 먹은 노인에 이르기까지 남녀노소 불문하고 조동관을 칭할 때 조똥깐이라고 하지 않은 사람은 없었다. 그러나 똥깐이가 보고 듣는 데서는 아무도 그를 동관으로도, 똥깐으로도 부를 수 없었다.

똥깐이는 이란성 쌍둥이의 동생으로 태어났는데 죽을 때까지 형 은관과 대략 일천 회 이상의 드잡이질을 벌였다. 그 드잡이질은 똥깐이가 타고난 체격에 담력과 싸움기술을 갖추게 해주었고 은척 역사상

불세출의 깡패로 우뚝 서는 바탕이 되었다. 은관은 다른 사람의 인정을 받는 걸 좋아해서 스무 살이 되기 전에 이미 합기도 삼단, 유도 사단, 태권도 삼단의 면장을 가지게 되었는데, 그 결과 그에게 붙여진 별명은 '조십단'이었다. 나쁘게 발음하면 그대로 욕이 될 수 있으므로 사람들은 은관이 있는 곳에서는 절대 그 별명으로 부르지 않았고 없는 데서도 혹시 신출귀몰하는 그들 형제가 주변에 없나 살피고 나서 '똥깐이가 씹단이하고 술 먹다가 전당포 주인을 똥통으로 튕겨버린 사건' 등의 이야기를 즐겼다.

그런 이야기가 은척읍 사람들에게 재밋거리가 된 것은 그때 은척에 살던 사람들 대부분이 텔레비전이나 신문, 라디오를 보거나 들을 수 없었기 때문이다. 볼 돈도 없었고 볼 생각도 없었으며 볼 수도 없었다. 따라서 조씨 형제의 이야기는 그들의 뉴스였고 연재소설이자 연속극이며 프로 스포츠였고, 무엇보다도 신화였다.

똥깐이는 성장함에 따라 아무도 건드릴 수 없는 개망나니짓으로 명성을 쌓아가기 시작했는데 열다섯 살 때부터 외상 안 주는 집 깨부수는 일은 다반사요, 외상으로 밥 먹고 외상으로 반찬 먹고 외상으로 오입질하고 외상으로 차 마시고 게트림하고 외상으로 만화 보고 외상으로 다른 아이들을 두들겨팬 뒤 외상으로 약을 사주었다. 그 와중에서 읍내 사람들의 뇌리에 조동관을 결정적으로 조똥깐으로 각인시킨 일은 이른바 '역전 파출소 단독 점거 사건'이다.

똥깐이는 언젠가부터 자신이 태를 묻고 터를 잡은 곳이 좁다고 느끼게 되면서 점차 활동 반경을 넓혀나갔다. 거기에 결정적인 역할을 한 것이 기차였다. 똥깐이네 집은 근대화의 상징이라 할 만한 기차역

바로 앞에 있었다. 기차역 주변은 은척에서 가장 번화하고 사회기반 시설이 잘 갖춰진 곳임에도 불구하고 사시사철 수챗물이 질질 흐르는 도랑이 곳곳에 복병처럼 숨어 있었고 바지도 입지 않은 새카만 아이들이 누런 똥을 뻐득뻐득 싸대곤 했다. 비가 오면 진창이 되는 도로 옆에 야트막이 처마를 잇대어 지은 가게들에선 매일 먼지와 파리가 날아다녔고 그 뒤 가난의 꿀물이 졸졸 흐르는 골목골목에서는 아침저녁으로 이놈아, 날 죽여라, 살려라 하는 고함과 악다구니, 배곯은 아이들의 울음소리로 하루도 조용할 날이 없었다.

똥깐이는 기차역 앞 화물 하치장 한구석을 본거지로 삼아 거기서 쪼그리고 앉아 화투도 치고 윷도 놀고 술추렴도 하다가 기차가 들어오는 소리가 나면 허리를 쭉 펴고 하품을 한 다음 어슬렁어슬렁 기차를 타러 갔다. 똥깐이는 태어나서 한 번도 표를 산 적이 없었고 표를 살 줄도 몰랐으나 역무원들 누구도 감히 똥깐이를 제지하지 못했다. 그 역무원이 은척에 살고 있고 처자와 함께 다만 며칠이라도 더 살아야 하는 한. 기차를 타면 똥깐이는 일단 기차 통로를 오가는 행상에게서 외상으로 삶은 계란을 한 줄 받아들고 역시 행상이 뚜껑을 따준 콜라를 받아 마시면서 첫번째 칸에서 마지막 칸까지 천천히 시찰했다. 가끔 가난한 소매치기가 역시 가난한 승객의 주머니를 털다가 들켜서 조그만 주머니칼을 휘두르는 일이 있었고 술 취한 승객끼리 힘없는 주먹질로 서로의 코피를 터뜨리는 일도 있었지만 똥깐이의 관심은 그런 데에 있지 않았다. 똥깐이는 이미 여자를 알게 되었던 것이다. 그 중에서도 기차를 타고 통학을 하는 제 또래의 여학생들이 한동안 좋은 표적이 되었다. 생애를 통틀어 학교를 다닌 기간이 세 달도 안 되는 똥깐이는 빳빳하고 새하얀 칼라에 검정 교복을 입은 여학생들을 진기한 애완동물 보듯 했다. 똥깐이는 독사처럼 머리를 꼿꼿이 들고 통로를 지나가며 쥐구멍을 찾는 여학생들의 턱을 일일이 들어 감상하는 것을 잊지 않았고 그중 유난히 새침하고 도도하고 예쁘던 몇몇은 냄새나는 기차 변소에 끌려가 난행을 당했다는 소문도 있었다. 소문뿐, 누가 사실을 확인해보랴. 그러다 곧 똥깐이의 관심은 공단이 있는 인근 도시의 제사製絲 공장, 신발 공장으로 출퇴근하는 스무 살 남짓한 성숙한 처녀들에게 옮아갔다. 처녀들은 주말이나 명절에 집에 다니러 왔다가 휴일 늦은 오후에 기차를 타고 도시의 기숙사며 자취방으로 돌아가곤 했는데 그런 처녀들로만 주말 오후의 기차간이 꽉 차곤 했다. 도시풍의 화려한 옷에 슬슬 화장을 하기 시작한 처녀들을 사냥하기 위해 똥깐이는 주말이면 으레 은척을 비웠다. 똥깐이가 없는 동안에는 그의 형 은관이 오토바이를 붕붕거리며 은척 읍내를 휩쓸고 다녔다. 하여튼 똥깐이 십대 후반 기차에서 정복한 처녀만 해도 백 명이 넘는다는 전설을 낳았다.

그러나 하늘이 무심치 않아 천하의 처녀 사냥꾼 똥깐에게도 천적이 나타났다. 언뜻 보아도 스무 살은 훌쩍 넘어 보이고 떠꺼머리 총각 백 명은 능히 그의 치마 속에 돌돌 말아 다닐 것처럼 보이는 그 여인은 은척 사람들이 구경도 못한 알록달록한 양산을 쓰고 은척 사내들 가슴을 활랑거리게 하는 향수 냄새를 요란하게 퍼뜨리며 똥깐이의 팔에 매달려 한들한들 은척에 나타났다. 도시에서 뭇 사내깨나 홀렸을 듯, 그리고서 뭇 사내의 손길에 농락당하여 골병이 든 듯, 바람이 불면 날아갈 듯 약해 보이다가 어떤 철면피라도 마음 깊은 곳을 할퀴어버릴 듯 앙칼져 보이면서 수심과 유혹이 공존하는 눈초리의 그 여인이 왜 똥깐이를 따라 은척까지 왔는지는 아무도 몰랐다. 여하튼 똥깐이는 싱글벙글 웃으며 그 여인과 다정히 팔짱을 끼고 늙은 홀어머니와 덩치가 남산만한 제 형 은관이 사는 작은 집으로 들어갔다. 한동안 그 골목 특유의 악다구니 소리와 한숨 소리가 울려퍼진 후 똥깐이는 들창이 달린 조그만 방에 신방을 차렸다.

그러고 나서 몇 달 동안 주말이고 주중이고 기차간이고 읍내에서고 간에 똥깐이를 본 사람은 없었다. 똥깐이가 보이지를 않으니 그전에는 그렇게도 똥깐이를 꺼림칙해하던 읍내 사람들 사이엔 어쩐지 사는 게 사는 것 같지 않다는 말이 돌기 시작했다. 변소를 하루에 한두 번 가는 게 정상이듯 하루 한두 번 똥깐이가 설치고 다니는 것을 보지 않는 것은 은척에서는 비정상적인 일이었다. 은관이 부지런히 오토바이를 타고 읍내 구석구석을 헤집으며 나름대로 맹활약을 했지만 똥깐이에 비하면 어림도 없었다. 날파리와 벌의 차이라고나 할까.

그러던 어느 날 사람들이 고대하던 대로, 몇 달 동안의 고요와 평화가 모이고 썩어 부글부글 끓어오른 가스가 한꺼번에 활화산처럼 폭발하듯 똥깐이가 포효하며 방안에서 뛰쳐나왔는데 그 전말은 이렇다. 시어머니가 될 뻔한 똥깐의 홀어머니가 똥깐이가 낮잠을 자는 사이 며느리가 될 뻔한 여인에게 빗자루를 거꾸로 들이민 게 사건의 시작이었다.

"얘야. 너는 메주 냄새 나는 어두운 방에서 매일 먹고 자고 놀고 하는 게 지겹지도 않니. 이리 나와서 빗자루질이라도 해보거라. 얼마나 몸이 상쾌해지는지 모른단다. 그러고도 미진하면 걸레라도 빨아보렴.

공기에서 깨소금 냄새가 날 테니. 네 속옷은 네가 빨고 네 남편인지 뭔지 하는 거지같은 자식 옷도 네가 좀 빨아서 탁탁 털어 말렸다가 입히려무나. 혹시 시간이 있으면 부엌에도 들어가서 맛있는 것도 네 손으로 직접 해먹고 네 서방인지 개자식인지한테도 좀 먹이고. 내가 아무리 노력을 해도 젊은 너희들의 식성을 맞출 수가 없구나. 한 번이라도 좋으니 설거지를 해보아라. 네가 여자라는 느낌이 소르르 오면서 인생의 오묘한 맛을 알게 될 게다. 그리고 애야. 밥벌레도 밥이 있어야 밥벌레라는 이야기를 듣지 않겠니. 빈 쌀독이며 김칫독, 말라빠진 간장독도 조금 채우는 게 어떨까. 그러고 난 다음에 너희가 낮이나 밤이나 서로 끼고 자빠져 있다고 한들 누가 뭐라겠니. 이 늙은이가 뭘 알랴마는 너희가 한 가지 일에만 너무 몰두해서 세상의 다른 재미를 못 볼까 걱정이 되는구나. 그러니까 늙은이인 게지."

이렇게 말했다는 이야기도 있고 또 다르게 들었다는 사람도 있다.

"이 호랑말코 같은 년아. 빈대도 낯짝이 있지 어떻게 매일 그렇게 자빠져서 몸뚱이 하나로 먹고살려드는 게야. 몇 달이 되도록 빗자루질을 한번 하나, 걸레질을 한번 하나, 손에 물 한번 묻히나. 아, 내가 이 나이에 내 한몸 건사하기도 힘든 판에 젊으나 젊은 년 놔두고 밥상 차려, 빨래해, 요강 부셔, 설거지해…… 아이고 내 팔자야. 팔자 사나운 년이 무슨 덕을 보고 영화를 누리랴마는 이젠 망조 든 집안에 별백여우 같은 년까지 끼어들어서 기둥뿌리를 썩게 만드네. 아, 이년아, 냉큼 못 나와!"

그때 며느리가 될 뻔한 여자는 화장을 하고 있다가 이렇게 대답했다고 한다.

"아아, 어머니. 걱정 마셔요. 제가 단장을 마치고 나면 나무도 해오고 쌀도 얻어오고 밥도 차리지요. 청소도 할 거예요. 빨래는 물론이고요. 돈도 벌어올게요. 이젠 제가 며느리로서 이 집안을 훌륭히 건사하겠어요. 어머니는 그저 마음 푹 놓고 쉬셔요. 제가 있는데 뭐가 걱정이셔요?"

그런데 그 말을 다르게 들은 사람도 있으니.

"아 씨그랄, 안 그래도 구들장만 지고 누워 있으니 몸에 좀이 슬 지경인데 저 노인네가 노망을 했나, 뭘 잘못 먹었나. 오냐, 잘됐다. 내가 이런 집구석 아니면 갈 데가 없어서 있는 줄 아나보지. 야, 똥깐아, 빨리 일어나! 누나 간다?"

그때 잠에 취해 있던 똥깐의 대답인즉 이랬다.

"그래? 누나, 잘 가아. 그동안 즐거웠어. 다음에 또 만나요."

그런데 그걸 달리 들은 사람이 또 있으니.

"이년이 오냐오냐 했더니 어디를 기어오르고 있어. 가긴 어딜 간다는 거야. 다리몽뎅이를 확 분질러버릴라. 엄마, 한쪽에 좀 찌그러져 있어. 둘 다 입다물어, 안 다물어! 다시 또 낮잠 깨워봐. 그땐 줄초상 날 줄 알어."

그러고선 다시 코를 골며 잠에 빠졌다던가. 그러나 고부 사이가 될 뻔한 두 여인 사이의 전운은 가라앉지 않았다. 시어머니가 될 뻔한 사람은 소리도 없이 방에 들어와 여인을 꼬집고 할퀴고 머리를 쥐어뜯었고 며느리가 될 뻔한 사람도 지지 않고 마주 손톱을 세워 덤벼들었다는데, 경험이라는 면에서는 시어머니 편이, 날카로움과 힘에서는 며느리 쪽이 각각 우세를 차지해서 우열을 가릴 수 없는 고요한 싸움이 몇십 분은 계속되었다. 며느리는 며느리대로 얼굴에 멍이 들고 머리카락이 한줌은 뜯겨나갔고 시어머니는 시어머니대로 이가 세 대 흔들리고 한동안 손을 쓰지 못할 정도로 드세게 팔목이 비틀리는 부상을 입었다. 그러고 나서 며느리는 며느리대로 짐을 싸서, 짐이라야 기껏 가방 하나만큼도 안 되었지만, 양산을 들고 밖으로 나가버렸고 시어머니는 목을 매달 끈을 찾아 밖으로 나가 한동안 똥깐이의 집에서는 똥깐이가 코 고는 소리밖에 들리지 않았다. 아니다. 그 난리가 나도 모르고 잠을 자던 천하의 잠보 똥깐이가 얼핏 잠에서 깨어나는 순간 어느 여인이 구슬픈 얼굴로 이별을 고하듯 들창 밖에서 방안을 들여다보는 것을 보았다는 말이 있다. 아니다. 구슬픈 눈길로 한참을 바라보고 나서 먼길을 떠나는 여인의 꿈을 꾸었다는 말도 있다. 하여간 잠에서 깬 똥깐이, 언제나 옆에 있어야 할 허벅지를 더듬으려다가 손이 허전해서, 또 혀처럼 심부름을 시켜대던 노모를 몇 번 불러보고는 대답이 없으니 허전해하며 하는 말은 이런 것이었다.

　"어어, 잘 잤다. 그런데 이것들이 다 어디로 갔어?"

　그러곤 몇 달 만에 처음으로 문을 열고 나오니 눈이 부시고 어지럼증이 나서 몇 걸음 가기도 전에 폭삭 주저앉고 말았는데 그때 멀리 기차역 플랫폼에서 알록달록한 빛깔의 양산을 든 여인이 기차를 타고 있었더란다. 이상하다. 은척에서 내 허락 받지 않고 저런 양산 쓰는 여자는 하나밖에 없는데? 맞다, 똥깐아. 네 마누라가 도망간다!

　똥깐이는 그제야 사태를 짐작하고 전속력으로 기차를 향해 달려갔다. 뛰어가는 도중 평소에는 눈을 감고도 건너다닐 수 있던 수챗물 도랑에 발이 빠졌고 새로 역에 근무하게 된 신참이 똥깐이를 몰라보고 개찰구로 달려나가는 똥깐이를 잡으려다가 쇠망치 같은 주먹에 턱을 얻어맞고 한 방에 뻗어버리는 사소한 일이 있기도 했다. 서두른다고 서둘렀지만 똥깐이가 기차에 당도했을 때 이미 문은 닫히고 기차가 움직이기 시작했다. 똥깐이가 환장을 하게 된 것은 달리기 시작한 기차 안에서 손을 흔드는 한 여인을 보고 난 다음부터다. 똥깐이는 젖먹던 힘을 다해 뛰었지만 기차를 따라잡을 수가 없었다. 필생의 사랑을 잃고 화가 머리끝까지 솟은 똥깐이는 대합실로 돌아오면서 역장이 애지중지하는 화분을 박살냈고, 이어서 대합실로 돌아와 긴 의자 두어 개를 보기 좋게 뒤집어버렸고, 이어서 매점에 들어가 제가 찾는 술이 나올 때까지 아수라장을 만들었고, 이어서 병나발을 불며 기차역의 모든 유리를 한 장씩 깨기 시작해 결국은 몽땅 다 깨버렸고 더 깰 유리창이 없자 거리로 진출했다. 늘 하듯이 웃통을 훌떡 벗고 "다 나와! 개애애애새끼들!" 하고 외치면서 길거리에 납작 엎드린 가게 유리창을 발로 차기 시작해서, 몇 달 동안 걸렸던 일과를 하루 만에 한꺼번에 해치우려는 듯 기차역과 파출소 사이의 유리란 유리는 몽땅 깨뜨렸다. 그 여인이 그냥 곱게 갔으면 그렇게까지 하지 않았으련만, 어디서 배운 인사법인지 들창과 기차 유리창을 사이에 두고 미소를 짓고 손을 흔든 게 유리가 횡액을 만나고 유리 가게 주인이 횡재를 하는 원인이 되었다는 것이다.

"아, 기다리고 기다리던 똥깐이가 드디어 나타났다!"

"더욱더 용맹스럽고 늠름해진 것 같군, 우리의 똥깐이."

남의 유리가 깨졌을 때 가장 덕을 보게 될 유리 가게 주인과 파리를 날리던 철물 가게 주인은 그런 대화를 주고받았고, 가게 유리가 깨진 사람들끼리는 한숨과 눈물을 지으며 서로를 껴안았다.

"우리집 깨진 유리 누가 물어주나, 응? 어쩌면 좋아."

"지나가는 강아지한테 물어달라고 해. 강아지한테 물리는 게 똥깐이한테 유리 끼워달라다가 얻어터지는 것보다는 훨씬 덜 아플걸?"

"그런데 경찰에 신고를 한 게 언젠데 아직 출동을 안 하는 거야, 이 망할 놈들은."

"오면 뭘 해. 누가 똥깐이를 당하겠어. 천하무적의 똥깐이를."

아무도 말리는 사람이 없었고 나서는 사람도 없었다. 그 당시 경찰들은 골치 아픈 신고가 들어오면 엉뚱한 데로 가서 "어라, 여기가 거기가 아닌가? 신고를 똑바로 해야지" 하고 사태가 저절로 진정될 때까지 시간을 보내다가 어슬렁어슬렁 근무지로 다시 돌아가는 관행에 따라 일과를 꾸려갔는데 그날 역전 파출소 경찰들은 불운했다. 똥깐이가 경찰이 신고를 받고 엉뚱한 데로 출동하기도 전에 역전 파출소에 유리가 많은 것을 탐지하고는 바로 그 안으로 쳐들어갔던 것이다. 똥깐이가 등장하자 나이든 경찰관들은 몽땅 밖으로 도망쳐버렸고 철없는 젊은 친구들이 방망이를 들고 몇 번 아래위로 흔들다가 곧바로 똥깐이의 강력한 주먹과 발길질에 밖으로 나가떨어졌다. 미리 밖에 나와 있던 나이든 경찰이 젊은 경찰을 위로하며 하는 말은 이러했다.

"그러게 똥이 무서워서 피하나, 더러우니 피하는 게지. 진작 나왔으면 공매도 안 맞고 얼마나 좋아. 유리야 나중에 본서에 신청하면 안 끼워주겠어? 아이구, 저거 국가예산으로 새로 보급된 신형 전화기인데 저걸 그냥 한주먹에 박살을 내버리네. 괜찮아, 저것도 신청하면 돼. 그렇지?"

드디어 경찰서에서 기동타격대가 출동했다. 기동타격대는 긴급사태를 대비해 젊고 유능한 경찰들을 오분대기조로 편성, 운영하고 있었는데 오분대기조가 출동한 것은 사건이 벌어지고 나서 오십 분도 더 되어서였다. 그나마 똥깐이가 난동을 부리고 있는 파출소에서 백여 미터 떨어진 곳에서 핸드마이크로 "어이 조동관이! 좋은 말로 할 때 밖으로 나와라! 안 나오면 건강에 좋지 않은 상황이 벌어질지도 모른다"고 한 것이 현장출동 조치의 전부였다. 그러나 똥깐이는 그 소리마저 듣기 싫었는지 자신이 깬 유리창의 삐죽삐죽한 구멍에 목을 들이밀고는, "오냐, 한 발짝만 더 가까이 와봐. 목을 확 돌려버릴 거야!" 하고 협박인지 예언인지 단호한 의사 표시를 했다.

오분대기조 지휘관은 옆에 있던 경찰에게 물었다.

"그렇게 하라고 부탁해볼까?"

"그러면 더 안 합니다. 똥깐이가 누굽니까? 잘못 말했다가 똥깐이한테 찍히면 제명에 죽지도 못할걸요. 말한 사람을 봐뒀다가 나중에 그 사람 목을 저기다 싸악, 돌릴지도 몰라요."

지휘관은 자신의 목 주위를 만지며 떨리는 소리로 "그럼 어떡해, 마냥 기다리는 거야?" 하고 물었다. 다른 경찰이 대답했다.

"그게 최선의 전략입니다. 이제 두고 보십시오. 술 취했지, 피 흘렸지, 금방 잠이 들걸요. 오늘은 낮잠을 덜 잤다는 첩보도 들어와 있습니다."

"맞아. 내가 경찰에 임용된 이후 들어본 작전 계획 가운데 최고의 건의를 들었어. 당신은 정말 우리 기동타격대의 보배야."

"저야 뭐 주어진 환경 속에서 최선을 다하는 민중의 지팡이가 되려고 할 뿐입니다."

그렇게 그들이 서로를 아껴주는 동안 과연 똥깐이에게 잠의 여신이 빗자루를 타고 부지깽이를 휘두르며 달려왔다. 똥깐이는 은척에서 최초로 조직된 기동타격대에 코를 골며 체포된 최초의 현행범이었다.

똥깐이가 재판을 받고 교도소로 갔을 때 읍내 사람들은 다시 한번 경악했다. 은척이 낳은 유사 이래 최고의 깡패, 천재 싸움꾼, 호색한, 트집 잡기의 귀재가 은척 읍내에 군림한 지가 수십 수백 년은 되는 것 같았는데 똥깐이는 미성년 범죄자를 수용하는 소년원으로 갔던 것이다.

"될성부른 나무는 떡잎부터 알아본다더니 은척을 열 번은 들었다 놓은 장사가 아직 소년이었단 말인가. 이제 똥깐이가 어른이 되면 은척에 유리는 하나도 남아나지 않겠네."

어떤 이의 말을 알아듣기라도 한 것처럼 똥깐이가 수감돼 있는 동안 길거리의 유리들은 발악을 하듯 매일 반짝이고 번쩍였다. 계절이 열두 번 바뀌고 나서 똥깐이는 걸음걸이도 당당하게 은척으로 돌아왔다. 사람들은 똥깐이의 일거수일투족에 숨을 죽였지만 똥깐이는 더이상 은척이나 은척 사람들에게 관심이 없는 듯했다. 형을 살며 수백 수천 번 맹세한 대로 그 여인을 찾아 동에 번쩍 서에 반짝 전국을 누비기 시작한 것이다. 그뒤로 몇 년, 똥깐이의 순애보가 은척 사람들의 가슴을 사정없이 적셨다. 똥깐이는 그 여인의 고향이라는 절해고도에서 그 여인을 기다리는 어부가 되었다…… 똥깐이는 그 여인을 보았다는 사람의 말을 듣고 서울로 올라가 역전의 여관촌에서 심부름꾼을 하며 그 여인을 기다렸다…… 똥깐이는 또 그 여인의 팔촌 언니가 운영하는 가게 일을 거들며 일 년을 기다렸다…… 무보수나 다름없이 묵묵하고 성실히 일을 하며 오로지 한 여자를 향한 열정을 불태우는 똥깐이에게 반할 수밖에 없었던 그녀의 팔촌 언니가 좋은 혼처를 소개하려 했으나 단칼에 거절을 당했다…… 똥깐이는 또 그 여인과 닮은 여인이 몇 년 전에 다녀갔다던 공원에 나가 몇 달간을 망부석처럼 앉아 있었다…… 건강과 잠버릇을 해치고는 홀연히 은척에 내려와서 비가 오나 눈이 오나 기차역 플랫폼에 나가서 그 여인이 돌아오기를 기다렸다…… 이만하면 하늘이 감동하고 땅이 울 지경인데 그 여인은 코빼기도 비치지 않았다. 그 여인은 똥깐이가 그러는 걸 몰랐고 설령 알았다 해도 돌아올 이유가 없었는지도 모른다. 세월이 흐르고 흘러 마침내 문득 똥깐이가 제정신을 차리는 날이 왔다. 그 순간 읍내의 유리들은 빛을 잃었고 은척 사람들은 한동안 발뻗고 자던 시절을 마감하게 되었다.

그가 정신을 차린 이유는 분명치 않다. 그의 형 은관이 그 무렵 결혼을 했는데 결혼한 여자가 지겨울 정도의 잔소리꾼에 한시도 감시의 눈을 늦추지 않는 사람이었다. 그 스트레스를 풀기 위해 은관은 노름에 빠졌는데 은관과 노름을 해서 딸 생각을 하는 노름꾼이 은척에 존재하지 않았고 존재할 수 없었던 고로 그는 늘 이기기만 했다. 백전백승의 싱거움을 견디기 위해서 은관은 노름판에 차 배달을 나오는 다방 아가씨 가운데 말을 닮은 아가씨에게 관심을 가지게 됐는데 하필이면 은관의 엉덩이가 들썩이던 그 시간에 그의 부인이 들이닥쳤다. 은관의 머리칼을 잡아챈 그의 부인은 은관의 신체 일부를 잡고는 어디까지 끌고 갔다더라? 은척 읍내에서 가장 높은 건물 옥상까지 가서 온 읍내 사람들이 다 듣도록 고래고래 고함을 쳤는데, 그 내용인즉 "어허, 읍내 사람들아. 여기 좀 보소. 이게 내 서방 물건인데 쥐불알만하지요? 이것도 잘못 놀리다가는 이렇게 죽습니다" 하고는 옥상 난간에 제 서방 머리를 박아서 피칠갑을 하게 만들며 노름판에서 돈 잃은 읍내 사람들에게 며칠은 입에 올리고도 남을 이야깃거리를 안겨주었다. 순전히 공짜로. 그다음부터 은관은 그 좋은 노름도 여자 유혹하는 일도 하지 못하게 되었는데 똥깐이가 거기서 충격을 받은 것인지도 모른다.

그다음. 세상에는 그 여자 하나만 있는 게 아니라는 비밀스러운 이야기를 누군가 똥깐이에게 해주었다는 말도 있다. 어쩌면, 세상에는 도시 술집 출신의 병든 여자만 있는 게 아니라는 이야기도 곁들였을 것이다. 그다음. 그녀가 떠나간 곳을 하염없이 바라보고 바라보던 끝에 똥깐이의 시력이 형편없이 떨어져 눈에 뵈는 것이 없게 되었기 때문에 똥깐이가 똥깐이로 돌아왔다는 소문도 있었다. 그다음. 똥깐이가 자신에게 주어진 시간과 초인적인 힘, 어거지가 얼마 남지 않았다는 깨달음을 얻었을 수도 있다. 이런저런 것이 조금씩 작용해서 똥깐이를 똥깐이로 돌아오게 했을 것이다. 하여간 똥깐이는 언제부터인가 과거의 행패를 한참 능가하는 짓을 벌이기 시작했다. 그동안 사랑 때문에 허비한 시간을 벌충이라도 하려는 듯 하루도 쉬지 않고 도둑질, 외상, 싸움, 강탈, 폭언, 협박, 부녀자 희롱, 고성방가, 노상방뇨, 흥정 떼고 싸움 붙이기 가운데 대여섯 가지를 실천에 옮겼다. 똥깐이는 잠깐 사이에 다시 읍내 최고의 깡패, 백수건달의 대명사가 되었고 그의 그림자만 비치면 우는 아이도 울음을 그치는 명성을 회복하는 데 성공했다.

그러면 도대체 경찰은 뭘 했고 뭘 하고 뭘 하려 했는가. 바로 그에 관한 이야기를 할 참이다. 똥깐이가 어느 협소한 읍내의 깡패에 머무르지 않고 시대를 뛰어넘는 명성과 위엄을 획득하게 한 그 사건, 조동관의 생애 마지막을 불꽃처럼 장식한 그 사건에 대하여.

　무능하고 게으른 경찰을 비난하는 은척 사람들의 원성이 하늘까지 닿았을 때 새로운 경찰서장이 부임해 왔다. 경찰서장은 부임 일성으로 "은척 전체에 만연한 법질서 불신 풍조를 불식하고 사회기강을 문란케 하는 상습적인 범법 행위자들을 발본색원하며 공권력의 권위를 회복하여 새 시대의 새로운 경찰상을 구현하자"고 역설했는데 유감스럽게도 은척 출신의 경찰들 가운데 그의 말을 알아들을 수 있는 경찰은 몇 명 되지 않았다. 알아들은 사람 중에서 그렇게 해야겠다고 다짐한 사람은 한 명도 없었다. 그러다가 말겠지, 하고 남몰래 고개를 살랑살랑 젓고 말았다. 어쨌든 유식한 신임 경찰서장은 부임을 기념하는 거창한 행사가 끝난 뒤, 관할 지역 내의 경찰 간부를 대동하고 관내 시찰 겸 근무기강 점검에 나섰다. 경찰서장은 정복에 번쩍거리는 훈장인지 훈장인지 뭔지 찰랑거리는 뭔가를 달고 있었는데 하여간 그는 번쩍거리고 찰랑거리는 걸 어지간히 좋아하는 사람이었던가보다.

　똥깐이는 여느 때와 다름없이 역전의 구멍가게 앞 평상에서 술을 마시고 있었다. 그와 대작하는 사람은 쌍둥이 형 은관이었는데 그 무렵 은관은 읍내 사람이 다 아는 공개적인 부부싸움에서 연전연패하던 차라 꽤나 의기소침해 있었다. 형제는 '여자란 백해무익한 존재'라는 주제에 관해 오랜만에 의견 일치를 본 참이었다. 거기다가 낮부터 마신 술로 취기가 머리끝까지 뻗쳐오르자 두 사람은 거나한 기분으로 자신들 나름의 시찰을 할 겸 바람을 쐬러 나갔다. 은관은 늘 하던 대로 오토바이를 탔고 똥깐이는 뒤에 태워주겠다는 형의 제안을 가볍게 일축하고 게슴츠레한 눈을 뜨고 팔자걸음으로 역전 파출소 쪽으로 걸어가고 있었다.

역전 파출소 앞은 기차역으로 가는 길과 읍내를 관통하는 주도로가 만나는 삼거리였다. 신임 경찰서장은 검은 승용차에 탄 채 주도로에서 역전 파출소 쪽으로 오고 있던 참이었다. 그 뒤로는 정복을 입은 간부들이 따라오고 있었는데 온 읍내에 신임 서장이 왔음을 알리기 위해 워낙 천천히 움직였던 까닭에 많은 사람이 장례 행렬이 지나가는 것으로 착각을 했다. 역전 파출소에 근무하는 경찰 전원에 파출소장까지 파출소 앞에 도열한 채 신임 경찰서장이 도착하기를 기다리고 있었는데 이채로운 그 모습이 은관의 눈에 먼저, 그리고 약간 나중에 근시인 똥깐이의 눈에 포착되었다. 은관과 똥깐이는 의아함과 흥미로움을 가진 채로 파출소 앞으로 접근했다. 파출소장은 은관과 똥깐이가 자신들을 향해 오는 걸 알아채고는 사색이 되었다. 하필 신임 경찰서장이 첫번째 시찰을 하러 오는 이때에 범죄의 근원 그 자체인 똥깐이가 그의 쌍둥이 형 조은관까지 대동하고 오고 있다니. 파출소장은 바람처럼 빠르게 조씨 형제 앞으로 달려갔다. 너무 빨리 뛴 탓에 막상 형제 앞에 선 파출소장은 헐떡거리며 말을 꺼내지 못했다. 형제는 의아한 눈으로 헐떡거리는 파출소장을 바라보았다. 은관이 질문했다.

"아저씨? 왜 숨도 제대로 못 쉬고 그러슈?"

"저, 저, 저, 거시기……"

"아, 왜 그러냐구우? 뒷집 돼지가 알을 낳았소?"

"하, 하, 하, 자, 네, 들……"

파출소장은 멀리 떨어진 부하들의 몸짓에서 신임 경찰서장이 거의 당도했다는 것을 알아채고 더욱 초조해져서 "자네들 농담 솜씨는 날로 발전하는구만. 심심한 경의를 표하는 바일세. 그런데 말이야. 오늘은 날 살려주는 셈 치고 잠깐만 어디 멀리 가서 공짜 술을 먹든가 노름을 하는 게 어떤가. 지금 눈이 오려고 하잖아. 이런 날은 그저 뜨듯한 구들장 지고 누룽지 닭백숙 값 엎어쓰기 일대일 고스톱이나 치는 게 최곤데 말이야" 하고 늘어놓으려던 말의 십분의 일도 하지 못하고 그저 헐떡이다가 말았다. 그러는 동안 경찰서장의 검은 승용차의 앞부분이 역전 파출소 앞에 당도했다. 파출소장은 다시 두 주먹을 쥐고 전력을 다해 파출소 앞으로 달려갔고 똥깐이와 은관은 고개를 갸우뚱하며 파출소장의 뒤를 따라 천천히 역전 파출소 쪽으로 향했다.

"전체 차렷! 서장님께 경례!"

파출소장이 파출소에 당도하기 전에 눈치 빠른 차석이 구령을 내렸고 도열한 경찰들은 손에서 바람 소리가 나도록 힘있게 거수경례를 올려붙였다. 경찰서장은 유리문을 내리면서 물었다.

"파출소장은 어디 갔나?"

평소 돋보기 없이도 신문을 볼 수 있다는 걸 자랑삼던 차석은 폭풍처럼 달려오고 있는 파출소장 쪽으로 눈을 돌리며 우렁찬 소리로 대답했다.

"지금 오시고 계십니닷!"

"이 사람이 지금 제정신인가? 어떻게 상관이 관내 초도순시를 나온다는데 자리를 비울 수 있나?"

아무리 눈치 빠른 차석이라도 대답할 수 없는 건 대답할 수 없는 법이다. 그때 브레이크 파열음이 나며, 아니 구두 밑창 떨어지는 소리를 내며 파출소장이 당도했다. 그러나 파출소장은 똥깐이 형제 앞에서와 마찬가지로 경찰서장 앞에서 한마디도 할 수 없었다. 비 오듯 땀을 흘리는 파출소장을 바라보던 신임 경찰서장은 지휘봉을 꺼내 자신보다 몇 해는 더 살았을 파출소장의 배를 꾸욱, 찔렀다. 파출소장은 움찔거리며 뒤로 물러섰다가 경찰서장이 다시 배를 찌를 수 있도록 앞으로 다가서곤 했다. 그러면서 제발 범선의 돛을 연상시키는 자신의 부푼 배 덕분에 뒤에서 다가오고 있을 똥깐이 형제가 서장의 눈에 띄지 않기를 바랐다. 동시에 똥깐이도 서장을 보지 않게 되기를 바랐다. 그러나 파출소장의 바람이야 어떻든 운명의 시간은 다가왔다. 왜 짐승들 가운데 일부 수컷들은 자신의 영역에 오줌똥을 갈긴다거나 나무둥치에 자국을 내서 자신이 지배자임을 표시하지 않는가. 그 안에 다른 수컷이 들어오면 누구보다도 예민하게 반응하고 본능적으로 공격한다. 서장도 똥깐이도 한 지역의 지배자로서의 자각이 강했다. 이미 다른 수컷이 자신의 영역으로 들어왔다는 것을 본능적으로 느끼고 경계심을 돋우고 있었다.

"야, 저 아저씨들 뭐하는 것 같냐? 재미있겠는데."

은관이 오토바이를 멈추며 경찰들이 다 듣고도 남을 정도로 우렁차게 외쳤다. 똥깐이는 멧돼지처럼 코를 킁킁거리면서 자신의 영역에 들어온 다른 수컷이 누구인가를 찾고 있었다. 지나가던 사람들, 서 있던 경찰, 배를 찔리고 있는 파출소장 모두 은관의 말소리를 들었다. 어떤 사람은 눈을 질끈 감았고 어떤 사람은 처마밑 그늘 속으로 물러섰고 어떤 사람은 자다 말고 일어나 창문을 살짝 열었다. 어떤 사람은 눈을 반짝였고 어떤 사람은 귀를 쫑긋거렸다. 신임 경찰서장은 눈가를 찡그렸다.

"저 빌어먹을 말대가리 같은 놈이 지금 뭐라 하는가?"

파출소장은 눈을 감았다. 그는 속으로 기도했다. 제발 그냥 지나가게 해달라고. 하느님, 부처님, 공자님, 예수님, 소크라테스를 불렀다. 그러나 그때까지 파출소장의 기도를 들어주었던 모든 신과 성현이 그때만은 그의 기원을 못 들은 척했다. 똥깐이가 게슴츠레한 눈을 더욱 가늘게 뜨면서 경찰서장이 타고 있는 검고 커다란 관용차 앞에 멈췄다.

"야, 차 좋은데. 음, 아주 좋아."

똥깐이는 차의 지붕을 툭툭 두드렸다. 그 차는 당시 은척에서는 보기 드문 최고급 승용차로 경찰서장이 손수 매일 닦고 손보고 조이고 기름 치는 차였다. 바로 그 차에 똥깐의 곰발바닥 같은 손바닥이 닿더니 쓰윽 훑어 움푹한 자리까지 만들었으니, 그 차가 사람이라고 한다면 기절을 했을 것이나 차는 사람이 아니니까 기절 따위는 하지 않는다. 그 대신 경찰서장이 유리문으로 고개를 빼고 호령을 했다.

"네 이놈, 이 무지막지한 놈! 감히 본인의 애마에 그 더럽고 천박한 손을 대다니."

'여봐라, 이놈을 당장 무릎을 꿇리고 주리를 틀어라' 하고 말하고 싶었겠지만 서장에게는 그럴 기회가 없었다. 파출소장이 마지막 남은 충성심을 짜내 서장의 얼굴을 자신의 축축하고 살찐 배로 가렸기 때문이었다.

"서장님, 위험합니다. 자리를 피하십시……"

그러나 이미 때는 늦었다. 똥깐이의 눈이 세모꼴로 변하고 코에서 거센 콧김이 뿜어져나오기 시작했으니까. 눈치 빠른 차석은 비상전화로 기동타격대를 호출하러 파출소 안으로 뛰어들어갔다. 다른 경찰들은 추운 바람 맞고 발을 동동 구르면서 온다 만다 하면서 한나절을 보내게 한 서장에 대한 원망에다 '쉬어'라는 명령을 들은 바 없었던 까닭에 부동자세를 유지한 채 비교적 자유로운 눈알만 굴리면서 되어가는 꼴을 보고 있었다.

"너 지금 뭐라고 그랬어?"

똥깐이의 말이 끝나기도 전에 그의 솥뚜껑 같은 손이 파출소장의 허리를 돌아 들어가 신임 서장의 멱살을 움켜쥐었다.

"어, 이거 왜 이래. 놔! 놔."

똥깐이에게 멱살을 잡힌 다음에야, 경찰서장 아니라 그의 할아버지라도 의례적인 반항밖에 더하겠는가. 서장은 캑캑거리며 차에서 끌려나왔고 가슴의 장식을 찰랑거리며 발이 땅에서 닿았다 떨어졌다 했다. 그제서야 경찰들이 부동자세를 풀었다.

"놔요, 놔! 놓고 얘기해요."

"참게, 이 사람. 새로 온 경찰서장님이시라네."

그때 본연의 임무를 다하는 침착한 경찰도 물론 있었다.

"주민 여러분! 어서 안전한 장소로 돌아가서 생업에 종사해주시기 바랍니다."

그러나 어느새 구름처럼 불어난 사람들은 그 말을 못 들은 척하고 서로에게 말을 걸었다.

"자네 점심은 먹었는가. 어떻게 여기까지 걸음을 했어?"

"우리는 구경을 원하거든. 우리에게 오락을 주면 좋겠어."

눈치 빠른 장사치들도 한몫했다.

"엿 사요, 엿. 고소한 깨엿, 짝짝 붙는 찹쌀엿, 둘이 먹다 하나가 죽어도 모르는 호박엿!"

일단 발동을 건 이상 똥깐이의 귀에는 아무 소리도 들리지 않고 적으로 인식한 눈앞의 상대 외에는 아무것도 보이지 않으니 어떤 충고도 만류도 처세훈도 소용이 없었다. 똥깐이는 서장의 넥타이를 잡고 천리마처럼 달리기 시작했다. 서장은 목이 졸려 죽지 않으려면 똥깐이의 뒤를 따라갈 수밖에 없었다. 그 뒤를 은관이 오토바이를 타고 따랐고 경찰들이 뒤를 이었고 주민들이 뒤를 따랐다. 따라서 역전 파출소에서 기차역까지 수백 명이 달리기로 이동하는, 은척읍 사상 초유의 장관이 연출되었다.

선두에 선 똥깐이와 서장, 그리고 은관이 탄 오토바이가 철로를 넘어갔을 때 하필 하루 네 번 운행하는 열차가 눈치도 없이 달려들어와 경찰을 포함한 군중을 가로막았다. 군중들은 발을 구르며 기차가 출발하기를 기다렸다. 성미 급한 사람들이 기차 끝을 돌아 현장에 이르렀을 때는 이미 상황이 끝나 있었다. 어떤 상황이 벌어졌던가.

똥깐이는 서장을 수챗물이 흐르는 도랑에 처박았다가 수챗물이 얼어붙어 자신이 원하는 소기의 목적을 달성하지 못하는 것을 알고는, 서장의 얼굴을 엉덩이로 깔아뭉갬으로써 서장에게 평생 처음 겪는 수치를 안겨주었다. 이어서 형 은관에게 함께 도약과 착지의 즐거움을 누리자고 권유해 두 사람은 도랑 밖에서 손에 손을 잡고 공중으로 도약, 나란히 서장의 얼굴과 상체에 엉덩이를 내려놓았다. 똥깐이의 엉덩이에서 적시에 미사일의 배출가스 같은 기체가 뿜어져나왔다. 그게 서장에게 결정적인 타격을 안겨주었다. 두 사람은 사람들이 몰려오는 것을 보고는 오토바이를 타고 흰 연기를 뿜으며 사라졌다. 물론 도망친 건 아니었다. 그들은 자신들이 해치운 사람이 누군지도 몰랐고 관심도 없었다. 자신들을 몰라보는 도시에서 온 건방진 녀석, 차가 좀 괜찮다고 자랑하는 인간을 혼내준 것으로 생각했다. 그길로 경치 좋은 강가에 있는 할머니의 조그만 가겟방으로 가서 '집 나간 여자와 집 안 나가는 여자가 인생에서 차지하는 비중'에 대한 대화를 심도 있게 나누고는 한밤이 되자 고래고래 노래를 부르며 집으로 돌아왔다.

오토바이에서 내리던 은관은 즉시 체포되었다. 너무 취해서 반항할 수도 없었고 반항할 마음도 먹지 않았다. "오늘따라 왜들 이러는데?" 한마디 묻고는 자신을 체포한 경찰의 품에 쓰러져 코를 골기 시작했다. 똥깐이는 이란성 쌍둥이 형보다 힘이 센 만큼이나 술도 더 셌다. 그리고 그의 명성은 형에 비할 수 없이 높았다. 자신을 향해 머뭇머뭇 다가오는 일개 분대의 경찰 가운데 몇 명은 때려눕히고 몇 명은 어깨를 짚고 뛰어넘어 산으로 도망쳐 들어갔다.

후에 '똥깐이 바위'로 명명되고 '똥깐이 굴'로 이름 지어진 굴이 있는 그 바위는 읍내 전체를 굽어보고 있는 남산의 중턱에 있었다. 뭉툭히 솟아올랐다는 점 말고는 전혀 특별한 게 없어 이름 하나 제대로 얻지 못했던 그 바위에 있는 굴 역시 공식적으로는 아무 이름도 없었다. 그 굴은 은척 시내에 숙박시설이 턱없이 부족하던 시절 숙박시설에 갈 돈은 없던 무수한 청춘 남녀들의 밀회 장소였다. 그곳을 자주 이용하는 사람들 중에서 누군가 모포를 가져다놓은 다음부터 연인들 사이에서는 '모포굴'이라고 불린 적도 있었다.

똥깐이가 한밤중에 그 바위까지 한달음에 달려올라갔을 때는 누구
도 없었다. 무수한 남녀가 이용하며 털이 다 빠지도록 닳아빠진 더러
운 모포는 있었다. 경찰은 넓은 지역에서 범인의 흔적을 추적하는 일
이 쉽지 않다. 동절기 야간에 산악지형의 수색 작전을 강행하다보면
부상자가 속출할 수 있다. 다른 일도 많은데 모든 경찰이 다 거기로
몰려가면 은척의 치안은 어떻게 될 것인가 등등의 갖가지 이유를 들
어 추적을 포기했다. 똥깐이는 주위의 나무 부스러기를 끌어모아 불
을 피운 다음 모포를 돌돌 감고 굴 안에서 잠이 들었다.

다음날 아침, 이웃 경찰서에서 빌려온 경찰견에 빌려온 기동타격대
까지 동원된 대규모 추격전이 전개되었다. 추격대는 삼십 분에 걸친
수색 끝에 똥깐이의 흔적을 발견했다. 똥깐이가 있는 동굴에서 연기
가 솟아올랐기 때문이었다. 바위로 올라가는 길은 너무 좁아서 두 사
람이 어깨를 나란히 할 수도 없었다. 한 사람씩 가면 되겠지만 일렬로
는 무서워서 못 가겠다는 게 모든 경찰의 솔직한 심정이었다. 그래서
지휘관은 빌려온 핸드마이크에 입을 대고 이렇게 외쳐야 했다.

"어이 똥깐이, 밤에 잘 잤나? 너는 지금 완전히 포위됐다. 항복하면
살려준다. 어서 두 손 들고 나와라."

잠보 똥깐이는 버릇대로라면 열두시까지는 자야 하는데 일찍 잠을
깨는 바람에 성이 날 대로 났다. 댓바람에 굴 밖으로 뛰어나오며 돌을
집어던졌는데 그게 마침 등을 돌리고 오줌을 누던 은척 기동타격대원
의 머리를 정통으로 타격했다. 기동타격대원은 넘어지며 울부짖었다.

"아이고메, 나 죽네에!"

그때 남산은 물론 온 읍내에 다 들리도록 우렁찬 똥깐이의 포효가 울려퍼졌다.

"야, 이놈들아! 용기가 있으면 올라와봐라! 올라와서 일대일로 붙어보잔 말이다!"

경찰은 바지춤도 제대로 추스르지 못한 부상자를 후송하네, 구르네, 엎어지네 하면서 소동을 벌인 다음 작전을 변경했다. 잠과 술에서 덜 깬 은관을 데려온 것이다. 은관은 경찰이 적어준 종이를 보면서 떠듬떠듬 읽어내려갔다.

"사랑하는 똥깐아. 엄마가 걱정한다. 나도 걱정이다. 우리는 네, 여…… 염려 덕분에 무사히 잘 있다…… 아저씨, 이 글자가 뭐야?"

"빨자다, 빨!" 포승을 쥐고 있던 경찰이 눈을 부라리며 소리쳤다. 은관은 이어서 읽기 시작했다.

"빨리 내려와서 자수해라. 우리도 언젠가는 오손도손, 아이 씨, 안 보여! 손도 시려워. 난 몰라!"

그래서 혈육을 동원한 눈물겨운 설득 작전도 수포로 끝났다. 똥깐이 오 분에 한 번씩 굴 밖으로 나와서 온 읍내가 떠나가라 욕을 했다.

"야, 이 ○물에 밥 말아먹을 놈들아…… 니 에미하고 ○해서 새끼 낳고 다시 ○할 놈들아…… 야, 이 ○만 하는 놈들아…… ○물에 튀겨서 ○물에 식혔다가 ○물을 채워서 순대 만들어 먹고 ○할 놈들아……"

차마 입에 담을 수도 없는 처절한 욕이었고 욕이 끝나는 순간마다 돌을 집어던졌다. 따라서 욕에 관심을 가지고 귀를 기울이고 있던 경찰 가운데 몇 명의 부상자가 더 나왔는데 다행히 맨 처음 부상당한 사람과는 달리 들것으로 수송할 것까지는 없었다. 다시 밤이 왔고 기동타격대는 야간 장비가 없어 야간 작전이 불가능하다는 결론을 내리고 철수했다. 이틀째 되는 날, 춥고 허기진 똥깐이의 상태를 짐작한 기동타격대는 바위 아래쪽 움푹한 곳에 불을 피우고 고기를 구워대며 똥깐이에게 심리적인 타격을 가했다. 똥깐이가 바위 위에서 아래를 내려다보면서 팔짱을 끼고 서 있는 모습이 목격되기도 했다. 그때쯤에는 온 읍내 사람들의 눈과 귀가 모두 남산 위의 바위에 집중되어 있었다. 이목이 집중되지 않을 수가 없었다.

"똥깐이가 대단하기는 대단해. 나는 이때까지 살아오면서 저렇게 웅장하고 다양한 욕을 들어보기는 처음일세."

"얼마 못 버틸걸. 사람이 욕만 잘한다고 살 수 있나. 입고 있는 것도 변변치 못하대. 거기 먹을 게 있겠나, 덮을 게 있겠나."

"나는 똥깐이가 절대 그냥 내려오지는 않을 거라고 믿네."

"그냥 내려오지 않으면? 호랑이라도 잡아올까?"

"꼴뚜기 사려, 꽁치 사려어, 밴댕이젓 사려."

"여봐요. 거 왜 남 장사하는 집 문전에서 비린내를 풍기고 그래?"

"맞아. 하도 욕을 퍼부으니 온 읍내에서 욕냄새가 나는 것 같아. 애들이 듣고 뭘 배울지, 원."

"그런데 말야, 희한해. 난 하루라도 똥깐이가 욕하는 걸 듣지 않으면 잠이 안 와. 몸도 찌뿌드드하고. 버릇이 됐나봐. 그 욕을 듣고 있으면 꼭 안마를 받는 것같이 시원해."

병원에 누워 있던 서장은 삼십 분이 멀다 하고 사람을 보내 똥깐이를 잡아오라고 불호령을 내렸다. 그로서는 공직생활 수십 년에 처음 겪는 망신이었고 똥깐이인지 재래식 화장실인지를 요절내지 않으면 수챗물에 내동댕이쳐진 체면이며 권위가 평생 회복될 것 같지 않았다. 따라서 똥깐이가 산에서 버틴 지 사흘째 되는 날 밤에는 핑계를 대는 데는 선수인 경찰들도 밤새 잠복근무를 하지 않을 수 없었다.

그러거나 말거나 똥깐이는 굳세게 잘 버텼다. 잠옷이나 다름없는 옷을 입고 누더기나 다름없는 모포를 뒤집어쓰고 원시적인 무기인 돌로만 무장하고 욕설과 독기로. 마침내 그의 욕설이 그치자 읍내 사람들은 오히려 불안한 마음이 되어 하나씩 둘씩 남산으로 눈길과 발길을 옮기기 시작했다. 눈발이 희끗희끗 비치는가 했더니 삽시간에 폭설로 변했다. 눈은 그동안 똥깐이 퍼부어댔던 욕이 퍼진 대기를 정화하고 욕이 내려앉은 땅을 덮으려는 듯 쉬지 않고 내렸다. 눈사람인지 사람인지 구별이 안 되는 행렬이 남산 입구에서 바위로 올라가는 유일한 통로인 좁은 산길을 메웠다.

한없이 내리퍼붓던 눈이 문득 그치고, 느닷없이 침묵과 고요가 은척을 엄습했다. 누구도 입을 떼지 않고 바람도 소리를 죽이던 바로 그때, 그 순간. 아뿔싸, 오호라, 어쩔 것인가, 똥깐이의 죽음을 알리는 비보가 전해졌다.

그는 얼어죽었다. 자신 말고는 아무도 없는 동굴에서. 쥐뼈인지 비둘기뼈인지 작고 메마른 뼈 몇 개가 그의 발 주변에 흩어져 있었고 아주 가는 뼈 하나가 그의 입에서 멧돼지의 어금니처럼 비죽 튀어나와 있었다. 뻣뻣한 똥깐이의 시체를 모포에 말아 들것에 싣고 내려오던 기동타격대 행렬은 말없이 눈을 맞으며 자신들을 지켜보는 눈사람의 행렬과 마주쳤다. 이 행렬은 저 행렬을 무언으로 비난했고 저 행렬은

이 행렬에게 그럴 수밖에 없었다는 뜻을 무언으로 전하며 한동안 눈을 맞고 서 있었다. 어쨌든 은척에서 태어나 은척에서 살다가 은척에서 죽을 사람들은 모두 한패였다.

아무것도 이해 못한 사람은 은척에서 나지 않았고 은척에서 살아본 적도 없으며 은척에서 죽을 리도 없는 신임 경찰서장이었다. 그는 똥 깐이의 돌에 맞은 경찰관이 그 상처와 관계없이 몇 주 뒤 음주운전 단속중에 교통사고로 사망하자 그를 기리는 비석을 남산의 바위 앞에 건립토록 했다. 비석 앞면에는 '경찰충령비警察忠靈碑'라는 큼직한 글씨가 새겨졌고 뒷면에는 아무개 서장이 은척의 치안을 위협하는 불량배, 범법자를 소탕하여 정의와 질서를 구현한 경위, 그 소탕작전에 참여했다 장렬히 산화한 경찰 아무개를 기려 비를 세우는 데 읍내 유리가게, 철물점, 어물전, 양복점, 술집, 기타 가게의 주인들이 건립위원으로 위촉되어 비용을 추렴하게 된 사연이 국한문 혼용체로 비뚤비뚤 적혀 있었다. 경찰서장은 그 비가 세워지던 날, 울며 겨자 먹기로 돈을 내놓은 유지들과 경찰 전원을 참석시킨 가운데 거창한 제막식까지 지냈다. 그가 은척 경찰서장으로 재직하면서 이룩했던 최고의 업적은 바로 그것이었다. 그 외에는 한 일이 없었다.

그로부터 얼마 뒤 누군가 순직 경찰을 기리는 비석의 뒷면에 있는 경찰서장의 이름을 깎아내서 지우고 '똥깐이가'라고 쓰고 난 다음부터 생겨난 일들을 적어본다.

경찰서장은 임기가 끝나기도 전에 부패와 독직 혐의를 받아 다른 사람으로 교체되었다. 그 혐의 가운데 하나는 경찰충령비를 오석으로 건립한다면서 주민들에게 돈을 걷은 뒤, 조잡한 화강암으로 바꿔쳐

성금을 횡령한 것이었다. 남산의 못생긴 바위에는 '똥깐이 바위'라는 이름이 붙었고 그 아래의 굴에는 '똥깐이 굴'이라는 이름이 보태졌으며 그 앞의 비석은 '똥깐이 비석'이라는 이름으로 불리게 되었다. 훌륭한 깡패가 되려는 소년은 모름지기 그 바위, 그 굴, 그 비석으로 순례를 떠나야 한다는 전통이 생겨났다.

멋모르는 사람은 그 신성한 장소에서 똥깐이라는 말을 지겹도록 듣고 보다가 방뇨나 방분의 충동을 느끼게 마련이었다. 그걸 실천에 옮기다가 벼락에 맞아 제가 싼 똥을 깔고 죽은 사람이 생긴 이후에는 누구도 감히 그렇게 할 생각을 하지 못했다. 멀지 않은 곳에 이동식 화장실이 생긴 것은 똥깐이가 죽은 뒤 십 년 만의 일이었다.

수많은 경찰서장이 오고갔다. 그들은 조동관 사건의 전말을 듣고 가슴에 새겨 몸가짐을 바로 했다. 경찰들 역시 가끔 남산에 있는 바위를 올려볼 때마다 똥깐이를 생각하지 않을 수 없었던 까닭에 수준이 점차 향상되었다. 지금은 세계적으로 알아주는 모범 경찰이 은척의 치안을 담당하고 있다.

똥깐이의 이야기는 사람들의 기억 속에서 달구어지고 이야기 속에서 다듬어져 마침내 그의 짧고 치열한 일생이 전傳으로 남기에 이른다. 이름하여 조동관 약전이다.

경두

경두, 내가 처음 수술에서 깨어났을 때 들은 건 방울방울 물이 떨어지는 소리였다.

그 소리가 내 몸에 연결된 링거 병에서 나는 소리라는 걸 알게 되었을 때, 아니 링거 병에서는 그런 소리가 나지 않는다는 것을 깨달은 다음에도 나는 고개를 들 수 없었다. 경두.

온몸이 차가웠고 점점 더 차가워지는 것 같았다. 경두.

사람들은 나를 혼자 있게 내버려두었다. 나는 수술을 받은 환자였다. 마취에서 깨지 않으면 영원히 혼자 있게 내버려둘 수도 있겠지. 경두, 네가 내게 처음으로 말을 걸어왔다.

—아저씨, 정신이 들어요?

경두, 너는 오토바이를 타는 소년. 오토바이를 타고 배달을 다녀오다가 달려오는 차에 치였다고. 그 차의 운전자는 여자였고 술을 마셨고 보험을 들지 않았다고 했다. 경두. 너는 비 오는 길바닥에 오토바이와 함께 처박혔다. 정신이 들어서 네가 처음 한 일은 오토바이를 돌본 것. 오토바이는 흠 하나 없이 말짱했다. 너는 그래서 웃었다. 웃으며 병원으로 실려왔다, 경두. 너는 마취에서 빠져나오려고 버둥거리는 나를 네 오토바이처럼 보살펴주었다.

　—야이 씨발놈아, 배고파, 밥 안 줘?

　경두, 너는 내 맞은편 병상에 누워서 소리를 치는 사람이 병원에서 제일 욕 잘하는 사람이라고 말해주었다. 병원 안에서 일어나는 일을 모르는 게 없었다, 너는, 경두. 그의 아들도 만만치는 않더구나, 경두. 아버지 옆 보호자용 간이침대에 누운 채 대꾸했다.

　—내가 씨발놈이면 아버진 뭐야. 씹할 놈인가.

　경두, 경두, 너는 낄낄낄 웃었다. 눈물이 나도록 웃었다. 웃으면서 병상과 병상 사이를 새처럼 날아다녔다. 네 웃음소리 속에 되새떼가 둥지를 튼 것 같았다, 경두.

　—아이, 아파, 아파, 아파, 엄마, 엄마.

　경두, 아들이 뭐라고 했겠니.

　—아버진 할머니 돌아가신 게 언젠데 엄마를 찾아. 바보야? 제발 조용히 좀 해. 내가 미친다.

　경두, 밥을 가지고 오는 수레 소리가 들리면 너는 누구보다도 빨리 달려나갔다. 많이 먹고도 너는 늘 배가 고프다고 말했다. 너는 비쩍 말랐다, 경두. 네 팔은 새 다리처럼 가늘고 네 다리는 누군가 껍질을 벗기기 위해 비틀어놓은 버드나무 가지 같았다. 그 다리에는 네가 사고 났을 때 다친 상처가 있었다. 처음에는 잘 꿰매놓았던 자리가, 네가 자꾸 딱지를 뜯는 바람에 벌어져 있었다. 작은 물고기 주둥이처럼.

—경두야, 우리 짜장면 먹을까?

너는 고개를 저었다. 경두. 짜장면 배달을 하도 많이 다녀서 짜장면은 보기도 싫다고 했다. 짜장 냄새가 코에 배어서 냄새도 맡기 싫다던 너, 경두.

—경두야, 피자도 싫으니?

피자 배달 다녀오다가 다쳤다고 했다. 너는 밥만 많이 먹으면 배부르다고 했다, 경두. 배가 불러도 늘 배가 고픈 것 같다고 했다, 경두. 한창 자랄 나이라 그렇다고 앞자리의 다리 부러진 환자가 말했다. 그는 맞는 말만 골라서 하는 이상한 사람이었다, 경두.

사고가 난 뒤부터 병원에서 먹고 자게 된 경두. 집에서 나온 후 처음으로 침대에서 자게 되었다는 경두. 깨끗한 시트를 좋아하는 경두. 깨끗한 시트가 깔린 침대를 찾아 밤마다 이리저리 돌아다니는 경두. 병실에서 제일 오래, 칠십 일이나 있어서 모두가 다 알고 모두를 다 아는 경두.

경두, 술에 취한 운전자는 너를 치고 백 미터를 더 달려가 멈추었고 잠시 멈춘 뒤 그냥 계속 달려가려고 하다가 택시에 막혔다. 택시 기사는 그녀를 끌고 경찰서로 갔고 너는 비 오는 길바닥에 쓰러져 있었다. 택시 기사는 경찰로부터 표창을 받아 개인 면허를 받는 게 중요했다. 경두, 그들은 어른이었다. 경찰서로 가는 도중에 타협을 했고 그들은 다시 네게로 돌아왔다. 너의 오토바이는 그때까지도 헛바퀴를 돌리며 너를 지키고 있었다, 경두.

—난 어른들보다 오토바이를 더 믿어요.

경두, 너는 그렇게 말했다. 네 말이 옳다. 택시 기사는 너를 병원으로 옮겼고 병원에서 교통사고 환자를 실어오면 주는 수고비를 받았고 그녀의 남편에게서는 더 큰 돈을 받았다. 그는 갔다, 경두. 택시 기사는 네게 오렌지 주스를 많이 먹으라고 말했다. 쪼끄만 놈이 밤에 오토바이를 몰고 다니니까 사고가 난 거지, 백 퍼센트 무가당 주스를 많이 먹으면 나을 거야.

경찰서에서는 아무도 오지 않았고 너에게는 친구가 없었다. 아니, 오토바이가 있었지만 오토바이는 입이 없고 증언을 해줄 수 없고 네가 있는 삼층 병실까지 올라올 수도 없었다. 너는 버려졌다.

사람들은 네가 차에 받힌 횡단보도를 매일 수백 번도 넘게 지나다닌다. 네가 쓰러져 있던 자리에는 풀이 났다.

그녀는 소리쳤다, 경두.

—술 안 먹었어요. 절대 횡단보도가 아니었어요. 오토바이가 갑자기 나타나서 길을 가로질렀어요. 비가 왔어요. 할 수 없었어요. 얘, 네가 그랬잖아.

그녀의 남편은 말했다.

—도의상 치료는 해주지만 다른 건 없어, 알아?

경두, 너는 병상 한구석에서 몸을 핫도그처럼 동그랗게 말고 자는 척했다.

—이 망할 년이 사고는 쳐놓고 이제 와서 큰소리는 무슨 큰소리야. 이년아, 누가 보험도 없이 차를 끌고 나가랬니.

사고를 낸 부부는 너를 면회 올 때마다 병실 복도에서 싸웠다.

—똥차를 공짜로 준다고 좋다고 받아와서는 한번 타보라고 한 게 누군데, 누군데.

밖에서 그들이 서로의 뺨을 때리고 멱살을 잡고 머리채를 끌고 다닐 때 너는 새처럼 몸을 움츠리고 그 소리를 듣고 있었다. 남자는 네 아버지를 닮았다. 네 아버지는 매일 너를 때렸다. 네 어머니에게 가라고, 경두.

네 어머니는 남편과 이혼을 하고 술집을 떠돌다가 다시 결혼을 했다, 경두. 경두, 너는 어디로도 갈 수 없었다. 네 어머니의 남편은 너를 좋아하지 않았고 그 역시 주먹이 셌다. 네 어머니도 그에게 가죽허리띠로 맞았다. 경두, 경두, 네 어머니가 이를 악물며 맞고 있는 소리를 들으며 며칠 밤을 지새고 너는 아버지에게 다시 돌아갔다. 경두, 네 아버지는 없었다. 네 책상도, 동생들도. 그후로 너는 아버지를 만날 수 없었다. 네 책상도, 동생들도. 다리가 부러진 환자는 너보다 너에 대해 많은 걸 아는 척했다. 묻지도 않았고 듣고 싶지도 않았는데 너에 대해 쉬지 않고 이야기했다.

그러는 사이 네 작은 오토바이가 팔렸다. 병원 사무장이 병원 주차장을 비좁게 한다고 네 오토바이를 제 동생에게 헐값으로 넘긴 것. 너는 사고 보상금을 받으면 더 좋은 오토바이를 살 수 있을 거라고 믿었다, 경두.

—너는 본드 안 하냐.

다리 환자가 네게 물었다.

—너 그날 본드 했지.

너는 못 들은 체 딴 데를 보았다, 경두.

—너도 조금 있으면 어른이니까 한잔 받어.

다리 환자는 밤마다 의사 몰래 술을 마셨다. 혼자 마시기 심심하면 네게 권했다. 언젠가 네가 술을 받아 마시고 밤새 울다가 웃다가 엄마를 불렀다고 했다, 경두.

―한 대 필래?

다리 환자는 담배도 피웠다. 고개를 젓는 경두, 수줍게 웃는 경두, 말없이 지켜보는 경두.

밤마다 옷을 갈아입고 어디론가 사라지는 경두. 발정난 고양이의 울음소리 속에 새벽마다 돌아오는 경두.

―뭐하고 오니?

―전자오락요.

―어디서?

―오락실이요.

―그다음엔?

―비디오방이요. 난 액션이 좋아요. 투투투투, 콰쾅. 연애 영화는 싫어.

―너 이 새끼, 포르노 보러 가는 거잖아. 다 알아, 임마.

다리 환자가 말하면 너는 가만히 있다가 엉뚱하게 내게 조그만 목소리로 물었다.

―아저씨, 포르노가 뭐예요.

―야한 영화다.

―에이, 그런 건 뻔해요.

―뭐가?

―지겹다고요. 그런데 아저씨는 왜 그렇게 아는 게 많아요?

내 대답을 듣지 않고 밥을 날라오는 수레 소리에 귀가 번쩍 띄는 경두. 내 밥을 타다주는 경두. 내 밥을 갖다주고 물을 챙겨주고 밥을 먹는 경두. 배달을 잘하는 경두.

—아저씨가 나보다 더 아프잖아요.

텔레비전을 보는 경두. 유선방송 프로그램을 줄줄 외우는 경두. 노래가 나오는 프로그램을 좋아하는 경두. 발끝을 까딱거리는 경두. 어깨를 흔들거리는 경두.

—저 노래 가사가 무슨 뜻이니?

—몰라요.

—모르는데 좋아?

—모르니까 좋잖아요.

내가 열에 들떠 비명을 지르던 밤, 당직 간호사는 계란을 푼 라면을 먹고 있었다고 일러준 경두.

—아프면 바보예요.

오토바이 이야기만 하면 눈이 반짝이는 경두. 나이 때문에 면허를 못 따서 진짜 오토바이는 타지 못한다는 경두. 밤에는 오토바이를 빌려 탈 수 있다는 경두. 확 튀어 보이게 '쇼바'를 '만땅'으로 올리고 불바퀴를 달고 안테나 단 오토바이를 타고 싶어하는 경두. 아직 오토바이를 갖지 못한 경두, 일 년은 아르바이트를 더 해야 오토바이 살 돈을 모을 수 있는 경두, 그때까지는 47시시 스쿠터를 타고 철가방을 들고 아파트를 오르내려야 할 경두. 경두. 아르바이트가 아닌 본업으로 아르바이트 학생처럼 배달을 하고 합숙을 하는 경두.

—멋있으니까 타는 거예요. 바람에 머리를 휘날리니까 기분이 좋아요, 아저씨. 청룡열차 타는 거 같아요. 차보다 훨씬 더 재미있어요,

아저씨.

다리 환자가 끼어들었다.

—야, 오토바이 안 타본 사람 있냐. 돈이 없으니까 오토바이 타지. 돈 있으면 차를 타지 왜 오토바이를 타냐.

너는 나를 보고 이야기했다.

—스트레스가 확 풀려요, 아저씨. 아저씨도 오토바이 타고 밤에 나가봐요. 쭉쭉빵빵한 계집애들이 태워달라고 덤벼들어요. 보상금을 받으면 진짜 오토바이를 살 거예요, 아저씨. 밤에만 탈 거예요. 난 밤이 좋아요, 아저씨. 밤에는 짭새들도 나이를 몰라봐요.

그렇지만 너는 너무 몸이 작았다. 네 얼굴엔 난 아직 어리다고 씌어 있었다. 경두, 경두.

—너는 금방 들킬 거야. 금방 잡혀, 알아?

다리 환자는 귀가 밝았다. 악착같이 우리 사이에 끼어들려고 했다. 너는 더 작은 소리로 내게 소곤거렸다.

—오토바이는 겨울에는 안 타요, 춥잖아요. 귀가 떨어질 것 같아요. 그래도 타는 애들은요, 오토바이에 미친 애들이에요. 자유롭잖아요. 자유로워요. 아저씨는 자유가 무슨 말인지 알아요?

학교를 그만둔 경두, 그만둘 생각도 없었는데 어느새 배달 가방을 들고 오토바이에 올라타 있던 경두. 짜장면을 배달하는 경두. 피자를 배달하는 경두. 중국집 뒷골방 짜장면의 숲에 잠이 든 왕자, 경두.

—아저씨, 선생이에요?

—왜? 선생 아닌데.

—선생같이 생겼어요, 면회 오는 사람들한테서도 선생 냄새가 나요.

—무슨 냄새냐.

—이 썩는 냄새하고 담배 냄새요.

—……내가 싫어?

—아뇨. 아저씨는 환자잖아요.

친구의 오토바이를 얻어 탔다가 친구와 함께 친구에게 돈을 빼앗긴 아이의 부모에게 잡힌 경두. 교무실에 꿇어앉아 있던 경두. 경두, 돈을 빼앗으라고 꾀었다고 맞는 경두. 부잣집 아들을 깡패로 만든 악질·불량·비행 청소년 경두.

—비겁한 새끼였어요. 돈 있는 애들은 다 그래요. 잘못해도 돈 뒤로 숨으면 되니까요. 걔들이 본드 열 번 하는 거하고 우리가 한 번 하는 거하고 같아요.

누구도 변호해주지 않고 누구도 학교에 와주지 않아서 학교에서 쫓겨난 경두. 경두, 오토바이를 타는 아이들을 구경하다가 먹여주고 재워주고 입혀주고 오토바이를 타게 해주는 중국집에 취직했다는 경두.

—두 달 있다가 토꼈어요.

—왜?

너는 가운뎃손가락을 내밀었다, 경두. 그 손가락으로 공중을 집요하게 후비는 시늉을 하다가 웃음을 터뜨렸다, 넌. 아기처럼 까르르 웃었다.

—주방장이 호모였어요. 똥구멍을 자꾸 달래잖아요.

—개새끼.

—뭐가요? 방도 구해주고 용돈도 준다고 했거든요. 나는 싫다고 했

지만. 주방장 따라간 애도 있어요. 난 나왔죠. 난 배달 잘해요. 똥구멍 하나로 먹고살 생각은 없어요.

밤마다 너는 옷을 갈아입고 밖으로 나갔다 새벽에 돌아왔다. 화장실에서 네 손으로 미리 빨아놓은 환자복으로 갈아입고 침상을 파고들어 끙끙거리며 잠을 잤다. 그런 날은 네가 좋아하는 아침도 먹지 않고 오전 내내 잠만 잤다, 경두.

—경두야, 텔레비전 좀 켜봐.

케이블방송에 수영복 차림의 여자들이 나오면 너는 고개를 돌렸다, 경두. 네가 젖가슴을 출렁거리며 춤을 추기라도 한 것처럼 창피해하고 부끄러워했다, 경두.

—넌 여자친구 없니?

—그딴 거 없어요.

—열다섯 살인데?

—계집애들 만나면 돈 써야 되잖아요. 돈을 모아야 오토바이를 사죠. 오토바이만 있으면 돈 안 써도 계집애들이 줄을 서요.

병원 안에서 쌓인 스트레스를 풀기 위해 밤마다 외출을 하는 경두. 24시간 편의점에 가서 빵을 먹고 1.5리터 콜라를 사서 전자오락실에 들어가는 경두. 누구에게도 방해받지 않고 즐기는 경두. 비디오방에 가서 부수고 때리고 죽이는 영화를 즐기는 경두. 소음기에 구멍을 뚫은 오토바이처럼 시끄러운 소리 속에서도 잠이 드는 경두.

경두, 네가 외출을 나간 어느 날 잘생긴 청년이 너를 찾아왔다. 새벽 두시였다.

—이 자리에 있던 애 어디 갔어요?

새벽 두시에 입원실에 들어와 환자에게 그런 질문을 하는 것, 또 그 질문에 또박또박 대답을 하는 것도 이상하고 우스운 일이지만 나는 대답해주었다. 경두.

—잠깐 나갔나봐요.

청년 뒤에는 머리를 박박 깎은 네 또래의 아이가 겁먹은 표정으로 서 있었다. 경두.

—이런 좆만한 새끼가 또 어디로 토꼈어. 또 그거 하러 간 거 아냐.

—전 몰라요, 삼촌.

—요렇게 놀다가 나한테 걸리기만 해봐, 죽여버릴 테니까. 한꺼번에 죽여버려, 좆마니들.

청년은 자동차키 묶음에서 늘어뜨려진 부드러운 짐승 꼬리를 배배 꼬았다가 풀며 말했다. 경두. 나는 소름이 끼쳤다. 조는 척하고 있었지만 네가 그 자리에 있는 것처럼 가슴이 뛰었다. 그 고동 소리를 듣고 청년이 내게로 온다면 나는 나도 모르게 잘못했다고 빌 것 같았다. 네 말대로였다, 경두. 나는 죽었다 살아난 환자였다. 너보다 약하고 힘없는 환자였다.

청년이 가고 난 다음 자는 척하고 있던 다리 환자가 말했다.

—경두 삼촌이랍니다.

—친삼촌이요?

—친삼촌은요, 부모도 버린 애들인데. 미니버스로 학원 다니는 애들 실어나르는 일을 하고 있대요.

—말 한번 예쁘게 하더군요. 생기기는 멀쩡하게 생겨가지고.

—그 친구 하는 일이 거의 다 불법이에요. 그쪽도 경쟁이 치열해서

먹고살기 힘든 모양이고요. 버스 한 대 값이 얼마예요? 그 돈 갚아야지, 먹고살아야지, 경쟁도 해야지, 칼부림도 나요.

—어떻게 그렇게 잘 아세요?

—내가 아파트 공사판에 오래 다녔거든요. 공사 끝나고 나면 보수 공사를 하는데 몇 달 일하다보면 아파트가 어떻게 돌아가는가 점쟁이보다 더 잘 알게 돼요.

다리 환자의 얘기는 언제 들어도 지겨웠다, 경두. 네가 전자오락실에 있다가 그 청년에게 정육점의 생고기처럼 끌려나오는 광경이 떠올랐다, 경두. 네가 비디오방에서 고치처럼 잠들어 있다가 으슥한 곳으로 끌려가 죽도록 맞는 것을 보는 것 같았다.

—사고 나서 보상받으면 돈이 되잖아요. 저 친구도 그 돈 때문에 오는 거죠.

—안 주무세요?

—자야죠. 몇십니까?

—세시요.

네시가 넘어도 너는 오지 않았다, 경두. 점심때에 깨어보니 네가 내 옆 침대에 잠들어 있었다. 무사한 너를 보고 나는 기뻤다, 경두. 네가 깨자마자 다리 환자가 너에게 삼촌이 다녀갔다는 이야기를 했다.

—이제 넌 죽었다.

너는 식탁의 왕자, 가지처럼 파랗게 질렸다, 경두. 너는 한참 동안 말없이 앉아 있다가 내게 물었다.

—뭐라고 해요?

—어디 갔냐고 묻더라. 잠깐 나갔다고 했다.

너는 말없이 텔레비전만 보고 있었다. 네가 좋아하는 랩음악이 나오는 프로그램을. 다리 환자가 말했다.

—걱정한다고 안 될 일이 되겠냐. 걱정하지 마.

—걸리면 난 죽어요……

네 목소리는 잘 들리지 않았다.

—네가 뭘 잘못했는데?

—삼촌은 그런 거 안 따져요. 자기 하고 싶은 대로 해요.

너는 잘못한 게 워낙 많으니까, 경두. 너는 학교를 중퇴했고 집을 나왔고 어른과 천사의 말을 안 들었고 배달을 하면서 툭하면 교통신호를 위반했으니까, 아무나 너를 때리고 죽이고 치어도 되는 거니. 너는 왜 도망가지 않는 거냐, 경두.

—도망가도 소용없어요. 아무도 도망가지 못해요. 삼촌은 손가락을 까딱하기만 해도 나를 찾아낼 수 있어요. 잡히면 난 죽어요……

경찰도 찾지 못하는 너를, 경두, 네 부모가 너를 찾을 마음은 없겠지만 찾으려고 해도 찾지 못하는 널, 그 친구가 어떻게 찾아낸다는 말이냐, 경두. 그놈은 네 삼촌이 아니다. 너처럼 연약하고 힘없는 아이들의 피를 빨아먹는 거머리일 뿐이야, 경두. 하지만 나는 네게 그런 말을 하지는 못했다. 사무장이 병실에 들어섰다.

—이경두, 사모님 오셨다.

사모님이라는 그 여자, 젊고 예쁘고 화장을 많이 한 그 여자. 병실 안을 환하게 만든 그 여자. 독한 향수 냄새를 퍼뜨리며 커다란 귀고리를 잘랑거리던 그 여자. 땀이 많은 그 여자.

—얘, 너 참 한심하고 대책 없는 애다. 사고는 네가 내놓고 부모도

없지, 아는 사람도 없지, 어떻게 하자는 거니. 내가 언제까지 네 치료비를 대줘야 하는 거야. 나도 더이상 못 참겠다. 내일까지 부모님 모시고 와. 안 그러면 나도 경찰에 신고할 거야. 내일까지야. 알았어?

경두, 너는 입술을 깨물고 한마디도 못했다. 다리 환자가 참지 못하고 입을 열었다.

—술 먹고 사고 낸 게 누군데 피해자인 애보고 책임지라는 거야.

—아저씬 뭐예요. 아저씨가 사고 나는 거 봤어요?

—아니, 세상이 다 아는 일 가지고 이제 와서 아니라고 하면 어떻게 하자는 거냐고.

—웃기는 사람이네, 증말. 왜 남의 일에 쌍지팡이를 짚고 나서는 거야. 아저씨가 애 부모예요? 왜 끼어들고 난리야.

—뭐 이따위 여자가 다 있어.

다리 환자가 몸을 일으키려다 아이쿠, 소리를 내며 자리에 눕는 순간 사무장이 끼어들었다.

—사모님, 흥분하지 마시고 말로 해결하십시오. 한방에 오래 같이 있다보니까 편을 들게 되는 거 아니겠습니까.

불쌍한 경두, 가엾은 경두, 너는 어른들끼리 아이처럼 싸우는 걸 보고 침상에서 점점 몸을 오그라뜨렸다. 환자복이 걷어올려지고 네 종아리에 벌어진 상처가 드러났다. 물고기 주둥이처럼 뻐끔하게 벌어진 그 상처에 두껍게 앉은 딱지.

사무장은 병실 밖까지 가서 고개를 숙이고 사모님을 전송했다. 돈을 내는 건 그 여자니까.

눈치를 보는 경두. 두리번거리는 경두. 눈치를 보지 않으면 이상해

보이는 경두. 간호사, 의사, 사무장, 다른 환자의 눈치를 보는 경두. 창문을 보는 경두, 퇴원 인사를 하러 다니는 사람을 보는 경두, 아기처럼 속눈썹이 길고 착한 아기처럼 눈과 눈동자가 뚜렷하고 힘없는 아기처럼 한곳만 보는 경두.

　―너 이제 큰일났다. 그러니까 사고 났을 때 곧 경찰서로 갔어야지. 저런 것들을 내가 얼마나 상대해봤는지 넌 모르지. 두고봐라. 이젠 병원에도 안 온다, 너. 이제 네 치료비 네가 내게 생겼어, 알아? 야, 아저씨 말 듣고 있어? 어른이 말할 땐 들어야지, 어딜 봐.

　다리 환자가 천장을 쳐다보며 맞는 말만 하는 사이, 경두, 너는 점점 더 몸이 작아졌다. 네 상처는 점점 더 크게 벌어졌다, 경두.

　―경두야, 삼촌 부를까?

　너는 대답을 하지 않았다. 너는 울고 있었다, 경두. 너는 밥을 날라오는 수레바퀴 소리가 나도 움직이지 않았다. 네가 밥을 가져다주지 않으면 우리는 힘들었다, 경두. 나는 팔이 부러졌고 앞자리 환자는 다리가 부러졌고 그 맞은편의 노인은 욕만 했다. 보호자들은 네게 여러 가지 일을 맡겼다. 경두야, 빵 좀 사와라. 경두야, 물 좀. 경두야, 텔레비전 켜. 너는 새처럼 재잘거리며 그 일을 해주었다. 그런데 너는 우느라 바빠 더이상 날지 못하게 되었다.

　―야, 사내자식이 그만한 일로 울기는 왜 울어. 부모님 오시라고 하면 되잖아. 밥 안 받아다 줄 거야?

　욕 잘하는 환자 보호자가 소리쳤다. 너에겐 너를 돌보아줄 부모가 없다.

　―이경두, 너 내일까지 밀린 치료비 안 내면 얄짤없이 퇴원해야

돼. 사모님한테 잘 보이란 말야.

사무장이 말했다. 치료비를 못 받으면 병원은 망한다. 누구에게든, 어떻게든 치료비를 받아내야 한다.

—경두야, 삼촌 부를까. 삼촌이라면 이런 일은 잘할 거야. 삼촌 연락처 없니?

너는 베개에 코를 박고 말했다.

—나를 위하는 척하지 말아요, 아저씨. 아저씨나 잘하란 말야.

네가 그렇게 말하면 나도 할말이 없어졌다.

—씨발놈아, 날 죽여라, 응 죽여. 아파 죽겠어, 아퍼, 아이고 어머니. 얘가 날 죽이려고 해요.

노인은 울부짖었다.

—그래, 차라리 죽어, 죽어버려. 나도 더는 못 참겠어. 젊은 놈이 맨날 이게 뭐야. 죽어, 제발 부탁이니까 이젠 그만 죽어, 진짜로 죽는 거야, 아빠.

아들이 마주 울부짖었다.

—I'm a loser, baby. So why don't you kill me?

네가 좋아하는 음악 프로그램이었다, 경두. 네가 보지 않는 동안에도 텔레비전은 그 프로그램을 방송했다. 뮤직비디오에 가수가 나와서 그렇게 노래했다. 무슨 말인지 너는 몰랐지만 그 노래를 정말 좋아했다. 나는 너를 위해 그 노래가 무슨 뜻인지 알아두었는데, 너는 내게 노래의 뜻을 묻지 않고 울고만 있었다. 조그맣게 신음하며 울었다.

팔이 다시 부러질 것처럼 아파왔다, 경두. 나도 신음을 냈다. 간호사가 꽂았던 링거 주사 자국이 시커멓게 부풀어올랐다. 간호사는 막

학교를 졸업한 신참이었다. 그날은 모든 게 최악이었다.

머리를 박박 깎은 네 친구가 나타났다. 부르지 않았는데도. 삼촌이 곧 올 거라고 말했다. 그 친구는 네 손을 잡고 침상 곁에 앉아 있었다.

너는 본드를 하지 않고 계집애들을 따라다니지도 않았다. 너는 착한 친구였다, 경두. 너는 아르바이트로 돈을 모아 오토바이를 사려고 했을 뿐이다. 너는 배달을 가다가 사고를 당했고 보상금으로 오토바이를 사려고 했을 뿐. 너는 오토바이의 쇼바를 만땅으로 올리고 불바퀴를 달고 싶어했다, 경두. 너는 겨우 열다섯 살이고, 정리를 해보자, 너의 부모는 너를 버렸고 선생도 너를 버렸고 네 친구들도 너를 버렸다. 너는 한 사람도 버리지 않았다. 네 삼촌도 버리지 못했다. 너는 사방에서 사람들을 도왔다. 네가 너를 위해 한 일이라곤 전자오락과 슝슝 소리나는 비디오를 본 것뿐.

병실 안의 사람은 모두 잠이 들었다. 너를 감시하던 네 친구도 침상에 머리를 박고 자고 있었다, 경두. 그 아이의 팔에는 경두, 담뱃불로 지진 자국이 있었다. 내가 설핏 잠에서 깨었을 때 너는 소리 없이 옷을 갈아입고 있었다. 밤이 되었기 때문에, 너는 외출을 해야 했다. 스트레스를 풀기 위해, 경두.

병실을 나서기 전에 너는 무엇인가를 입에 집어넣었다. 너는 배가 고팠다, 경두. 하루종일 아무것도 먹지 못했다, 경두. 너는 우물우물 무엇인가를 씹으며 병실을 나섰고 절름거리는 발소리를 내며 사라졌다. 그리고 너는 돌아오지 않았다.

─그게 뭐니, 네 입안에 있는 거?

너는 씩 웃으며 입안에 있던 걸 뱉었다. 그건 네 상처를 덮고 있던 커다란 딱지, 흐물흐물해진 딱지였다. 너는 수줍게 그것을 다시 입에 집어넣었다.

—그러면 상처가 덧나지 않니. 자꾸 커지잖아.

너는 다리를 걷어올렸다. 물고기 주둥이처럼 보이는 그 자국을 보여주었다.

—괜찮아요. 오토바이를 타면 금방 나을 거예요, 아저씨.

번쩍거리는 오토바이가 달려왔다. 오토바이 위에는 아무도 없었다. 연결 부위마다 푸른 기름이 줄줄 흐르는 새 오토바이였다. 너는 새처럼 가볍게 그 위에 올라탔다, 경두. 쇼바가 아득히 높고 불바퀴를 달고 안테나를 올린 오토바이.

—타요, 아저씨. 내가 특별히 태워주는 거야.

나는 낑낑거리며 오토바이 위에 올랐다. 이상하지, 부러진 팔이 아프지 않았다. 오토바이는 가볍게 푸르륵거리는 소리를 냈다. 네 몸도 진동했다. 나는 네 허리에 팔을 감았다. 네 허리는 여자아이처럼 잘록했고 너에게서는 젖냄새가 났다, 경두.

—꽉 잡아요, 아저씨!

응응거리던 오토바이, 말굽을 차며 푸르륵거리는 말처럼 기다리던 오토바이, 네가 발로 기어를 연결하는 순간 오토바이는 총알처럼 달려나갔다, 경두. 올림픽대로였다, 경두. 너의 부드러운 머리칼이 내 얼굴을 간질였다, 경두. 너의 머리칼은 여자처럼 길게 자랐다. 너는 온몸을 웅크리고 앞을 향해 달려나갔다. 내 뒤에 다른 오토바이가 나타났다, 경두. 네 옆에도 다른 오토바이가 있었다, 경두. 순식간에 올림픽대로는 오토바이로 가득찼다, 경두. 너는 오토바이 앞바퀴를 들어올렸다. 경두.

너는 시속 100킬로미터. 경두, 너는 시속 150킬로미터. 경두, 너는 시속 200킬로미터. 너는 속도였고 자유였다. 네 몸은 무기력하게 자전하는 지구 위에서, 늘 그렇듯 정해진 궤도를 따라 은하를 공전하는 태양계에서 가장 빠른 물질이 되었다.

나는 어지러웠다, 경두. 길바닥이 보이지 않았고 구역질이 나려고 했다. 경두. 너는 네 자유를 향해 달려갔고 나는 무서웠고 내리고 싶었다, 경두. 나는 용기가 없다, 경두. 나는 환자다, 경두.

나는 너의 허리를 잡았다.

—세워줘. 나 무서워.

경두, 경두, 경두, 경두, 경두, 너는 새처럼 재잘거렸다.

—죽어도 좋아. 죽어버릴 거야. 자유로워질 거야. 난 멈추지 않을 거야. 멈추지 않아, 절대 멈추지 않아.

경두, 네 오토바이는 시속 250킬로미터. 마하, 마하, 마하, 마하, 너는 음속을 뚫었다. 너는 오토바이와 한몸이 되어 달렸다. 너와 오토바이는 서로에게 체인을 연결하고 핏줄을 뻗고 뇌수와 엔진을 교환하고 서로에게 파고들어갔다. 그러면서 더욱 빠르게 달렸다. 너는 대기권을 탈출했다. 너는 태양계를 탈출했다. 너는 은하계를 탈출했다.

나는 꿈에서 깼다. 네 자리는 비어 있었다. 네 자리에 남아 있던 것, 그건 커다란 상처 딱지. 나는 네가 네 상처 속으로 오그리고 들어가 딱지가 된 거라고 생각한다, 경두.

너는 돌아오지 않았다. 너를 찾아오던 사람들도 오지 않았다. 앞자리의 다리 부러진 환자는 네가 죽었다고 한다, 신문을 보고, 경두.

경두, 너는 오토바이가 됐다. 우주를 넘어 날아가버렸다, 경두.
경두……

아빠 아빠
오, 불쌍한 우리 아빠

잘한다, 아빠. 이번에는 공사판이란다. 이판사판 공사판이란 말이지. 거기 가면 누가 놀랄 줄 알고. 형은 놀랐다기보다는 절망했다. 한때 누구보다도 아빠와 열심히, 또 모범적으로 용감히 싸우던 형이 이제 와선 오래된 전우나 된 듯이 아빠를 염려한다. 그러면서도 자신이 직접 갈 마음은 왜 없는지, 그럴 마음이 전혀 없는 나보고 아빠에게 다녀오라고 한다. 아빠는 공사판의 야간 방범, 줄여서 '야방'으로 취직했다. 밤에 공사장의 자재를 훔쳐가는 도둑놈들을 막는 게 일이란다. 어쨌든 나는 차의 시동을 건다.

　나는 아빠에게 속지 않는다. 걱정도 하지 않는다. 사실 요전에 아파트 경비원으로 취직을 해서 제복을 입고 나타났을 때는 조금 놀랐다. 아빠에게 아직 나를 놀라게 할 수단이 있다는 게 신기해서. 그때 식구 중에서 놀라지 않은 사람은 엄마뿐이었다. 너희 아빠는 늘 그랬지. 누구하고 상의하는 법이 있니. 식구들 놀라게 하는 게 평생의 취미였으니까. 아빠가 아파트 경비원으로 취직한 게 단지 우리를 놀라게 하려고만 한 것일까. 아빠는 낚싯대 하나로 한 번에 물고기 두 마리, 세 마리를 잡고 싶어하는 사람이다. 우리를 놀라게 하는 동시에 일생 동안 그래왔듯이 평화롭게 살려는 사람들에게 심술을 부리려는 것이다. 아빠는 평범한 사람이면서도 남이 평범하게 사는 걸 참지 못한다. 내가 말랑말랑해 보였을 때도 아빠는 나를 유별난 인간으로 만들려고 기를 썼다.

초등학교 사학년 때인가. 나는 오전 수업뿐인 토요일 아침에 도시락을 두 개씩이나 들고 학교로 가는 유별난 짓을 해야 했다. 학교와 집에서 십 리쯤 떨어진 저수지로 토요일이면 낚시를 가는 아빠 때문이었다. 수업이 끝나면 나는 도시락을 들고 아빠가 있는 저수지로 걸어가곤 했다. 아빠가 미리 버스를 타고 가서 낚싯대를 드리워놓고 휘파람을 불고 있는 그 시간에. 가다가 지치면 혼자 길에 앉아 내 몫의 도시락을 까먹었다. 혼자서 도시락을 먹는 그 두렵고 쓸쓸한 때에 나는 문득 마라톤 선수도 남이 먹을 도시락을 들고 십 리 길을 뛰어가기는 싫을 거라고 생각했다. 아빠는 그런 건 고려하지 않았다. 오늘 낚시 가니까 정석이 도시락 들려 보내. 요즘 산색山色이 좋더군. 그러면 다 되는 건 줄 알았다. 아빠는 내가 십자가가 많은 교회 묘지가 있는 아리랑 고개를 넘고 도살장이 보이는 내를 건너 겁에 질려 달리고 달린 나머지 할딱거리며 가져온 도시락을 받아놓고, 망태에다가 그날 잡은 붕어를 담아 내게 주었다. 그러면 나는 아빠, 많이 잡으세요, 하고 내키지도 않는 인사까지 한 다음에 십 리 길을, 하도 맡아서 구역질이 나는 물고기 비린내와 물고기 비린내보다 더 지독해지는 무서움과 싸우면서 돌아왔다. 아빠는 엄마가 그 붕어로 만든 붕어찜이 다 익을 때쯤 느지막이 막차를 타고 돌아왔다. 나는 그 망할 놈의 붕어에 숟가락도 대고 싶지 않았지만 아빠는 편식이 나쁘다면서 억지로 먹게 했다. 어쩌다가 정말 먹어보려고 덤벼들라치면 과식은 편식보다 더 나쁘다고 쫓아낼 거면서.

　형에게는 먹어라 말아라 하지 않는 것은 형이 그런 소리에 신경도 쓰지 않기 때문이었다. 형도 나처럼 아빠의 도시락 심부름을 한 적이 있다고 한다. 그런데 형은 도시락을 가지고 가면서 중간에 먹어버렸는지 잊어버렸는지 낚시터에는 빈손으로 갔다. 낚시터에서 붕어를 주면 중간에 친구들과 먹었는지, 버렸는지 집에는 가져오지도 않았다. 도시락은, 하고 물으면 무거워서 버렸다는 게 형의 대답이었다고 한다. 붕어는, 하면 불쌍해서 놓아주었다고 하고, 죽은 놈도, 하면 묻어주었다고 거짓말을 했다. 증거가 없으니까 뭐라고 할 수도 없고 말이라 너무 심하게 다룰 수도 없고, 무엇보다도 도시락과 붕어가 아까워서 형에게는 더이상 도시락 심부름을 시키지 않았다. 그래서 불쌍한 내가 어린 나이에 도시락 심부름을 하게 된 것이다. 그렇지만 나는 아빠의 기대대로 그 심부름을 통해 훌륭한 마라톤 선수가 되어주지도 않았고 두려움 없는 탐험가가 되어주지도 않았다. 못했는지도 모르지만.

　그때처럼 엄마가 준 도시락을 가지고 아빠를 찾아가고 있다. 공사판은 신도시의 단독주택 단지에 있다. 터널을 지나고 하천을 건넌 다음 들을 끼고 달린다. 지도를 볼 것도 없다. 나침반도 필요 없다. 어떤 길이라도 목적지까지 망설임 없이 씽씽 달려갈 수 있다. 아빠의 소망대로 마라톤 선수가 되지는 못했지만 나는 훌륭한 운전기사는 된 셈이다. 결혼식이나 했으면 싶은 화창한 날씨다.

아빠는 샘이 많다. 남들에게 지고는 못 산다. 특히 하찮은 일에는 예민하다. 해마다 미국 경제지 『포춘』을 장식하는 세계적인 갑부가 된다든가 신대륙을 발견하는 것 같은 일은 꿈도 못 꾸면서 세상에서 가장 뛰어난 아파트 경비원이 되는 데는 열심이었다.

형이 자기 회사 공장에 경비원 자리가 비었는데 요즘 사람이 없어서 고민이라고 지나는 말처럼 한 게 문제의 시작이었다. 아빠가 그 자리에 가겠노라고 소매를 걷고 나섰다. 나 아직 늙지 않았다. 도둑 지키면서 사흘 밤 새우는 것도 어렵지 않아. 형은 펄쩍 뛰었다. 아버님. 직원들이 뭐라고 하겠습니까. 명색이 제가 사장인데 아버님이 경비를 하시다뇨. 아빠는 이유야 어떻든 남이 팔짝 뛸 때는 무조건 냉정, 침착해진다. 군대 시절 보안부대에 근무하면서 몸에 익은 주특기다. 왜, 집안에서 꼬리부터 대가리까지 알뜰하게 다 해먹는다고 할까봐 무서우냐? 그러면서 나를 살짝 흘겨보았다.

나는 형이 경영하는 회사의 비서실장 겸 기사 겸 심부름꾼, 쉽게 말해 사장의 '가방을 들어주는 사람'이다. 형이 요즘 바람을 피우는 것 같다고 형수가 엄마에게 하소연을 하는 바람에 군대 갔다 와서 소설적인 철학, 또는 철학적인 소설로 소일하면서 삼 년째 놀고 있던 내게 그 자리가 돌아왔다. 그러므로 가방과 관계된 업무보다 중요한 게 형의 바람을 감시하는 일이다. 형수나 엄마가 그 일을 믿고 맡길 수 있는 사람은 이 세상에 나 하나밖에 없다. 그런데 아빠는 그것조차 아니꼽고 부러웠던 모양이다. 경비를 하겠다는 건 이 세상에서 단 하나밖에 없는 일을 하고 있는 내게 샘을 내고 있기 때문이었다.

속 모르는 형은 아빠 입에서 경비원 얘기만 나오면 팔짝팔짝 뛰었고 그 바람에 운동 부족을 해소하면서 살을 약간 뺄 수도 있었다. 그 다음달부터 아빠에게 경비원 월급에 해당하는 용돈을 드리기로 한 것은 그에 대한 감사의 표시였을까? 아빠는, 내가 돈 때문에 그런다고 생각하면 오산이다, 나는 내가 하고 싶은 일을 하고 싶을 뿐이다, 하고 말하면서도 용돈은 꼬박꼬박 챙겼다. 그러고는 앗, 하고 소리칠 사이도 없이 근처의 아파트 경비원으로 취직했다. 나는 형이 그렇게 지독스럽게 당하는 것을 보면서 어째서 형이 그렇게 약해졌는지 이해할 수가 없었다. 형도 한때는 아빠 못지않게 독했고 아빠보다 영리했고 아빠만큼 끈덕졌다.

형은 고등학교 시절에 담배를 끊었다. 그때는 아빠가 오랫동안 몸 담고 있던 군대에서 제대하고 집 근처에서 친구들과 어울려 조그만 사무실을 운영하기 시작했던 무렵이었을 것이다. 전역 전에는 한 달에 몇 번 올까 말까 하던 아빠가 매일 집에 있다시피 하니까 아빠 때문에 온 집안 식구들이 상당히 스트레스를 받았다. 특히 형은 그동안 호랑이 없는 굴의 토끼처럼 왕 노릇을 하고 있다가 돌아온 호랑이에게 자리를 내주고는 우울증이 도져 중학교 때부터 시작한 담배의 흡연량이 부쩍 늘었다. 형과 한방을 쓰던 나는 형이 담배를 피울 때마다 창문을 열고 부채질을 해야 했고 어떤 때는 아빠가 오시나 보려고 보초를 서야 했으며 간접흡연의 폐해까지 겹쳐 제대로 공부를 할 수가 없었다. 게다가 아빠는 군대 시절이 그리워질 때마다 불시에 내무 검열을 하듯 우리 방에 들어와서는 오랜 군대 생활 동안 터득한 다채로운 방법을 동원해서 예리한 눈과 손으로 방안을 살피곤 했다. 형의 서랍, 책장 위, 액자 뒤편, 침대 아래가 집중 검열 대상이 됐다. 아빠가 검열을 할 때마다 우리는 부동자세를 취한 채 곁눈질로 아빠의 일거수일투족을 살펴야 했는데 그때의 그런 경험이 나중에 군대 생활에 쉽게 적응하는 데 도움을 주기는 했다.

"청소 상태 불량. 정리정돈 불량. 고로 정신 자세 불량."

그날도 아빠는 불량한 부분을 세밀히 지적한 다음, 시정 조치를 취하라고 명령했다. 하지만 뭔가 결정적인 증거를 잡지 못한 게 불만인 듯 무뚝뚝한 표정으로 방을 나섰다. 대문이 여닫히는 소리가 날 때까지 우리는 부동자세로 서 있었다.

"아휴, 지겨워. 내가 못산다."

형이 침대에 몸을 던지며 소리쳤다. 그러고는 양말 속에서 담배를 꺼내 뱀이 개구리를 삼킬 때처럼 널름 입에 물었다.

"형, 냄새나. 밖에서 피우면 안 돼? 아빠 오면 어쩌려고."

"인마, 아빠도 담배 피우는데 어떻게 담배 냄새를 맡냐?"

"학교 가면 애들이 내가 담배 피우는 줄 알아. 옷에 냄새가 뱄단 말야."

"억울하면 너도 같이 피워라."

"나는 중학교 가도 담배 같은 건 죽어도 안 피워. 고등학생이 돼도 안 피울 거야."

그때 느닷없이 길 쪽으로 난 들창이 확 열렸다.

"동작 그마안!"

그때 아빠의 표정에는 분노나 놀람보다는 못다 한 일을 성공적으로 마쳤을 때 나타나는 희열이 담겨 있었던 것으로 기억한다. 우리가 꼼짝 못하고 얼어붙어 있던 그 지긋지긋한 시간, 아빠가 대문을 열고 마당을 가로질러 현관문을 통해 들어오기까지 우리의 귀를 울리던 발소리 역시 기억에서 지울 수 없다. 아빠는 형의 따귀를 친다거나 정강이를 걷어차는 감정적인 행동을 하지는 않았다. 결정적인 순간에는 냉정하고 정확해지는 사람이 아빠다. 아빠는 한동안 우리를 노려보기도 하고 창밖을 내다보면서 새소리에 귀를 기울이는 듯 침묵의 시간을 보내며 호흡을 고른 다음 형에게 명령했다.

"지금부터 책과 공책을 마당에 쌓는다. 실시!"

형은 차라리 잘됐다는 표정으로 부지런히 자신의 책과 공책을 마당에 갖다가 쌓았다. 거기에 내가 아끼는 만화며 어린이 잡지까지 무차별로 끼워넣었는데 그때 나는 감히 말릴 생각도 하지 못했다. 어쩌면 만화나 우주인 이야기보다 더 짜릿한 결정적인 대결이 벌어질 것이라는 기대, 또는 긴장, 두려움이 내 몸을 얼어붙게 만들었기 때문이다.

"본인은 담배를 피우는 학생은 학생이 아니라고 생각한다. 제군들 생각은 어떤지 알고 싶구만."

나는 마당 한구석에 부동자세로 서 있었고 형은 마당 한가운데 무릎을 꿇은 채 아빠의 훈시를 듣고 있었다. 아빠는 잠시 말을 끊고 뒷짐을 진 다음 여유 있게 마당을 돌며 화분도 살피고 빨래도 건드리고 펌프도 만져보고 하다가 보안사령관처럼 위엄 있게 고개를 쓱 돌리며 말을 이었다.

"학생이 아니면 공부를 할 필요도 없고 책도 필요가 없는 것이다. 본인은 물리적인 폭력을 행사하거나 하기 싫은 일을 억지로 시키는 짓 따위는 원래부터 혐오한다. 고로, 신사적으로 이야기하겠다. 지금부터 담배를 끊고 학생의 신분으로 돌아가겠다고 생각하면 책을 도로

제자리에 갖다놓는다. 계속해서 담배나 피우고 깡패 노릇을 하겠다면 책에다 불을 붙여라."

거듭 말하지만 그때는 형도 만만찮은 문제아였다. 부전자전이라는 옛말을 입증이라도 하듯. 형은 곧바로 주머니에서 성냥을 꺼내더니 책에다 불을 붙이는 시늉을 하는 것이었다.

"어라, 저놈 봐?"

형은 바로 내 만화책을 들어 보란듯이 불을 붙였다. 나는 기겁을 해서 내 책을 향해 달려갔고 아빠는 분노에 찬 장닭처럼 형을 쫓아갔다.

"형, 그거 내 책이야!"

"네 이노옴!"

형은 우리가 쫓아오는 걸 흘끗 보는가 싶더니 한달음에 도망을 놓았다. 나는 부랴부랴 내 책에 붙은 불을 껐고 아빠와 형은 쫓고 쫓기며 마당을 뱅뱅 돌았다.

"거기 서!"

"안 서요!"

"서!"

"못 서요!"

화분이 쓰러지고 빨래가 땅바닥에 떨어졌다. 개집이 뒤집어지고 개 밥그릇이 하늘로 날았다. 마침 엄마가 개를 끌고 시장에 가셨기에 망정이지 그 자리에 계셨으면 기절을 하셨을 것이다. 개와 함께. 마침내 수십 년간 구보로 단련해온 아빠가, 미성숙한 폐가 담배에 찌들어 얼마 뛰지도 않아 헉헉거리는 형의 소매를 잡았다. 형은 그 소매를 뿌리치다가 펌프 아래의 개수대에 발이 걸렸고 그 서슬에 공중으로 도약

했다. 도약 후 착지할 장소에 하필 담벼락이 있었다. 나는 순간적으로 형이 만화영화의 주인공처럼 그 담벼락에 부딪혀 자신의 몸만한 자국을 남기고 천천히 미끄러져내릴 거라고 생각했다. 그런데 형이 담벼락에 부딪히자 어이없게도 담이 무너져내렸다. 형은 무너진 담을 타넘고 이웃집 대문을 통해 도망가버렸다. 그날 형은 돌아오지 않았다. 이웃집 주인은 즉각 담의 보수를 요구해왔고 담에 깔려 죽은 병아리값에 자신의 노모가 담 무너지는 소리에 가슴병을 얻었다고, 약값까지 요구했다. 아빠는 속절없이 손을 비비며 이웃에게 사죄를 했고 무조건 변상을 약속했다.

엄마가 돌아와서야 사태가 수습됐다. 엄마는 쥐도 구멍을 봐가며 쫓으랬다고, 물정도 모르면서 아이를 잡으려드느냐고 아빠를 호되게 야단쳤다. 그다음에 이웃과 협상에 나서서 어차피 무너질락 말락 하던 담이니 반반씩 부담을 해서 다시 담을 세우기로 합의했고 병아리값이며 약값 같은 건 이웃간에 더이상 따지지 말자고 간단히 매듭을 지었다. 그때나 지금이나 주위에서 똑소리나게 분명하고 철저한 사람이라는 평판을 듣는 엄마다. 남자로 태어났으면 장군감인데 여자이다보니 상사 계급의 아빠에게 시집을 와서 고생을 한다는 것이다. 장군감 엄마에게 쫓겨난 퇴역 상사 아빠는 그날 밤 우리 방에서 꿍꿍 앓으며 잠을 잤다. 엄마는 형의 친구 집을 돌아다닌 끝에 형을 어르고 달래 집으로 데리고 돌아왔다. 그 대신 아빠에게는 자신의 허락이 있을 때까지 내무 검열은 물론, 우리 방에 들어가는 것조차 금지했다.

"담배를 피우려거든 내가 보는 앞에서 피워봐."

엄마는 아빠가 피우는 담배를 가지고 와서 형의 입에 물렸다. 한꺼번에 세 대씩. 형은 귀에서 연기가 날 정도로 연속해서 두 갑의 담배를 피우고 나서는 엄마에게 항복했다. 엄마는 전쟁터를 연상케 하는 자욱한 연기 속에서 진짜 장군처럼 뒷짐을 지고는 들릴락 말락 하게 중얼거렸다.

"이렇게 간단한 걸 가지고, 사내들이란 그저……"

며칠 후 아빠는 나를 시켜 형을 집밖으로 불러냈다. 우리 세 부자는 귀신 잡는 엄마라도 도저히 찾을 수 없는 남자 목욕탕으로 들어가 사나이 대 사나이로서 대화를 나누었다.

"지난번 일은 내가 지나쳤던 것 같다."

"아닙니다, 아버님. 제가 잘못했습니다."

"네가 어떻게 생각해도 좋다. 나 자신을 반성하는 의미에서 나부터 담배를 끊기로 했다. 이제 나는 필요가 없으니 네가 피우도록 해라."

아빠는 반쯤 남은 담뱃갑을 형에게 내밀었다. 형은 어리둥절해했고 나는 가슴이 조마조마했다. 이윽고 형은 담뱃갑을 받아들더니 그 위에 눈물인지 목욕물인지를 떨어뜨렸다.

"아버님, 저도 끊겠습니다. 그리고 이건 제가 죽을 때까지 보관하겠습니다."

아빠는 그때 정말로 수십 년 동안 피워오던 담배를 끊었다. 그것만 봐도 아빠는 독한 사람이다. 담배를 끊은 다음 아빠는 갑자기 살이 쪘다. 그와 함께 어쩐지 시시한 사람으로 변해가는 것 같았다. 총을 빼앗긴 병사 같다고나 할까, 머리를 깎인 삼손이라고나 할까. 청소도 잘하고 이웃과도 새로 사귀고 내 공부도 챙겨주고 웬만한 옷은 직접 빨아 입고, 전과는 비교할 수도 없이 태도가 좋아졌지만 나는 뭔가 잃어버린 것처럼 허전했다. 아빠가 그러니 엄마도 재미없어하는 것 같았다. 형과 무슨 얘기를 했는지는 모르지만, 두어 달쯤 지난 어느 날 형이 담배를 한 포 사들고 덜레덜레 집안으로 들어왔다. 식구 모두가 보는 앞에서 무릎을 꿇더니 아빠에게 말했다.

"아버님, 아버님의 유일한 기호품이 담배인데 저 때문에 그걸 끊으시다니 제 마음이 너무 아픕니다. 다시 담배를 피우시지요."

아빠는 어색한 낯으로 엄마와 나를 돌아보았다.

"그래도 될까?"

나는 얼른 고개를 끄덕였고 엄마는 모르는 체 바깥으로 얼굴을 돌렸다. 아빠는 머뭇거리며 그 담배를 받았다. 아빠가 담배포를 돌아온 탕아처럼 자애롭게 오래오래 쓰다듬는 사이 나는 방으로 들어왔다. 뒤따라 형이 들어와 침대에 털썩 주저앉았다. 그러더니 서랍에서 담배가 반쯤 든 담뱃갑을 꺼냈다. 나는 놀라서 소리쳤다.

"형!"

"야아, 꼰대가 담배를 안 피우니까 냄새가 나서 혼자 피울 수가 있나. 되게 좋아하는군."

나는 그때 얼마나 순진했던가. "너무해!" 하고 소리까지 쳤으니.

"아냐, 아냐. 나 정말 담배 끊었어. 그냥 해본 소리야."

형은 담뱃갑을 소중히 싸서 서랍에 넣었다. 그 담뱃갑은 아직도 형의 서랍 어딘가에 들어 있을 것이다. 형은 그후 아직까지 담배를 피우지 않았다.

군데군데 포장이 덜 된 도로를 만난다. 신도시에 가까이 올수록 덤프트럭들이 많아진다. 확 끼어들기도 하고 먼지를 뒤집어씌우기도 한다. 불이 꺼지지 않은 담배를 던지는 젊은 녀석들도 있다. 저 꽁초 때문에 불이라도 나면, 뒤차의 라디에이터에 들어가기라도 하면 어쩌려는 거야? 형이 뒷자리에 타고 있다면 세상 걱정 도맡은 중늙은이답게 그런 잔소리를 하겠지만 나는 그렇지 않다. 같이 피우면서 근심을 잊으면 된다. 담배를 꺼내 불을 붙이려다보니 또다른 담배 이야기가 생각난다.

세월이 흘러 어느덧 내가 말썽을 피워야 할 시절이 왔다. 하지만 나는 형이 그랬듯이 담배나 피우고 친구들과 어울려 싸움이나 하러 다닐 생각은 없었다. 그쪽은 형이 워낙 뛰어난 면모를 보여주었기 때문에 특별히 할 일이 없기도 했다. 그런데 세상이 나를 내버려두지 않았다. 엄마를 닮아서 그런지 형이나 아빠에 비해 내 덩치가 좀 큰 편이었다. 중학교 다닐 때 벌써 형보다 컸다. 친구들과 어울려 길을 가고 있었다. 그 친구들은 형의 옛날 친구들처럼 악당이거나 악당이 될 소질이 넘치는 아이들도 아니었다. 우리는 전봇대에 돌을 던져 맞히는 놀이를 하고 있었다. 심심해서 그랬다. 그런데 마침 그때 바퀴로 돌을 튀기며 지나가던 고물 트럭이 있었다. 포장이 안 된 도로여서 먼지도 심했다. 우리가 먼지 때문에 과녁이 안 보인다고 투덜거리고 있는데 꼭 그 불평을 듣기라도 한 것처럼 갑자기 트럭이 멈췄다. 그리고 온몸에 근육밖에 보이지 않는 사내가 뛰어내렸다. 그는 다짜고짜 내 멱살을 잡았다. 내가 함께 있던 아이들 가운데 가장 덩치가 커서 그랬던 것 같다.

"이놈의 새끼들, 어디서 돌을 던져."

우리는 전봇대를 향해 돌을 던졌을 뿐이었다. 트럭의 바퀴에 튀긴

돌이 트럭에 맞은 걸 가지고 운전사는 우리가 트럭을 향해 돌을 던졌다고 오해했다. 멱살을 잡히지 않은 아이들이 열심히 변명을 했지만 아무 소용이 없었다. 나는 코피가 터지고 어깨의 빗장뼈에 금이 가도록 맞았다. 게다가 트럭에 실려 파출소로 끌려가야 했다. 아이들이 집으로 달려가 그 사실을 알리는 동안 나는 파출소에서 지나가는 트럭을 향해 돌을 던진 악질 비행 청소년으로 몰리고 있었다.

형이 맨 먼저 뛰어왔다. 진짜배기 비행 청소년으로서 파출소 순경들과 예전부터 안면을 터왔던 형은 자신의 풍부한 경험을 살려 나를 변호하려고 했다. 하지만 별 효과가 없었다. 경찰은 내가 바로 형의 동생이라는 걸 알게 되자 진짜로 트럭을 향해 돌을 던졌다고 확신했다. 형은 한 걸음 물러서서 이렇게 주장했다. 설사 내가 트럭에 돌을 던졌다 하더라도 트럭의 코피가 터졌거나 트럭 운전사의 빗장뼈가 금 간 건 아니니까 운전사가 더 많이 잘못한 것이라고. 하지만 운전사도 호락호락한 사람은 아니었다. 지나가는 트럭에 돌을 던지는 건 살인 행위나 다름없다고 소리를 질렀다. 양측의 주장이 팽팽히 맞서 잠시 소강상태가 된 바로 그때 아빠가 파출소로 들어섰다. 아빠는 이마에 잔뜩 주름을 잡고 있는 파출소장에게 다가가 가위처럼 손가락을 벌리며 악수를 청했다.

"수고 많으십니다아."

"어이구, 이상사님! 요즘 어떠십니까, 그래?"

아빠와 파출소장은 한동안 두 사람의 공통된 취미인 낚시 이야기를 나누었다. 그러던 끝에 아빠는 파출소장이 현재 어떻게 처리할까 고심하는 사건에 대해 자신의 의견을 피력했다.

"저도 군생활을 오래한 사람이라 이번 일이 질서와 치안에 얼마나 중요한 일인가 잘 압니다. 모쪼록 엄벌에 처하여주시기 바랍니다!"

"네에?"

"사실, 저기 꿇어앉아 있는 녀석이 제 불초자식입니다. 양쪽 다 잘한 건 하나도 없으니까 최대한 엄벌에 처해달라는 것이 제 부탁입니다. 읍참마속의 심정으로 말씀드리는 것입니다."

아빠는 당장 눈물을 흘릴 것처럼 고개를 돌려 코를 풀더니 손수건을 찾으려는 듯이 양복 안쪽에 손을 넣었다. 그때 나는 보았다. 아빠의 양복 속에서 빠져나온 건 손수건이 아니고 담배 한 포였다. 아빠는 그 담배를, 아빠의 말에 얼떨떨해하고 있는 파출소장의 손에 번개 같은 속도로 쥐여주었다. 그러고는 언제 자신이 담배라는 엄청난 뇌물을 주었더냐는 듯 다시 한번 고개를 깊이 숙이고 "엄벌에 처해주십시오, 엄벌로 다스려주세요" 거듭 부탁하는 것이었다. 담배 한 포의 뇌물이 위력을 발휘한 것인지, 아니면 하늘의 섭리가 원래 그렇게 돼 있었는지, 또 파출소장의 공평무사한 판단 덕분인지는 잘 모르겠지만 우리는 트럭 바퀴에 돌을 던졌다는 누명을 쓰고 삼십 분 동안 무릎을 꿇는 엄벌에 처해졌다. 트럭 운전사는 내 치료비 일체를 내놓아야 했고 다시는 어린아이들, 특히 덩치만 크지 뼈는 수숫대처럼 약한 중학생에게 주먹을 쓰지 않겠다는 각서를 쓴 다음 재수없는 동네라고 투덜거리며 트럭을 몰고 사라졌다. 집으로 돌아오는 길에 나는 형에게 "쩨쩨하게 담배 한 보루가 뭐야" 하고 투덜거렸다. 형은 아빠가 결정적인 시기에 결정적으로 힘을 써서 우리가 훌륭한 전과를 거두게 되었다, 또한 평생 뇌물을 모르고 살아온 아버님이 자식 때문에 스스로를 희생하셨다며 제정신을 잃고 감탄하고 있었다. 그 무렵부터 형은 아빠와 싸울 힘을 잃었다. 그러나 그때까지만 해도 나는 아직 멀었다.

아빠는 낚시를 좋아했다. 그런데도 아빠의 아들들이 대를 이어 낚시를 좋아하는 데는 반대였다. 혼자 힘으로 붕어를 멸종시키자는 것도 아니고 메기, 잉어, 가물치, 뱀장어로 떼돈을 벌자는 것도 아닌데 왜 그랬을까. 아빠는 자신이 재미 들인 것을 아들이 아는 게 부끄러웠던 건 아닐까. 혼자서 재미를 보자는 건 아니었을까. 그렇거나 말거나 나는 낚시를 갔다. 아빠와 파출소장이 잘 가는 낚시터로, 아빠의 낚싯대를 들고, 아빠처럼 버스를 타고 갔다. 내게는 첫번째 낚시였다. 대학 입학시험에 떨어져서 재수를 하던 무렵이었다. 나는 첫번째 낚시부터 일주일 넘게 낚시터에서 살았다. 낚시에는 대학 입학시험 따위는 없으니까, 또 대학 입학시험에는 낚시 과목이 없으니까 아빠 생각에 재수생이 낚시를 하는 건 재수생답지 않은 일이었는지도 모른다. 아빠는 낚시를 하려거든 책부터 태우라고 말하지도 않았고 나를 쫓아 마당을 맴돌지도 않았다. 군대를 다녀와 취직 준비를 하고 있던 형을 내게 보냈다.

"정석아, 너 도대체 왜 그러니. 어머님 아버님이 지금 밥도 못 먹고 계신다. 나하고 집으로 돌아가자."

형은 자신이 아빠에게 약한 만큼 내가 엄마에게 약하다는 걸 잘 알고 있었다. 내게는 용감하고 시원시원하고 흔들림이 없으면서 할 일을 다 하는 엄마가 아빠처럼 여겨졌다. 조금 영리하고 그만큼 치사하고 사소한 일에 간섭이 심한 아빠는 엄마보다 자주 보는 떡볶이집 아줌마로 취급하고 싶었다.

"안 가."

나는 아무래도 엄마를 닮았다. 형은 그 몇 해 전부터 아빠를 닮기 시작했다. 그래서 우리 두 사람의 대화도 엄마와 아빠의 대화처럼 진행됐다.

"정석아, 여기서 네 인생을 포기할 셈이냐. 너는 지금 백마고지로 치면 구부 능선에 와 있는 거야. 내일모레면 시험 아니냐. 나도 너처럼 해보지 않은 게 아냐. 그래도 소용이 없더라. 역시 사람은 제 할 일을 해놓고 하고 싶은 일을 하는 게 좋다고 생각한다."

"어어, 자꾸 떠드니까 고기가 다 도망가잖아. 형 할 일 다했으니까 이젠 하고 싶은 대로 집에 가. 가버려."

형은 잠자코 있더니 잔머리 굴리기 선수인 아빠처럼 잽싸게 작전을 바꾸었다.

"낚시가 그렇게 재미있니?"

"한번 해봐."

나는 노는 낚싯대를 하나 던져주었고 형은 내 눈치를 보면서 낚시를 하기 시작했다. 틈이 나면 집으로 가자는 이야기를 꺼내려고 했지만 나는 그 틈을 주지 않았다. 그런데 역시 형은 아빠를 쏙 빼닮았는지 낚시에 소질이 있었다. 금방 손바닥만한 붕어를 댓 마리 잡아냈고 저녁때는 준척까지 건졌다. 다음날 아침이 되자 내가 일주일 동안 잡은 것보다 많이 잡았다. 그러더니 형은 집에 갈 생각을 하지 않았다. 저녁 무렵, 기다리다못한 아빠가 저수지로 왔다.

아빠는 낚시에 열중해 있는 형을 향해 혀를 끌끌 차고는 귀를 잡아 떨어진 곳으로 끌고 갔다. 쌍둥이처럼 닮은 인간들끼리 무슨 얘기를 나누는지 한참을 소곤거리다가 내게로 왔다. 나는 그들이 무슨 얘기를 나누는지 하나도 궁금하지 않았다. 제가 밤새도록 두들겨패보았습니다만 까딱도 하지 않는데요. 음, 말을 물가로 데려갈 수는 있어도 물을 먹고 안 먹는 건 말 마음이지. 억지로 끌고 갈 수는 없을 것 같습니다. 제 엄마만 아니면 내가 진작에 저 녀석 다리 몽뎅이를 부러뜨려놓았을 텐데. 이제까지는 제가 강공책으로 물고기 씨를 말리는 작전을 구사해왔습니다만, 지금부터는 유화 작전으로 나가는 게 어떨까요, 아버님. 그래, 어디 낚시터에 왔으니 낚시를 하면서 이야기를 해보도록 하자. 그 밤에 그 나물 같은 그런 이야기였을 것이다.

"정석아, 아버님도 너랑 낚시하시고 싶대. 낚싯대 남는 거 없니?"

"내 거 쓰라고 해."

"너는?"

"난 지겨워."

난 아빠하고 나란히 앉아서 낚시를 할 생각이 전혀 없었다. 그러느니 차라리 물속으로 들어가 붕어가 되는 게 나았다. 두 인간은 자기들끼리 살짝 의미 있는 웃음을 교환하고는 낚시를 하기 시작했다. 텐트에서 저수지 위에 뜬 별을 바라보며 한숨을 쉬는 내 귓가를 밤새 울리는 소리는 "어이쿠, 크다!" 하는 아빠의 환성, "아버님, 안 재봐도 압니다. 월척이 넘습니다" 하는 형의 아부였다. 그러다보니 나하고는 대화를 할 시간이 있을 리 없었다. 다음날 심심해진 내가 낚시를 하려고 낚싯대를 달라고 하자 그들은 입을 모아 조금만 더 하자고 사정을 했다.

"형, 나한테 뭐 할말 없어?"

"음, 큰 놈 한 마리만 더 잡고 진지하게 인생에 대해 얘기해보자."

"아빠는?"

"잠이나 더 자고 올래? 애비가 매운탕 끓여놓을 테니."

나는 기꺼이 그들의 요구를 들어주었다. 그런데 점심 먹을 시간마저 아껴가며 낚시를 하던 두 사람은 내가 가방을 메고 일어서는데도 따라올 생각을 하지 않았다.

"안 갈 거야?"

"아우야, 네가 마음을 잡아야지."

"나 어젯밤에 벌써 마음 잡았어. 지금 집에 간대도."

두 사람은 찌에서 눈을 돌리지도 않고 똑같은 말로 대답했다.

"잘 생각했다. 그런데 조금만 더 하자."

그런 식으로 세월이 흐르고 흘러 저녁이 되고 아침이 되고 점심때가 되었다. 마침내 엄마가 달려와 불호령을 내리고 나서야 겨우 광란의 낚시질을 멈출 수 있었다. 그때 나는 낚시에 물리고 질려서 그후 아직까지 낚싯대를 잡은 적이 없다. 아빠를 위해 마음을 잡은 적도 없었고.

어쨌든 교외로 나오는 건 즐겁다. 나락이 익고 밤송이가 굵어져가고 메뚜기가 뛰고 붕어가 살찌는 가을 한복판으로 혼자 차를 몰고 갈 때의 기분좋은 느낌을 자주 경험할 수 있는 것도 아니다. 아빠 덕분에 오늘은 내가 호강을 하는 셈인가. 차를 몰면서 알게 된 건 내가 이 세상에서 하나뿐이면서도 특별한 존재는 아니라는 점이다. 밀리는 길 위에서는 더욱 그렇다. 꼭 나 같은 인간들이 비슷비슷한 차 안에 앉아서 비슷한 생각을 하고 있다는 느낌이 들 때, 그럴 때는 환장할 것도 같고 주눅이 들기도 한다. 그래서 내게는 친구가 적고 적은 친구나마 잘 만나지도 않는다. 같은 인간끼리 모여서 우글거리는 게 싫은 것이다. 나는 차창을 열고 한숨을 쉰다. 한때 친구가 삼태기로 퍼담을 정도로 많았던 시절도 있었다. 그런데 느닷없이 비가 떨어진다. 조그만 빗방울이 차창에 맺힌다.

그 시절이 분명히 있었다. 그때 아빠가 과거의 위엄과 당대의 소중함을 믿고 지키려는 문지기들인 아버지들의 대표격인 수구파의 대왕이었다면 나를 비롯한 우리 여남은 명의 일당은 막 뿔이 돋아난 도깨비들이었다. 우리의 최대의 적이 바로 내 아빠라는 사실 때문에 나는 일당들에게 늘 미안하다는 생각을 했고 그만큼 더 용감히 사고를 치고 다녀야 했다.

"너도 꼭 너 같은 자식을 낳아서 나처럼 고생을 해봐야 한다. 그때가 되면 내 마음을 알 것이다."

내가 스무 살 무렵 아빠가 입에 달고 다니던 말이다. 그런데 오늘처럼 햇빛이 환하다 느닷없이 청승맞은 비가 조금 내렸던 어느 가을날에 무슨 짓을 저질렀는지는 잘 기억나지 않는다.

시장통에 놓여 있던 임자 없는 화분 수십 개를, 사나이 가는 길을 막는다고 일일이 발로 차 넘어뜨렸던가? 또는 시속 오십 킬로미터로 오토바이를 몰아 읍내에서 가장 근사한 통유리를 자랑하는 제과점 앞으로 돌진했던가? 그 안에서 우리 모두의 사랑 은경이를 유혹하던 대학생의 옷에 빨간 유성페인트를 뒤집어씌웠나? 혹시 그 일이 하루 동안 한꺼번에 일어난 건 아니었던가? 어쨌든 우리들은 그날 무척이나 바빴다. 하나가 사고를 치면 하나가 막고 하나가 수습을 하면 또하나가 어깃장을 놓았다. 그렇게 함으로써 우리는 일당임을 확인할 수 있었고 다음에 자신이 사고를 칠 때 다른 사람들이 수습해줄 것임을 믿을 수 있었다. 사고를 친 당사자나 사고를 수습하던 녀석들이나 어지간히 지쳐 사방을 둘러보니 그곳이 하필이면 우리집에서 불과 수십 미터 떨어진 곳이었다. 우리는 이미 적지 않은 양의 막걸리를 마셨는데 특히 나는 그중에서도 가장 많은 술을 마셨다.

술을 마시기 전에 노란 내 얼굴은 첫잔이 들어가고 나면 붉어지고 다음에는 보기 좋게 분홍빛이 돈다. 잔이 거듭되고 혀가 꼬부라지는 단계가 되면 얼굴이 홍시처럼 빨개지고 혀도 못 놀릴 지경이 되면 무섭도록 창백한 낯빛이 된다. 그래도 술잔을 놓지 않으면 파래지고 거기서도 더 마시면 검은빛을 띠는데 아직까지 그런 빛을 본 적은 없으니 그것은 바로 상상으로만 존재하는 죽음의 단계다. 그날 나는 죽음의 전단계인 파란 단계까지 도달해 있었다. 그래서 일당이 인사불성의 나를 집 앞까지 데려다주기로 했던 모양이다.

"이제 각자 집으로 가는 게 어떨까? 밤이 늦었고 비가 오며 우리들은 모두 취했다. 오늘은 여러모로 훌륭하고 만족스러운 하루였고 내일은 내일의 해가 뜰 것이니 내일 다시 보도록 하자."

누구의 입에서 나온 말인지는 모르지만 그 말은 일당의 생각을 대변하고 있었다. 누군가 근처 구멍가게에서 우유를 사왔고 일당은 이별주를 나누는 영웅들처럼 목젖을 울리며 꿀꺽꿀꺽 우유를 마셨다. 그러면서도 일당의 눈길은 조용하기만 한 우리집의 동정을 살피고 있었는데 일순간 대문이 열리더니 박쥐처럼 생긴 우산을 쓴 누군가 모습을 나타냈다. 나를 뺀 일당은 주춤거리면서 한 발씩 물러섰다. 우산에 가려 얼굴이 보이지는 않았지만 그가 바로 우리 시대 최대의 강적이며 공포의 대상, 잔소리의 세계 챔피언, 이따금 날리는 펀치가 대단히 맵고 혹독하되 보안부대 상사 출신답게 전혀 상처를 남기지 않는 주먹의 소유자임을 알 수 있었다. 그는 대문 앞에 서 있을 뿐, 더이상 다가오지 않았다. 초원에서 자신이 사냥할 영양이 어떻게 움직이는가를 주시하는 사자처럼 위엄 있고 신비하며, 특히 무시무시하게 보였다.

"야, 가자!"

일당은 슬금슬금 물러섰다. 손을 내밀어 형식적으로 나를 부축하고 있던 두 사람도 마찬가지였다. 나는 거추장스러운 짐처럼 늘어졌고 기어이 땅바닥에 쓰러졌다. 일당이 나를 추스를 사이도 없이 구멍가게까지 대여섯 걸음을 뒷걸음질로 물러섰을 때, "야, 안 돼. 안 돼! 나 혼자 두고 가지 마!" 하는 가냘픈 소리가 내 입에서 흘러나왔다고 한다.

"어떡하지?"

"자기도 인간인데 우리가 가고 나면 지 새끼 지가 데리고 가겠지."

"너는 아직 저 인간에 대해 모르는구나. 고양이한테 생선을 맡길지언정 친구를 보안대 상사 박영제 앞에 놔두고 갈 수는 없다. 나는 오늘 이 한목숨을 버리더라도 친구를 지키겠다. 오늘 일찍 가서 살아남은 사람은 나중에 내 무덤에 와서 꽃이나 한 송이 꽂아주게. 부디 그는 친구를 위해 용감하게 살다가 갔다고 사람들에게 말해주기를……"

여러 사람이 모이면 말 잘하는 놈이 한 녀석쯤은 있게 마련이고 일당 가운데서도 그런 녀석이 하나 있었다. 그 녀석이 구슬을 꿰듯 청승맞게 사설을 해대는 순간 일당은 잠시 침묵에 빠져들었다. 나는 그때 제정신이 아니었으므로 어떤 식으로 그런 황당한 결론이 나왔는지 모르지만 일당은 무슨 일이 있더라도 나를 집안까지 데려다주기로 했다고 한다. 그러기 위해서는 인간 이상의 용기를 내야 했으므로 일당은 남은 돈을 탈탈 털어 구멍가게에서 소주를 사서 나누어 마셨다. 그때까지 땅바닥에 널브러져 있던 내 팔다리를 하나씩 든 다음, 말 잘하는 녀석을 창 겸 방패로 앞세워 노도와 같이 우리집 쪽으로 쳐들어갔다는 것이다. 우산 속의 사나이는 우리가 대문 바로 앞에 이르렀을 때 전봇대 가로등 불빛에 깡마른 얼굴을 드러내며 사자가 울부짖는 듯한 음성으로 소리쳤다.

"너희들은 집도 절도 없느냐! 이런 천하에 고얀 놈들! 단매에 쳐죽일 놈들 같으니라고!"

일당은 순간적으로 움찔해서 자칫하면 헹가래를 치듯 공중에 들어올린 나를 놓칠 뻔했다. 하지만 마지막으로 나눠 마신 소주가 일당 모두에게 마지막 안간힘 같은 용기를 주었다는 것이다.

"아버님, 너무하십니닷!"

"뭐가 너무해!"

"우리는 오늘 하루종일 이 친구 사고 치는 거 뒤치다꺼리하느라고 죽을 뻔했습니다! 그런데 우리를 아버님 자식과 똑같이 취급하시다니요!"

그러면서 일당은 쏜살같이 대문을 통과해서 코딱지만한 내 방에 인사불성인 나를 내려놓았다. 몸을 돌려 역시 쏜살처럼 도망을 가려고 하는 찰나, "일동 정지!" 하는 호령이 방안을 울렸다. 아빠가 방망이 수류탄 같은 네 홉들이 소주병을 양손에 들고 일당을 노려보고 있었다. 일당은 구렁이에게 가로막힌 개구리처럼 자리에 주저앉을 수밖에 없었다고 하는데, 아빠는 그 개구리들이 또 끔쩍 놀라도록 방바닥에 꽝, 소리를 내며 술병을 내려놓았다.

"너희들이 나를 두고 너무한다 너무한다 하는데 어디 오늘 그 사연을 한번 들어보자. 지금부터 우리는 밤새도록 같이 마시는 거다. 인간 대 인간으로, 사나이 대 사나이로 시원하게 가슴을 열고 마셔보자."

일당은 아빠의 그 행동이 군 보안부대에서 쓰는 고차원의 심문 방법을 응용한 것이라고 판단했다. 좀 세게 나오는 적에게 회유책을 쓰려는 모양이라고.

"아버님, 우리도 이러고 싶어서 이러는 게 아닙니다. 우리도 괴롭습니다. 우리도 이제 어른입니다. 단지 나이가 어릴 뿐이지요. 그런데 어른들은 우리를 이해하려고 하지 않습니다. 언제 스무 살이 아니었던 어른이 있습니까? 나와보라고 하세요. 왜 우리가 하는 일이 항상 철이 없고 이유 없다고 하는 겁니까. 너무해요. 너무해."

그렇다. 몰려다니며 사고를 치는 것은 젊은 우리의 운명이고 사명이며 가끔은 존재 이유이기도 했다. 아빠는 말 잘하는 녀석이 대표로 울부짖는 소리를 들으며 술병을 입으로 따더니 단숨에 바닥까지 쭈욱 마셨다. 그러고는 말릴 겨를도 없이 다시 순식간에 어금니로 새 술병을 따고는 앞으로 쑥 내밀며 말했다.

"그래애? 나처럼 할 수 있는 놈이 있으면 어른 대접을 해주마."

일당은 모두 목을 옴츠렸다. 그렇지 않아도 직전까지 마신 술로 속이 메슥거리는 참이었던 것이다. 아빠는 또 콸콸거리는 소리를 내며 술을 들이켜 어린 어른들의 기를 죽이고는 말을 이었다.

"사람이 사람다워야 사람 취급을 해주지. 군군君君, 신신臣臣, 부부父父,

자자^{子子}라고 했다. 아버지는 아버지다워야 아버지인 게고 아들은 아들다워야 아들인 것이다. 너희는 뭐냐. 떼도둑이냐, 불한당이냐."

"아버님, 잘못했습니다."

말은 제법 잘하지만 일당 중 가장 소심한 녀석이 무릎을 꿇는 바람에 다른 친구들도 속으로 궁시렁거리면서 무릎을 꿇을 수밖에 없었다. 아빠도 말로는 월남에서 스키 부대를 지휘할 사람이다. 그날 내가 혼수상태였던 까닭에 말 잘하는 녀석이 대표가 된 게 일당의 불운이었다. 우리는 여지없이 패배했다. 논리와 철학, 정의에 진 게 아니라 술과 말발에 졌다.

"좋다. 오늘 너희들이 개과천선을 하겠다니 한번 믿어보기로 하겠다. 다시는 똑같은 놈들끼리 어울려 집도 절도 없이 미친놈들처럼 몰려다니지 않는다고 맹세하면서 잔을 비우도록 하자. 지금부터 일 명 열외 없이 내 잔을 받는다."

일방적인 호령 속에 소주가 가득 담긴 양푼이 좌중을 한 바퀴 돌았다. 몇은 잔을 비우기도 전에 걱걱 소리를 내며 벌떡거리는 배를 움켜쥐었다. 그때 일당의 대표이며 그날 일당을 그 지경으로 끌고 간 일등공신인 내가 누워 있다 말고 벌떡 일어났다고 한다.

"도저히 못 참겠어……"

아빠가 움찔했다.

"뭐라구?"

일당은 결국 한판 붙는구나 싶었다고 했다. 세계를 지켜온 왕당파와 세계를 만들어낸 혁명파 대표끼리의 결전. 그게 아니라면 뭐든지 다 아는 체, 잘난 체하는 아버지들을 대표하는 아빠와 그 아버지들을 딛고 독립된 인간으로 우뚝 서려는 아들들을 대표하는 나의 혈전. 그 수준이 못 되어도 좋다. 별난 아버지와 별난 아들의 흥미로운 대결이 예상되는 흥미진진한 순간이었다고 말 잘하는 녀석이 후일 술회했다.

"난 더 못 참아, 아빠……"

아빠는 양푼에 든 술을 꿀꺽 마시고 최대한의 인내심을 발휘하여 최선의 방어동작을 취했다.

"내가 다 이해한다. 이 아빠가 너의 심정을 이해한단 말이야."

"그게 아냐……"

나는 비틀비틀 걸어가서 마루로 통하는 문을 짚었다. 그러고는 털썩 쓰러지면서 마루에다 그날 저녁 먹었던 갖가지 음식들을 토해냈다. 오오, 저런! 이럴 수가! 얼씨구나! 여러 가지 탄성이 일당의 마음속 깊은 곳에서부터 흘러나왔다. 일방적으로 당하던 끝에 뭔지 모를 역전의 기회를 잡은 기분이었다는 것이다. 일당은 흥분 속에서 나를 일으켜세우려고 했다. 이 억압과 독재의 소굴을 벗어나면 비록 비가 조금 오긴 해도 해방과 자유의 공간이 기다린다고 느꼈다는 것이다. 분위기가 어쩐지 자신의 의사와는 반대로 돌아간다고 판단한 아빠가 불끈 주먹을 쥐어 보이며, 무릎을 펴고 일어서려는 일당의 앞을 가로막았다.

"동작 그만! 오늘 내가 사람이 사람을 어떻게 끝까지 책임지는지를 보여주겠다."

아빠는 당당한 걸음걸이로 마루로 걸어나갔다. 마루에 나와 있던 엄마에게서 빗자루와 쓰레받기를 잡아채고 형에게서는 걸레를 받아든 다음 마루에 쓰러진 나를 향해 다가왔다. 아빠는 몸을 구부려 내 몸을 뒤집었다. 그 순간, 내 입에서 남은 구토물이 울컥 솟아나왔고 입가에서 바닥까지 굵은 라면 가락이 천천히 흘러내렸다고 한다. 천천히, 아주 천천히. 멈칫하던 아빠의 입에서 화살처럼, 대포알처럼 구토물이 쏟아져나온 건 그로부터 몇 초 후였다. 몸에 아빠의 구토물을 뒤집어쓰자 내 입에서도 용암처럼 구토물이 솟아 아빠의 안면을 정확히 가격했다.

"여보!"

"아버님!"

방안에서 방아깨비처럼 구역질을 참고 있던 일당도 더이상 참을 수가 없었다고 한다. 다섯 개의 분수가 허공을 다채롭게 수놓았다는 것이다.

가는 비가 그친다. 멀찌감치 공사장이 나타난다. 바닥에 솟아 있는 돌에 육중한 5000시시 엔진을 탑재한 차 바닥이 받혀 텅텅 소리를 낸다. 아빠가 아파트 경비원을 그만두고 공사판에 오는 데는 그 차가 큰 역할을 했다. 운전면허를 딴 엄마에게 형이 배기량 800시시의 경차를 선물했다. 그 차로 아빠가 아파트 출퇴근할 때 모셔다드리기도 하고 가고 싶은 데 있으면 가시라고 한 것이다. 문제는 아빠에게 그걸 미리 알려주지 않았다는 데 있다. 형은 아직 아빠를 잘 모른다.

"왜 한집에서 차를 두 대씩 쓰냐. 기름이 남아도니? 주차장 파면 기름이 펑펑 나온다더냐?"

그러다가 그 차가 사고가 났다. 엄마가 처음으로 차를 가지고 나간 날, 엄마처럼 초보인 운전자가 그 차를 들이받았다. 다친 사람은 없었고 차는 범퍼가 조금 우그러졌다. 형은 나를 시켜 가해자에게 돈을 받

아 차를 고쳤다. 차를 고쳐온 날, 그동안 이상할 정도로 평화를 유지
해온 아빠와 엄마, 형이 드디어 일전을 벌였다.

"이걸 고쳤다고 하는 거야?"

차는 사고 나기 전과 다름없어 보였다. 형이 보기에 그랬고 엄마가
보기에도 그랬다. 내가 보기에도 마찬가지였다. 아빠의 질문에 엄마
가 답했다.

"더이상 어떻게 고쳐요?"

그러나 아빠는 범퍼의 아래쪽 부분에서 가로로 그어진 흠집을 귀신
처럼 찾아냈다. 아빠에게는 운전면허가 없다. 엄마는 나중에, 아빠가
운전면허도 쥐뿔도 없는 주제에 자존심은 남아서 트집을 잡은 거라고
말했다.

"내가 틀렸다는 거야?"

형이 나섰다.

"아버님, 그 정도면 다들 그냥 타고 다닙니다. 더이상 어떻게 하겠
습니까."

"못해?"

"못하지요."

"그따위 정신머리 가지고 어떻게 세상을 살아가겠다는 건지. 에이,
한심한 것들."

형도 마흔이 다 된 나이다. 계속 당하고 참으며 살 수만은 없다고
생각했는지도 모른다. 한심하다는 눈길로 말없이 지켜보는 엄마를 의
식해서였는지도 모르고.

"못하는 건 못하는 거죠."

아빠는 고개를 휙 돌려 밖으로 나갔다. 그날로 아파트 경비원 일을 그만두었다. 초보 운전자의 운전으로 범퍼까지 허술한, 위험천만한 차를 얻어 타고 출퇴근하기 싫다는 것이었다. 그리고 튼튼하기로 둘째가라면 서러운 덤프트럭을 얻어 타고 교외 건설현장의 공사판 '야간 방범'으로 가버린 것이다. 아빠는 세상에서 제일 험한 공사판에서 난 아직 살아 있다고 우리에게 외치고 싶었는지도 모른다.

웅웅거리는 레미콘 트럭에서 콘크리트가 쏟아져나온다. 아빠는 철버덕거리는 바닥을 가래로 밀고 있다. 장화를 신은 젊은 친구들에게 "꾹꾹 밟어. 하하, 좀 꼼꼼하게" 따위의 잔소리를 하면서 '야방'이 하지 않아도 좋을 일을 하고 있다. 조금 있으면 부실 공사 추방으로 국가의 위엄을 되찾자는 연설이 시작될 것이다. 나만큼 아빠를 잘 아는 사람은 없다. 나는 차를 세우고 도시락을 꺼낸다. 엄마가 잘 아는 일식집에 특별히 주문해 만든 도시락이다. 사죄의 공물일까, 뇌물일까. 엄마도 이젠 늙었다. 도시락 싸는 일도 귀찮다는 것이다. 하여간 엄마가 늙는 데, 도시락 아니면 밖에서 밥을 못 먹는 아빠가 상당히 기여를 했다. 그 생각을 하자 다시 아빠가 미워진다.

레미콘 타설이 끝나자 점심시간이다. 내가 다가가자 아빠는 힐끗 보고는 내 또래의 젊은 친구들에게 "내 작은놈이야" 하고 소개한다. 그 친구들은 양복을 입고 넥타이를 맨 나와 시멘트 자국이 뒤덮인 헌 군복을 입은 아빠를 보며 고개를 갸웃거리다 동전 따먹기 시합을 시작한다.

"왜 왔어?"

아빠는 내가 무슨 잘못이라도 저지른 것처럼 묻는다. 내가 오고 싶어서 왔나. 엄마하고 형이 보냈으니까 왔지. 나는 도시락을 내민다. 아빠는 도시락을 받더니 뚜껑을 열어보고는 "비싸기만 하고 맛도 없는 걸 뭐하러 가져와" 하더니 아무렇게나 던져놓는다.

"형이 아빠 모시고 오래."

"안 간다."

"엄마도 데리고 오래."

"안 간다니까."

"아빠, 그럼 나하고 같이 가자."

아빠의 눈이 아래위로 나를 훑는다. 너는 뭐가 대단해서, 하는 듯하다.

"내가 여기 오기 전에 엄마 모르게 사고 난 차 팔아치우고 왔어. 잘했지?"

비로소 아빠가 고개를 움찔한다.

"그래?"

아빠는 던져놓았던 도시락을 집는다.

"기왕 가져왔으니까."

그리고 말을 더 붙일 틈을 주지 않고, 헛말이라도 먹어보라는 소리도 하지 않고 오물오물 토끼처럼 도시락을 먹는다. 나는 아빠가 도시락을 먹는 동안 주변을 둘러본다. 공사판 주변에는 아직 철거되지 않은 옛집들이 쓰러져가고 있다. 군데군데 모래 더미가 피라미드처럼 솟아 있다. 저 모래 더미가 다 없어지고 잡초의 들판이 아스팔트로 바뀌면 아빠는 백 살이 될까. 내가 몰고 온 차 주변에 아빠의 새 친구들이 모여 있다.

"이거 일 리터에 몇 킬로나 가죠?"

내가 대답할 겨를도 없이 언제 왔는지 아빠가 나선다.

"육 킬로미터도 못 가는 거야. 길바닥에다 기름을 뿌리면서 다니는 거지."

그러고는 내가 취미 삼아 휘발유를 낭비하고 다니는 부호의 대표라도 되는 듯이 흘겨보며 말한다.

"이번 달에는 수출 목표가 달성되겠냐. 바이어들은 계속 오고? 시원찮지? 바빠야 할 네가 도시락 싸들고 이런 데까지 사람을 쫓아다니니까 그런 거다. 가봐."

아빠의 새 친구들은 번쩍거리는 차와 아빠와 나와 하늘과 자신들의 공사판을 번갈아 보면서 몹시 헷갈린다는 표정들이다. 어쩔 수 없는 아빠, 아빠, 오오, 불쌍한 우리 아빠……

이인실

사내와 눈이 마주친 순간, 철주는 자신도 모르게 팔을 움찔거렸다. 철주의 오른팔은 언제부터인가 그의 뜻과는 상관도 없이 경련을 일으키는 일이 잦았다. 힘줄이 끊어졌을 때부터였을까, 아니면 끊어진 걸 기화로 귀향병처럼 부지런히 팔을 거슬러올라가는 힘줄을 끌어내려 잇는 수술을 한 다음부터였을까. 손목시계 자국처럼 가로로 나 있는 원래의 상처에서 출발해 팔꿈치까지 올라가는 긴 수술 자국을 만든 의사는 길어야 일주일이면 퇴원할 거라고 장담했는데, 바로 그때부터 농한 수박처럼 상처 안에 고름이 생겨나기 시작한 걸 아무도 몰랐다. 퇴원 당일 그 고름이 배신자처럼 뻔뻔스럽게 흘러내렸을 때, 아이스크림이 녹아내리는 것 같은, 근지럽고 시원하고 허무하게 팔이 녹아내린다는 느낌을 받았을 때부터였을까. 양복 입은 사내는 철주와 눈이 마주치든 말든 철주가 오른팔을 떨건 말건 아랑곳하지 않고, 처음부터 아무것도 아랑곳할 게 없다는 듯한 태도로 병실 안으로 들어와서 정해진 자리인 양 창가에 있는 병상에 주저앉아 훅훅, 하고 짧은 숨을 내쉬었다. 그 자리는 먼저 있던 노인 환자가 오전에 퇴원한 후 철주가 그쪽으로 옮길까 말까 망설이던 자리였다. 전망 좋고 환기가 쉽다는 점 때문에 이인실 안에서도 그 자리가 화장실 곁에 있는 철주의 병상보다 훨씬 나았다. 철주가 망설인 건 이인실보다 훨씬 입원비가 싼 육인실로 언제 옮겨갈지 몰라서였다.

"와 이래 늦노. 이 난재이 똥자루가 다리 몽디라도 뿔개졌나."

철주는 다시 팔이 흔들거리는 걸 느꼈다. 팔이 흔들리는 건 사내와 아무 상관이 없는 일일 것이었다. 혼잣말이라기보다는 들어보라는 말에 가까운, 그러나 그 뜻을 금방 알아듣기는 쉽지 않은 사투리와도 관계없었다. 철주는 오른팔을 왼손으로 누르고 어정쩡하게 몸을 반쯤 일으켰다. 그러나 철주가 입을 떼기도 전에 사내가 먼저 입을 열었다.

"마, 이래 있게 된 거도 인연인데 인사나 하입시다. 나 부산에서 온 장택근이라 하요."

철주는 오른손을 쑥 내밀어오는 사내에게 엉겁결에 붕대 속에서 고개를 내민 오른손을 내밀었다가 아이고, 소리를 내고 말았다. 사내의 악력은 철주가 평상시에 손을 맞줘었더라도 아플 정도였다.

"그란데 아재는 이 방에 얼마나 계셨소?"

사내는 철주가 비명을 지른 것과 자신은 아무 관계가 없다는 듯이 침대에 엉덩이를 털썩 소리나게 내려놓으며 큰 소리로 물었다. 그렇게 느껴선지는 몰라도 장택근의 말투는 감방에 나중에 들어온 사람이 미리 들어와 있는 사람에게 약간의 양보를 해주는 듯한 느낌을 주었다.

"한 일주일 있었습니다."

철주는 방에 먼저 들어온 사람으로서 단지 나중에 들어왔다는 이유로 사람을 깔보고 구박하는 느낌을 주지 않도록 조심하면서 대답했다.

"보이 팔 쪼매 째진 거 같은데 일주일이라이. 오래 계셨네."

반말도 존댓말도 아닌, 점쟁이 비슷한 말투가 철주의 신경을 건드렸지만 철주는 자신의 느낌을 무시했다.

"어떤 일로 들어오셨습니까. 제가 보기에는……"

"볼 기 뭐 있소. 뻔하지. 내과요."

장택근은 바깥을 내다보던 눈을 돌려 철주를 쓱 훑어보면서 말을 툭 끊었다.

"여럽지, 여려워."

하곤 뜻 모를 말을 중얼거렸다. 중얼거림이란 형식일 뿐, 거의 대화에 가까운 큰 소리였다. 철주는 아까처럼 그의 중얼거림에 대답을 해야 할지, 가만히 있어야 할지 종잡을 수가 없었다.

"내과라 카는 기 살 쫌 째진 거나 빼 뿌라진 거하고는 마이 달라서 이기 고급병이 아이요. 내야 수술만 하모 금방 나갈 사람이지만도."

감옥에서는 먼저 들어와 있을수록, 전과가 많을수록, 흉악범일수록 존경을 받는 모양이지만, 또 병원에서는 먼저 들어왔다고 해서, 병원에 자주 들락거렸다고 해서, 중병 또는 고급병이라고 해서 존경을 받는 건지는 알 수 없는 노릇이지만, 장택근은 그렇게 생각하는 모양이었다.

"내 부산에서 최고 간다 카는 의사들 일렬로 쪼리리 세아놓고 귀싸대기를 한 대씩 돌릴라 카다 온 사람이오. 가는 빙원마다 뭐라 카나,

내시경인가 귀신 머리카락인가 사람 뱃속에다 집어넣고 죽을 고생을 시키는 기라. 그따우 빙원에 돌아댕기니라고 육 개월 사이에 이십 키로는 빠진 기라요."

그의 완강하고 네모진 턱에서 광대뼈가 솟아오른 뺨을 넘어 관자놀이 바로 아래에까지 나 있는 가늘고 긴 흉터와 자신의 팔에 나 있는 수술 자국을 머릿속으로 비교하면서 철주는 그가 정말 마음만 먹는다면 무슨 일이든 할 사람이라는 느낌을 받았다.

"용케 병실을 잡으셨네요. 이 병원에 입원하려고 줄 선 사람이 전국에 수백 명이 넘는다는데요. 저도 오늘……"

"깐놈의 빙원, 내가 입원할라만 하는 기지."

그러면서 장택근은 자연스러운 동작으로 주머니에서 담배를 꺼내 입에 물었다. 그리고 느닷없이 철주를 향해 슬쩍 웃어 보이고는 "담배 먹소?" 하고 물었다. 철주는 고등학교 다닐 무렵, 화장실에서 만난 아이들이 숨어서 피우던 담배를 '먹는다'고 표현했던 일을 생각해 냈다. 장택근은 잠깐이나마 그때 그 아이들과 닮은 표정을 지었던 것이다. 철주는 그때처럼 가벼운 공범 의식을 느끼며 고개를 흔들었다. 장택근은 언제 자신이 그랬더냐는 듯이 원래의 표정으로 돌아가 금빛 라이터를 꺼내 불을 붙였다. 그의 손가락에 들린 것은 암흑가의 두목들이 피울 법한 여송연과는 달리 유난히 가느다란 외제 담배였다. 철주는 담배 냄새를 맡고 달려들어올 병원 사람들과 그뒤에 벌어질 법석과 소란을 미리 연상하는 것만으로도 견딜 수 없는 심정이 되었다. 그걸 잊기 위해서 빠르게 말을 이었다.

"그래도 바로 이인실에 입원하기는 힘들다던데요. 저도 그저께까

지 살벌하게 비싼 일인실에 있었거든요. 이인실까지 오는 데 꼬박 일
주일이 걸렸습니다. 그게 왜 그러냐 하면……"

"이인실이고 백인실이고 상관없소. 자들, 퇴근하는 모양이네. 빙원
들어오고 보이 여자 비슷한 기 자들밖에 없네."

장택근은 열린 창 쪽으로 연기를 뿜으며 말을 끊었다. 철주가 창 아
래를 굽어보니 간호사들이 하나둘씩 정문 쪽으로 걸어가고 있었다.
철주는 자신도 모르게 고개를 돌렸다. 비록 평범한 직장여성 같은 옷
으로 갈아입었다고 해도 병원 안에서 그들이 가진 권능을 생각하면
오래 바라보는 일조차 불경스러운 일인 것처럼 느껴졌던 것이다. 하
지만 장택근은 집요하게, 눈까지 가느다랗게 뜨고 길가에서 차를 기
다리는 간호사들을 감상하고 있었다. 그러는 사이 파리한 낯빛에, 팔
다리에 있는 대로 짐을 매단 여인이 끙끙거리며 병실에 들어섰다.

"봐라, 봐라! 구두를 왜 그래 놓노! 박스 가지오라 안 카더나! 그 안
에다가 잘 넣어놓으라 카이, 하하, 저 풍신하고서, 먼지를 와 여기서
터나! 그래! 좀약도 넣고!"

언뜻 장택근과 여인의 관계는 완고하고 독재적인 영주와 비천한 하
녀 사이처럼 보일 법했다. 아니면 못된 주인과 비루먹은 나귀처럼 보
이기도 했다. 두 사람이 국내 최고의 수준을 자랑하는 종합병원의 병
실, 그중에서도 이인실에 있지 않았다면. 병원을 돌아다니느라 몸무
게가 이십 킬로그램이나 빠졌다는 장택근의 말이 사실이든 과장이든
간에 장택근은 팔십 킬로그램은 훌쩍 넘어 보이는 거구였고, 굵은 주
름과 크고 작은 흉터가 우락부락한 이목구비 사이를 채우고 있었다.
반면 그의 부인은 십 킬로그램이 더해진다 해도 보통이나 될까 할 만

큼 말랐다. 섬세하고 아름다운 것들이 먼저 망가지듯 먼 옛날의 아름다움을 희미하게 암시하는 눈매 빼고는, 무너진 성터 같은 그녀의 얼굴에서 성해 보이는 건 아무것도 없었다. 그녀를 그렇게 망가뜨린 게 세월이든 남편이든 간에 그런 그녀와 장택근은 절묘하게 어울린다는 느낌을 주고 있었다.

그렇지만 그녀가 들고 온 가방에서 나오는 물건은 이인실에도 병원에도 어울리지 않는 것들이 태반이었다. 구두를 담게 돼 있는 빈 종이 상자가 있었고 좀약, 작은 독만한 크기의 김치통, 둘둘 만 달력이 있었다. 철주가 사내의 끊임없는 명령과 고함, 잔소리로 짐작하게 된 바로는 이랬다. 장택근은 매사에 철두철미하게 준비를 하는 사람이다. 사람의 복장 가운데 구두는 그의 성격과 사회적 지위를 예민하게 반영하는 것이므로 늘 새것처럼 청결해야 하고(장택근의 주장에 따르면 콧등에 주름을 잡은 디자인은 그 구두를 신은 사람의 연령을 실제보다 이삼십 세는 더 어려 보이게 하는 효과가 있다) 신은 사람의 몸을 편안하게 받쳐주어야 하며 구두 안에서 냄새가 나서는 안 된다. 특히 장기 입원 끝에 병원을 나서며 희망찬 첫발을 내딛을 때 신을 구두는 상자에서 막 빠져나온 것처럼 새것이면서도 오래 신은 것처럼 편안해야 한다. 그러므로 종이상자와 좀약을 준비한 것이다. 김치통이 큰 것은 장택근 본인이 멸치젓갈을 넣은 김치를 많이 먹기 때문인데, 특히 서울의 병원에서 나오는 김치는 김치라고 말하기도 창피한 것이므로 제정신인 사람은 각자 집에서 김치를 담가와야 한다(마찬가지로 서울의 수산 시장에서 펄펄 뛰는 생선을 회로 쳐서 먹는다고 해도 그건 부산 바닷가의 회에 비할 때 회라고 말할 수가 없는 것이다. 부산까지 갈 수가 없는 경우 먹기는 먹되 "이건 회도 아이다"라는 말을 꼭 붙여야 한다는 게 장택근의 주장이다). 음력 표시만 해도 웬만한 달력의 양력 표시만큼 크게 적힌, 숫자뿐인 달력은 그가 노안임을 감안할 때 상시 휴대해야 하는 물건이다(쥐불알만한 글씨가 적힌 병원의 달력은 젊은것들이 사람 복장 터지게 하려고 작정해서 만든 것이다). 장택근은 자신은 손가락 하나도 까딱하지 않고 계속 고함을 지르고 욕설을 퍼부어가며 웬만한 이삿짐을 연상케 하는 양의 물건을 정리하게 했고, 환자복으로 갈아입고 난 다음 마지막으로 태풍이 와도 떨어지지 않을 정도로 달력이 완벽하게 벽에 박힌 것을 손끝으로 확인하고는 바로 그 달력을 쳐다보면서 전화를 하기 시작했다. 그의 전화기는 체구에 어울리지 않게 조그마해서 차라리 귀여운 느낌이 나는 최신형 휴대전화였다.

"누고? 김양이가? 내다. 니는 사무실에 나온 지 다섯 달이나 됐는데 아직도 전화를 그따우로 받나? 김핸철이 어데 갔노? 뭐라꼬? 거래처 사람하고 어데로? 바로 몬 대나! 목욕탕? 하하. 야들이 나 없는 새에 회사 들어먹을 작정을 했구마. 마, 됐다! 니는 더 지낄 거 없고 핸철이 들어오마 나한테 폰 넣으라 캐라. 오늘 양주 몇 박스 나갔나? 그래. 패스가 다섯 박스…… 썸씽이 네 바악스……"

장택근은 달력에 숫자를 받아적기 시작했다. 그것으로 매일의 매출을 확인하는 모양인지 지나간 날짜 주변에는 새카맣게 숫자가 적혀 있었다. 이를테면 달력은 그가 운영하는 회사에서 가장 정확한 매입매출장이면서 종업원의 근태상황 기록, 전화번호부, 경조사 확인 역할까지 하는 다목적 달력이었던 것이다.

장택근이 전화를 하는 도중에 또다른 휴대전화 소리가 울렸다. 언제 무슨 말이 떨어질지 몰라 앉지도 못하고 창가에 서 있던 그의 부인이 한 손으로 귀를 막으며 휴대전화를 꺼내 들었다. 몇 마디 하던 그녀는 곧 장택근을 돌아보았다. 그는 그녀를 향해 "누고?" 하고 입놀림으로 묻고는 부인이 나지막이 하는 말을 듣고는 갑자기 말투와 태도를 확 바꾸어 비어 있던 손에 전화를 받아들었다.

"여보세요오…… 아이고, 이거 대대장님이 직접 우엔 일로…… 황송하게도. 마, 지가 장영웅 이병의 애비 되는 사람올습니다. 어제도 오늘도 불철주야 나라를 지키느라 울매나 노고가 많으신교. 후방에 있는 지들이 마, 대대장님이 아이면 우째 두 다리를 쭈욱 뻗고 잠을 자겠십니까. 하하, 다른 기 아이고, 잠깐만예……"

장택근은 자신의 왼손에 들려 있던 휴대전화를 부인에게 집어던졌다. 부인은 그 휴대전화를 집어들고는 곧 들릴락 말락 한 작은 소리로 통화를 하면서 달력에 숫자를 받아적기 시작했다. 장택근은 다시 통화를 계속했다.

"저희 안사람이 마, 대대장님께 우째 그런 전화를 감히, 가암히 디릴 생각을 했는지는 모리겠습니다만 대대장님께서 배려를 해주신다 카모…… 아이고, 이렇게 감사할 데가, 예예, 그래만 해주신다 카모 제가 우리 아가 휴가 끝나고 귀대할 때 돼지 및 마리는 책임지고…… 어데예, 다른 뜻이 있는 기 아이지요. 자나깨나 나라를 지키느라 고생하는 대대장님 이하 장병들이 한끼라도 배불리 먹을 수 있으마 하는 소박한, 소오박한 국민의 한 사람으로서 바치는 성의로 받아주이소. 예예, 들어가이소오."

장택근은 머리까지 깊이 숙이는 시늉을 하다가 전화가 끊긴 게 확인이 되자마자 휴대전화를 집어던졌다.

"애비가 위 수술을 받는데 휴가 좀 내보내주는 기 뭐 큰 은혜라도 되나. 젊은 기 뻣뻣하기는…… 내 사회에서 만나모 매가지를 칵 잡아서 버르장머리를 싹 고치주는 긴데."

아들의 일이라 그런지 부인의 얼굴에 희미하나마 활기가 돌았다. 그녀는 조심스럽게 입을 열었다.

"여보. 그래도 고맙지요. 영웅이가 부대 배치 받은 게 며칠이나 됐다고요. 부대장님이 얼굴이나 알겠어요? 이등병은 휴가도 안 준다는데 사박 오일이라도 휴가를 준다니 얼마나 생각을 해주시는 거예요."

장택근은 말을 하는 아내를 처음 보는 듯. 처음에는 놀람을 담았다가, 그다음에는 철없는 아이나 애벌레를 보는 듯 경멸을 담은 눈길로 흘겨보더니 입안의 말을 거품처럼 내쏟았다.

"모리는 소리 지끼지 말고 폰이나 일로 조라. 다 그래 되기 돼 있다. 내가 누군데. 그라고 네 폰은 소리가 와 그래 모기겉이 앵앵거리노. 충전빠떼리 안 가왔나."

"가져왔어요."

"그래마 갖다 끼아야지. 모싰났다가 늙어 죽으마 제사지내줄 끼가, 빙신맨추로."

모질게 타박을 하고는 다시 손바닥만한 휴대전화를 쥐고는 고함을 지르기 시작했다. 말이 이인실이지 장택근 혼자만의 안방이요. 집무실이자 공사판 현장 같았다. 철주나 밖에 나갔다 나중에 들어온 철주의 아내는 이따금 얼굴을 마주볼 뿐 숨소리도 크게 내지 못했다. 다행히 두 침대 사이에는 얇으나마 커튼이 있어서 장택근이 가래를 카악 끌어올리며 그 비슷한 소리로 커튼을 둘러친 다음부터는 얼굴은 직접 보지 않아도 되었다.

저녁식사가 왔다. 착오가 생긴 탓인지 철주의 몫이 빠져 있었다. 철주가 배를 곯고 있는 동안 커튼 너머에서는 잔칫상이라도 차리는 듯 연신 그릇 부딪치는 소리가 나더니 매캐한 연기가 나고 고기 굽는 냄새가 번졌다. 철주는 고개를 빼고 커튼 너머의 동정에 귀를 기울였지만 소근거리는 소리와 짭짭거리며 고기 씹는 소리만 들려올 뿐이었다. 씹는 소리며 냄새 때문에 더욱더 허기가 진 철주가 배가 고프다못해 화가 날 지경에 이르렀을 때 철주의 아내가 서너 가지 반찬과 국, 밥이 담긴 식판을 얻어서 가져왔다. 그의 아내는 코를 킁킁거리며 커튼 쪽으로 고개를 돌리더니 체머리를 흔드는 시늉을 했다.

"참, 대단한 사람들이에요."

아내의 목소리는 철주가 귀를 기울여야 겨우 들을 정도로 작았다. 하지만 그녀의 입가에는 철주가 입원 후 처음 보는 미소까지 감돌고 있었다.

"왜 남들 고기 구워먹는 거 첨 봐?"

철주도 어쩐지 즐거운 기분이 들었다. 새 옷을 입고 나섰다가 소나기를 맞는 기분이랄까, 차라리 후련하고 속시원하게.

"밖에서 부인을 봤는데 친정에 고기를 좀더 재워오라고 전화하고 있더라고요. 지금 재워온 고기는 너무 질기다나 어쨌다나. 너무했어. 어떻게 병실에서 고기 구워먹을 생각을 다 하고. 그런데 저 사람요, 부산에서 유명한 깡패래요."

철주의 아내가 밖에서 들고 온 건 식판뿐만은 아니었다. 병동에 돌고 있는 여러 가지 소문도 함께 가지고 왔다.

장택근은 부산에서 유명한 깡패였거나 현역 깡패이다. 그는 공항에서 병원까지 타고 온 앰뷸런스에서 내려서는 환자를 태우고 운전을 너무 급히, 거칠게 한다고 운전기사와 남자 간호조무사, 이어서 무슨 일인가 고개를 기웃거리는 수위를 포함해서 십여 명을 세워놓은 채 병원 앞에서 고래고래 고함을 질러대며 자신이 어떤 사람인지를 이미 충분히 보여주었다. 운전기사와 간호조무사, 수위는 처음에 "앰뷸런스가 무슨 자가용이라도 되는 줄 아나, 빨리 오고가다보면 좀 그럴 수도 있지" 하고 통상적인 말로 그냥 넘어가려고 했다. 그러나 그들은 사람을 잘못 보았다(이를테면 입원실이 없다고 값비싼 일인실에 입원을 시켰다가 장기 입원이 될 것 같으니까 병실을 옮겨주긴 했으되 기본입원비가 드는 육인실도 아닌 이인실로 병실을 옮겨주어도 감지덕지하면서 수술이나 수술 후의 처치 잘못에 대해 더 추궁하려고 하지 않는 철주 같은 사람으로 보았는지도 모른다). 장택근은 병원장이 나와서 책임지고 사과를 하든지, 당사자를 파면하고 환자 이송에 대해 전면적인 재교육을 실시하라고 막무가내의 고함과 욕설, 삿대질을 해댔다. 그리하여 병원장이나 의사, 간호사보다 훨씬 더 뻣뻣하고 거만한 조무사 등등의 악질적인 저항을 통쾌하게 분쇄하고 마침내 "미안합니다, 아저씨, 앞으로는 조심할 테니 이제 그만 병실로 들어가세요" 하는 사과를 받아낸 그는 마지막으로 사방을 둘러보며 "내가 바로 부산의 장택근이다. 일마들이 오이야 오이야 받아주니까 사람을 알로 보고……" 하면서 보기에도 훌륭하게 가래침을 뱉었다는 것이다. 마침 구경을 하던 8병동 환자 가운데 한 사람이 부산에서 살던 사람인 고로 그 이름이며 태도를 듣고 본 적이 있었던바, 그가 아마 깡패일지도 모른다고 했다는 것이었다.

거기다 장택근이 현역 깡패 내지는 은퇴 깡패라는 설에 무게를 실어주게 된 건 그가 보통 넘는 수완과 배짱이 아니면 할 수 없는 주류 도매상을 하고 있다는 사실이었다. 그건 술집에 마른안주를 납품한 적이 있는 철주도 수긍할 만한 논리였다. 또 장택근이 유명 종합병원에서 일인실을 거치지 않고 곧바로 이인실에 들어온 것만 보더라도 보통 사람과는 다른 신분을 가지고 있다는 것을 쉽게 알 수 있었다.

입원실은 특실에서 육인실까지 있었는데 병원에서는 환자는 많은데 병실이 모자란다는 이유로 처음 입원하는 환자에게 일인실에 들도록 은근히 요구했다. 반면 일인실에 들 여유가 있는 사람들은 엉뚱하게 육인실에 배정되는 경우가 많았다. 이인실은 육인실에서 일인실로, 일인실에서 육인실로 옮기려는 사람들의 중간 기착지 역할을 했는데, 병실 수가 많지 않아 실제로 이인실에 들기는 쉽지 않다. 특히 처음 입원하는 환자가 형편이야 어떻든 대번에 이인실로 입원하는 경우는 거의 없었다. 장택근은 거의 없는 경우를 손쉽게 자기 것으로 만든 특별한 환자인 것이다…… 철주 부부는 소곤소곤 정답게 비밀을 하나씩 풀어나갔다.

어느 순간 커튼 너머에서 "그으으윽" 하는 요란한 트림 소리와 함께 기름지고 시큼한 냄새가 날아들어서 두 사람은 급히 식사와 이야기를 마쳤다. 철주의 아내가 식판을 가지고 나간 다음 "찰칵" 하고 라이터 켜는 소리가 나더니 담배 연기가 번졌다. 철주는 커튼 너머에서 흘러오는 담배 연기를 힘껏 들이마셨다가 얼른 내뱉었다. 다시 담배를 피우면 이혼이라고 선언한 아내의 말이 떠올랐다. 혹시 냄새가 남아 있다가 의사나 간호사가 자신이 담배를 피운 것으로 오해를 하면 어떻게 하나 불안해져서 철주는 부러 기침 소리를 냈다. 그러자 창문이 열렸는지 바깥의 소음이 흘러들어왔다. 곧 이웃 병상의 흡연자가 화장실로 가는 소리가 났고 물소리가 날 때까지 근 이십 분 동안 철주는 오줌이 마려운 것을 참아야 했다. 바깥에 있는 화장실에 갈 수도 있었지만 그걸 이웃이 알면 불편해할까봐서였다. 하여튼 철주는 참는 데는 이골이 난 사람이었다. 밤이 되자 예쁘고 무표정한 간호사가 들어와 장택근의 침상에 다음날의 수술을 예고하는 금식禁食 표지를 매달았다.

다음날 아침식사 직후에 의사들의 회진이 있었다. 철주의 아내는 의사를 만나면 고름에 대해 단단히 따지겠다고 밤새 별렀으나 막상 그들이 떼 지은 독수리처럼 바람 소리를 내며 다가오자 겁먹은 암탉이라도 된 듯 입도 달싹하지 못했다. 그들이 병실을 빠져나가고 난 다음 따라 나가 애원을 하다시피 물어서 들은 말이 '기다려보자'였다.

장택근은 금식중이라 식사를 하지 못했고 배가 고프다면서 침대에 계속 누워 있었다. 물론 그의 입과 휴대전화는 잠시도 쉬지 않고 가동했다.

"황금마차에 썸씽 두 박스 보낸 기 언진데 안직 기별이 안 와? 그 똥강아지 같은 놈이 배때기에 기름칠을 했나. 뭐라꼬? 슈퍼에서 갖다대? 이것들 눈까리에 송곳이 안 들어가나. 아이다. 아이다. 핸철아. 기회다. 슈퍼 가서 영수증 끊고 주인 모가지 끌고 가서 황금마차 앞에 갖다 대라. 세무서에 고발한다 카고, 그라고도 싹싹 안 빌모 내한테 폰 때리라. 니 누구한테도 내 빙원에 있다고 카마 절대 안 된다. 알겠나."

철주는 회진 이후에 볼이 잔뜩 부어 있는 아내를 살짝 돌아보았다. 장택근과 비교하면 자신은 너무 무능하고 어리석어 보일 것이다. 턱 끝까지 찰랑거리는 빚과 세월의 파도를 겨우겨우 헤치면서 살아온 인생과 불속에서도 한층 더 빛나는 불꽃처럼 살고 있는 사람이 어쩌다 한 병실에 나란히 눕게 되었는지. 철주는 서울에서 나서 이때까지 살아온 아내가 장택근의 극심한 사투리를 알아듣지 못하는 것이 그나마 다행이라고 여겼다. 하지만 철주의 아내는 철주처럼 참을성이나 쓸데없는 사려를 가지고 있지 않았다. 화장실 변기에서 담배꽁초를 발견해내고는 입을 비쭉거리기 시작했다.

"어떻게 저런 사람하고 같이 방을 써요. 병이 낫는 게 아니라 더하겠어. 도저히 못 참겠어요."

장택근이 화장실에 간 틈에 아내는 노골적으로 화를 냈다. 커튼 너머에 누가 있어도 상관없다는 투였다. 철주는 자신만큼이나 참고 사는 사람이 장택근의 부인일지도 모른다고 생각했다. 장택근은 그녀를 잠시도 그냥 내버려두지 않았다. 그녀는 끊임없이 물건을 사들였고 정리했고 심부름을 했고 그나마 남는 시간에는 욕을 먹었다. 장택근의 말이 떨어질 때마다 그녀는 파리한 낯빛으로 기운도 없이 소리도 없이 그의 침상 앞을 지나갔다. 철주는 그녀가 커튼 너머에서 숨죽이고 듣고 있을지도 모른다고 생각해서 목소리를 조금 높였다.

"못 참을 것도 없는데 뭘."

"당신 그러는 게 더 보기 싫어요. 우리가 무슨 죄졌어요?"

"여보, 화내지 마. 내가 불편하니까. 빨리 나아서 나가면 되잖아."

"차라리 일인실을 그냥 쓸걸 그랬어. 일부러 이런 사람하고 한방에 같이 있게 한 건 아닌지 몰라. 견디다못하면 알아서 나가겠지 하고……"

명백히 틀린 말이었지만 철주는 그게 틀렸다고 말할 수가 없었다. 아내는 복도를 들락거리며 환자 가족들을 만나면서 여러 가지 말을 들은 눈치였다. 대부분의 사람들은 낫는다고 보장한 환자가 덧난 건 명백히 병원의 책임이니 콧등을 단단히 물고 늘어져야 한다고 주장했다. 하지만 어떻게 물고 늘어지라고 말해주는 사람은 없었다. 이 병원을 상대로 싸워 이길 수 있을까. 국내 최고의 병원이며 국내 최고 권위의 의사를 상대로 해서. 그들은 얼마나 바쁜 사람들인가. 그들은 얼마나 중요한 수술을 많이 하는가. 또 그들이 수술을 해주는 사람 중에 자신보다 훨씬 중요한 사람은 얼마나 많을 것인가. 사소한 사람의 사소한 상처, 사소한 부주의, 사소한 사건을 가지고 감히 어떻게 그들을 물고 늘어진단 말인가. 힘이 없는 사람은 마음대로 아파서도 안 된다. 수술 상처가 덧나서도 안 되고 덧났다 하더라도 병원에 트집을 잡아서는 안 된다. 모든 걸 참아야 한다. 이때까지 잘 참았는데 조금 더 못참을 건 또 뭔가. 이제 어지간한 것에는 참을 만하게 단련이 되지 않았던가. 사소한 문제, 가령 병실에서 담배를 피우든가 업무를 보든가 욕을 하는 것 정도는 웃으면서 참아넘겨야 이때껏 살아오면서 참았던 것의 본전을 찾을 수 있다. 무엇보다 여기는 이인실인 것이다. 아무나 오지 못하는 이인실에 누워 있으려면 그만한 사람으로서의 됨됨이를 보여주어야…… 철주는 여러 가지 생각을 다 말로 하지는 않았다. 설핏 잠이 들었다.

잠결에 들으니 이웃이 수술 전 준비를 하느라고 관장을 하는 모양이었다. 의례적인 일이었으므로 철주는 신경을 쓰지 않았다. 화장실을 자주 들락거리는 듯, 커튼 너머로 이웃이 일어났다 누웠다 했다. 철주는 신경쓰지 않았다. 꾸르르르 소리가 나기도 했고 꼬로록 하고 물에 빠진 사람의 숨소리가 나기도 했다. 신경쓰지 않았다. 휴대전화도 더이상 울리지 않았고 이웃도 더이상 욕을 해대지 않았다. 화장실에 들락거리느라 정신이 없는 모양이었다. 그렇지만 어지간히 참을성이 있는 사람도 계속 참고 누워 있지 못할 일이 일어났다.

"하이고, 아파라! 이노무 새끼, 니 때리직인다! 니 어데 가나, 거기 안 서나!"

한 사람의 입에서 나왔다고는 믿을 수 없는 무서운 고함소리가 한꺼번에 터졌다. 이윽고 무엇인가 패대기를 치는 소리, 깨지는 소리, "야, 야, 야, 봐라 봐라!" 하는 고함소리가 이어졌다. 철주는 자신도 모르게 벌떡 일어나 성한 손으로 커튼을 젖혔다. 무엇이든 참지 못하는 사내, 장택근이 광란하고 있었다. 아니, 광란하는 것은 입과 표정뿐이었고 하체는 낚싯줄에 단단히 꿴 물고기처럼 꼼짝 못하고 있었다. 장택근의 아내가 달려 들어왔다.

"니 어데 갔다가 왔나, 이 빙신아!"

그녀의 얼굴은 파랗게 질려 있었다. 떠듬떠듬 그녀의 입에서 대답이 흘러나왔다.

"나가 있으라고 했잖아요."

"내가 언제! 언제 그캤나! 아이고 아파라! 지금 튀나간 놈 잡아와

142

라! 빨리 이거 빼라 캐! 앙!"

벗겨진 아랫도리 때문에 장택근은 먹을 감다 나온 시골 아이처럼 보였다. 그 아랫도리의 가운데쯤에 가는 관이 매달려 있었고 관의 끝에는 오줌을 받는 통이 연결되어 있었다. 장택근의 아내는 남편의 벗겨진 아랫도리를 덮어줄 겨를도 없이 밖으로 냅다 달려나갔다.

"일마들이 내 꼬추를, 감히 내 꼬추를 가지고, 무슨 짓을 하는 기가! 내가 일마들 깝데기를 홀랑 안 삐끼모 사람이 아이다. 아이고오!"

수술 전에는 으레 금식과 관장을 하고 방광에 도뇨관導尿管을 꽂아 오줌을 빼낸다. 철주 역시 똑같은 과정을 겪었다. 일단 관이 꽂힌 다음에는 움직이면 움직일수록 더 아프다. 관이 빠지고 난 다음 며칠 동안 오줌을 제대로 못 누어서 애를 먹기도 했다.

"일마들이 내가 잠깐 방심하는 사이에 내 꼬추를, 아이고 나 죽는다아! 간호원! 간호원!"

이미 그의 고함소리가 전 병동에 울려퍼졌을 것이고 그에게 어떤 일이 일어났는지 모를 간호사는 없을 텐데 아무도 오지 않았다. 철주는 보다못해 말을 걸었다.

"가만히 계셔야지 움직이면 더 아픕니다."

"아이고 아재요, 형씨, 요놈들이 내 꼬추에 이상한 짓을 했소. 나 좀 일으켜주시오."

"수술 전에 다 하는 거예요. 조금 있으면 괜찮아집니다."

조금 가지고는 괜찮아지지 않는다는 것은 철주 자신이 잘 알고 있었다. 요도에 희미하나마 불에 덴 듯한 감각이 며칠이 지나도 남아 있을 정도니까. 그는 철주의 말 따위에는 귀도 기울이지 않았다. 처음부터 그랬듯이.

"나 좀 일으키라 말이요! 내는 조루증이 있어서 꼬추를 조금만 건
디리도 싸는 사람인데 요놈의 자슥들이 댓바람에 대롱을 꽂았으니,
아이고오!"

철주는 자신이 팔을 수술한 사람이며, 따라서 남을 일으킬 수가 없
는 처지에 있다고 말을 하려다 그만두었다. 그 말도 그의 귀에는 들리
지 않을 테니까. 철주의 아내가 문 앞에 왔다가 장택근이 아랫도리를
벗은 채 소리치는 것을 보고는 황급히 사라졌다.

"여보, 왔어요."

장택근의 아내가 나타났다. 그의 뒤에 철주의 요도에 도뇨관을 삽
입한 적이 있는, 표정이 뚱한 남자 조무사가 나타났다.

"빨리, 빨리!"

조무사는 여전히 뚱한 표정으로 장택근의 아랫도리를 들여다보더
니 그냥 가려고 했다. 장택근의 아내가 그를 잡고 늘어졌다.

"그냥 가시면 어떡해요! 어떻게 조치를 해주셔야죠!"

"다 그런 거예요."

"빨리 빼란 말예요! 이 양반이 힘들어하시는 게 안 보여요?"

"다 그런 거라니까, 내 참. 뽑았다 다시 끼우면 더 아파요."

"네 이노옴! 이놈의 자슥! 니 배때기에 철판 깔았나 두고보자."

"빼줘요. 당장에!"

"그래! 빼라!"

조무사는 어이가 없는 듯 사방을 둘러보다가 철주와 눈이 마주쳤
다. 철주는 그 바람에 반쯤 일으켰던 몸을 도로 내려놓았다. 아예 눈

까지 감아버렸다. 얼마나 시간이 지났을까. 결국 조무사는 도뇨관을 도로 빼냈고, 그 직후에 장택근은 화장실로 달려가 나올 생각을 하지 않았다. 그는 화장실 안에서 수술을 받지 않겠다고 선언했다. 잠시 눈을 붙인 사이에 살금살금 도둑놈처럼 와서 고추에 이상한 짓을 해대는 병원을 믿을 수 없다. 책임자는 사과하라는 것이었다.

맨 처음에 나타난 사람은 수간호사였다. 수술 전에 도뇨관을 꽂는 건 당연한 일이다. 계속 그러고 있으면 수술을 할 수 없다고 했다. 장택근이 썩 꺼지라고 으르렁거리자 간호사는 코웃음을 치는 듯 마는 듯하고는 가버렸다.

이윽고 장택근을 수술실로 데려가기 위해 조무사들이 침대를 가지고 병실에 들어왔다. 그들은 여전히 장택근이 화장실 안에 있다는 이야기를 듣고는 말도 없이 다른 데로 가버렸다.

면회를 온 듯 장택근의 여동생 내외가 병실에 들어왔다. 장택근은 분노한 맹수처럼, 모욕을 당한 왕처럼 울부짖고 탄식했고 그들은 이따금 눈길을 마주치며 화장실 밖에 서 있었다.

장택근의 아내는 휴대전화의 배터리를 충전하고 침대를 손질하고 먹다 남은 고기를 치우고 냉장고 안을 정리했다. 그러면서 내내 눈물을 찔끔거렸다.

"자형, 자형, 어쩔라고 이러십니까. 저까지 곤란하게 됐어요. 제발 나오세요. 나와서 이야기합시다."

병원 직원 복장을 한 장택근의 처남이 올라와서 설득을 했다. 철주는 그제서야 장택근이 이인실에 쉽게 입원한 이유를 알 수 있었다.

"일마들이 내 꼬추를 가지고 장난을 쳤다꼬. 내가 딴 건 다 참아도 그거 하나는 못 참는다."

"자형, 여기 이 환자분한테도 물어보세요. 수술 전에 다 하는 거예요. 이러시면 곤란해요."

"딴사람한테는 다 한다 캐도 내한테는 안 된다. 미리 이야기를 해 줬으모 내가 이 개똥 같은 빙원에 오지도 않았단 말이다. 니도 니 누하고 우째 그리 똑같이 맹한 기야. 니같이 떨빵한 놈 돈 대줘가 공부시킨 기 내 핑생 후회다. 내가 한때 잘못 생각해서 걸배이 같은 너그 남매 받아준 기 내 핑생의 실수다."

장택근의 처남은 말을 멈추었다. 돌아서는 그의 얼굴은 처참하게 일그러져 있었다. 그는 누이의 부탁을 받고 재워온 부드러운 쇠고기가 든 통을 힘없이 내려놓았다. 장택근의 부인은 결정적인 타격을 받은 권투 선수처럼 쓰러질 듯하더니 간신히 몸을 의자 위에 내려놓았다. 그 의자는 철주의 아내가 쓰는 것이었고, 따라서 그녀가 앉은 곳은 철주의 발치에서 얼마 떨어지지 않은 곳이었다. 철주는 그녀의 내면에서 무엇인가 빠르게 파괴되고 있다는 걸 직감적으로 느꼈다. 참기만 해온 사람들끼리 서로 알 수 있는 그런 느낌.

"어떻게 그런 말을……"

그녀는 어이가 없다는 듯, 쓴웃음을 지으며 자신을 돌아보는 남동생을 향해 멍한 눈으로 입술을 짓씹고 있었다. 철주는 그녀의 입술에서 피가 배어나오는 걸 보았다. 그녀를 흘끔거리던 장택근의 여동생이 화장실 쪽으로 다가갔다.

"오빠, 오빠가 하는 말씀이 다 옳아요. 오빠, 오빠는 무조건 나을 거예요. 금방 나아서 나갈 거예요. 오빠, 하고 싶은 대로 하세요. 오빠는 나아요. 전보다 훨씬 건강해질 거예요."

뚱뚱한 몸매에 화려한 무늬의 옷을 입은 여동생은 광신도처럼 손을 저으며 외쳤다. 그녀가 풍만한 몸을 움직일 때마다 짙은 향수 냄새가 번졌다.

마침내 의사가 도착했다. 의사는 장택근이 화장실 안에서 여태 나오지 않고 있다는 말을 듣고는 눈도 깜빡하지 않았다. 코웃음을 치지도 않았고 웃지도 않았다. 그는 장택근이 나오지 않고 계속 화장실에 있으면 수술을 포기할 수밖에 없다고 장택근의 처남에게 말했다.

"자형, 자형. 제발 나오세요. 지금 안 가면 수술 못해요."

"내는 수술 같은 거 안 한다. 이 문디자슥아."

의사가 화장실 문을 두드렸다.

"장택근씨. 정말 수술 안 할 겁니까."

장택근은 의사의 목소리를 듣고는 잠시 말이 없었다. 이윽고 나지막하나 거센 그의 대답이 흘러나왔다.

"내가 이카는 건 다 이 무도한 빙원 때문이오."

젊고 깔끔해 보이는 의사는 장택근에게 말려들지 않았다. 사무적으로 다시 확인했다.

"수술 안 합니까?"

"안 해."

"정말이죠?"

"응."

의사는 간호사가 들고 온 서류에 몇 자를 휘갈겨 쓴 다음, 자신을 올려다보는 사람들을 둘러보고는 간호사에게 말했다.

"이 환자, 지금 즉시 퇴원시켜요."

그는 가버렸다.

장택근이 화장실에서 나온 건 아들로 보이는 군인이 병실에 들어선 다음이었다. 군인은 몸에 잘 맞지 않는 군복을 입고 잔뜩 군기가 든 자세로 들어와서는 자랑스러운 표정으로 "충성!" 하고 병실이 떠나가라 경례를 붙였다. 무슨 일이 생겼는지 전혀 상관치 않고 다른 사람에게 관심도 기울이지 않고 자기 하고 싶은 대로 한다는 점에서는 아버지를 꼭 닮았지만 생김새는 어머니를 닮아 훤칠하게 잘생겼다. 그가 나타나자 남자들이 그를 둘러쌌고 여자들은 울음을 터뜨렸다. 그는 장군처럼 당당하게 의자에 앉아 팔짱을 낀 채 외삼촌이며 고모부가 경쟁적으로 이야기하는 전말을 귀찮다는 표정으로 듣고 있었다. 장택근이 허리를 굽히고 화장실 문을 열고 밖으로 나왔다. 군인이 자리에서 벌떡 일어서서 다시 거수경례를 붙였다. 장택근은 고통중에도 얼굴에 미소를 떠올려 자랑스러운 듯 아들을 바라보았다. 이윽고 두 사람은 힘차게 끌어안았다. 마치 전장에서 헤어진 전우를 전쟁이 끝난 뒤 만나기라도 한 것처럼.

"아빠는 이제 어떡하니……"

아버지를 안고 있는 아들의 등에 얼굴을 묻으며 어머니가 말했다. 아들은 휙 몸을 돌려 호되게 어머니를 나무랐다.

"지금 무신 귀신 씨나락 까먹는 소리를 하는 깁니까. 당장 때리치아쁘고 나가야지예."

"맞다. 니는 짐이나 싸라, 썩!"

그녀는 멍한 눈으로 생김새는 전혀 닮은 데가 없는 부자를 바라보

148

았다. 그녀의 아들은 어느새 허리에 손을 갖다대고 있었는데 허리춤에 총이라도 있었으면 당장 뽑아들 기세였다. 그녀의 남편은 옆구리를 한 손으로 누르고 있었는데 남은 한 손은 금방이라도 그녀 쪽으로 튀어나올 듯 주먹이 쥐어져 있었다. 철주는 그 순간 그녀가 자신에게 남은 게 아무것도 없다는 걸 깨닫고 있다고 생각했다. 그들은 아무 힘도 없고 능력도 없고 어리석은 그녀를 경멸하고 있었다. 잠시 시간이 흘렀다. 경멸하는 자의 경멸이 느껴지기에는 충분한 시간. 경멸당하는 자가 경멸을 느끼기에 충분한 시간이며 당사자가 아닌 사람들이 강자에게 동조하는 방법을 연구하는 그 시간. 이윽고 그녀의 입에서 헛바람이 새는 듯한 힘없는 소리가 흘러나왔다.

"네 아빠는 암이다. 그것도 말기야."

"뭐라꼬예?"

그나마 반응한 것은 아들이었다. 장택근은 아들이 일어선 의자에 털썩 주저앉았다. 여동생은 몸을 돌리면서 손으로 얼굴을 가렸다.

"언니, 다시 말해보소. 암이라꼬예?"

그녀는 더이상 망설이지 않았다. 빠르게 대답했다.

"맞아. 암이야. 의사 말로는 육 개월도 힘들단다."

여동생이 덤벼들듯이 올케에게 물었다. 그녀는 더이상 어색한 억양의 서울말을 쓰지 않았다.

"그걸 우리 오빠가 와 몰랐을까? 거짓말이제?"

"가는 병원마다 싸우고 들볶느라 의사 말 들을 새나 있었어요? 지금 수술이라도 하면 연장을 할 수 있대요. 그러다보면 좋은 약이 나올 수도 있고요. 지금 수술해야 해요."

"엄마는 우째 그거를 남 얘기하듯 합니까? 와 이때까지 말도 안 하고 있었어예?"

"누가 내 말을 들은 적이나 있어? 너도, 네 아빠도, 네 고모도 다, 다, 다! 이젠 마음대로 해봐! 다 잘해봐요!"

철주는 그녀가 온몸으로 외치는 소리를 들으면서 문득 자신이 병실에 남아 있는 게 다른 사람들을 불편하게 만들 거라고 생각했다. 그는 몸을 일으켜 병상에서 내려왔다. 제멋대로 푸들거리는 오른팔을 왼손으로 쥐고 사람들 사이를 지났지만 아무도 그에게 신경쓰지 않았다. 그는 처음부터 끝까지 그들에게 있으나마나 한 존재였다. 하지만 그에게는 귀가 있었고 염치가 있었고 무엇보다 참을성이 있었다. 병실 밖으로 나서는 그의 귓가에 한꺼번에 소리치고 울부짖고 하소연하고 중얼거리는 소리가 들려왔다.

"자형, 내가 이 병실 잡느라고 얼마나 힘들었는데……"

"지금 나간 의사가 국내에서 최고로 실력 있는 의사래요……"

"큰일났어. 의사들 세 명이 벌써 사인을 다 해버렸대……"

"장택근씨 보호자분, 원무과에 가서 퇴원 수속 밟고 오세요."

"다른 빙원에서는 전부 다 가망이 없다꼬…… 이 빙원만 믿었는데 이제 오빠는 어떡해……"

"오늘 수술을 못하면 다시 몇 달을 기다려야 할지……"

"왜 그러셨어요. 쪼매만 참으시지……"

"꼬추에다 대롱을 꽂길래…… 그것만 아니었으모…… 내사 암에 걸린 줄은 모리고……"

"가서 빌어요. 우리 다 같이 가서 빕시다, 응?"

"소용없어요. 벌써 다른 환자 수술 들어갔어요……"

"퇴원 안 하세요? 지금 병실 나기만 기다리는 환자가 수백 명……"

"퇴원 못해! 우린 죽어도 퇴원 못해!"

병실은 농성장이 됐고 철주의 아내는 병실에 있을 수가 없다고 병원 측에 강력히 항의했다. 그 덕분에 철주는 육인실로 옮겨갈 수 있었다.

며칠 후 병원 정문 곁 벤치에 앉아 있던 철주 부부는 철 이른 수박을 들고 들어가던 장택근의 부인을 만났다.

"수술은 잘되셨나요?"

철주의 아내가 물었다. 부인은 해를 향해 곱게 얼굴을 찡그리고는 선선하게 대답했다.

"아직 못했어요. 수술했으면 수박을 먹을 수나 있나요."

"잡수시는 건 여전한가보죠?"

"아니요. 잘 안 먹으려고 해서 걱정이에요."

그러나 그녀에게서는 걱정스러운 기미보다는 전에 없던 생기가 묻어나고 있었다. 말투도 빨라졌고 또렷해졌다.

"참, 아직 이인실에 계시죠?"

철주는 아내를 제지하며 먼저 고개를 끄덕여주었다.

"거기가 참 좋았는데. 특실은 꼭 감옥 같애요."

그녀는 엷게 루주를 바른 입술을 벌려 가볍게 한숨을 쉬었다.

"그럼 또 봬요."

"빨리 퇴원하세요."

두 여인은 하루 만에 다시없는 친구라도 된 듯이 손을 잡고 인사를

나누었다. 그녀의 뒷모습이 무척 아름답다고 느낀 순간 철주의 팔이
다시 자신의 뜻과는 상관없이 흔들렸다.

유랑
—취생옹^{醉生翁} 첩실
하세가와 도미코의 봉별서

서序

　내가 사는 동네에 십여 년 전에 문을 연 술집이 있다. 그 술집의 주인은 나이를 짐작하기 어려운 노인이었다. 실제로 그 술집을 꾸려나가는 건 언행이 점잖은 노인이 아니라 그의 벙어리 아내였다. 벙어리라는 것은 그 여인이 말하는 것을 본 사람이 전혀 없다는 데서 유추한 것이다. 벙어리는 대체로 귀머거리이기 쉬운데 주문이나 부르는 소리를 정확하게 알아듣는 것으로 봐서는 귀머거리는 아니었다. 노인은 손님들이 조금 복잡한 요구를 하든가 하면 여인에게 조그마한 소리로 그 요구를 전하는 일 말고는 하는 일 없이 하루종일 취해 지냈다. 그러나 아무리 취해도 언행에는 어그러짐이 없었다. 늘 불그레한 안색으로 술청 한구석에 앉아 거리를 내다보면서 거의 정확한 시간을 두고 거의 같은 동작으로 가볍게 잔을 기울여 몸속의 술기운을 유지하는 것이었다.

그 술집이 문을 연 뒤 십여 년 동안 주변은 하루가 다르게 변했고 그 술집에 출입하는 사람들의 얼굴도 대부분 바뀌었는데 그 집은 무엇 하나 바뀐 게 없는 듯했다. 숟가락, 그릇, 커튼처럼 닳고 깨지고 해지는 것조차 그전과 다름없는 모양의 제품, 또는 아주 약간만 다른 것으로 바뀌곤 했다. 달력처럼 한 해에 한 번 바꾸어 걸지 않을 수 없는 것도, 그날그날의 날짜를 표시하는 커다란 숫자에 절기며 음력 표시가 세세히 들어가는 구식 달력이 해를 가리키는 숫자만 바뀐 채 매년 똑같은 자리에 걸리곤 했다. 십여 년 전에는 하루 한 장씩 뜯어내는 그런 달력이 흔했지만 지금이야 그와 같은 것을 구하려면 꽤 공을 들여야 할 터인데도 그 정도는 아무것도 아니란 듯이 어김없이 똑같은 것으로 걸렸다.

새로운 시속時俗만 찾는 세태에서 그토록 변하지 않으면서도 그 술집이 버틸 수 있었던 건 아무래도 벙어리 여인의 매운 손끝과 정성스러운 손맛 덕분이 아닌가 싶다. 허름한 탁자일망정 늘 금방 행주가 지나간 듯 물기가 살짝 느껴지게 청결했고 서너 가지의 조촐한 안주 역시 칼칼하고 야무진 맛이 나서 한번 그 술집의 단골이 되면 그 동네를 떠나기 전에는 좀처럼 출입을 그만둘 수 없었다. 다만 그 술집에서는 단 한 가지 종류의 술과 간단한 안주만 팔았기 때문에 다양한 걸 좋아하는 시속 술꾼들이 단골이 되는 일이 드물어 손님 수는 많지도 적지도 않게 적당했다. 술은 노인이 늘 누런 양은 주전자에 담아 마시는 막걸리, 기본 안주는 그 노인이 늘 앞에 놓고 조금씩 집어먹는 콩자반에 포무침, 나물 한 접시, 김치 한 보시기, 날고구마 썬 것인데 날고구마는 계절에 따라 있기도 하고 없기도 했다. 술값 또한 싸지도 비싸지도 않아 원가의 두 배 정도를 받는 것 같았다.

　그 술집은 술꾼들이 일어날 생각도 하지 않는 아침 아홉시면 문을 열었고 저녁 아홉시면 문을 닫았다. 조금 더 먹자고 떼를 쓰려고 한들 벙어리 여인에게 말이 통할 턱이 없고 노인을 돌아보면 세상사를 초월한 듯한 안색이며 표정에 어지간한 사람도 말을 길게 붙일 생각을 하지 못했다. 그러다보니 그 술집은 오로지 그 노인이 술을 마시기 시작하는 시간에 문을 열고 그 노인이 술을 그만 마시는 시간에 문을 닫는 것이 되어 도대체 장사를 하려는 술집인지 아닌지 모를 지경이었으며, 어느 한적한 시골의 사랑방을 도시에 옮겨놓은 것 같은 느낌을 주었다. 그러나 또 그런 곳을 좋아하는 나 같은 단골이 있게 마련으로 장사가 영 안 되는 술집도 아니어서 십여 년을 변함없이 동네 한구석을 지키고 있었다.

　벙어리 여인의 나이는 대략 오십대 중반에서 육십대 초반 사이로 보였는데 어딘가 기품이 느껴지는 행동과 늘 엷은 미소를 머금고 다람쥐처럼 움직일 준비를 하고 있는 것이 하루종일 한자리에 앉아 있는 노인의 모습과 잘 어울렸다. 노인의 얼굴은 수십 년을 장복해온 막걸리 덕분인지 살결은 보기 좋게 부푼 흰 빵처럼 부드럽고 온화해 보였다. 그 역시 벙어리 여인의 곱게 늙은 섬세한 이목구비와 조화를 이루어, 어차피 뜨내기인 변두리 동네의 속인들이 두 사람을 쉽게 보지 못하게 하는 군세고도 독특한 힘과 영역을 가지고 있었다.

　그러나 그 모든 것은 하루아침에 산산조각이 났다. 어느 봄날 노인이 탁자에 앉은 채로 앞으로 쓰러졌다. 구급차가 달려왔고 노인은 병원으로 실려갔다. 당연히 술집은 문을 닫았고 서너 달이 지나도록 여인의 손처럼 자그맣고도 단단한 자물쇠가 걸린 채 굳게 닫혀 있었다. 혹 오랜만에 시간을 내어 그 집에 다니러 왔다 들어가지를 못하고 어정거리는 사람들이 있기도 했지만 그것도 잠시였다. 슈퍼마켓에 들러 사연을 물어보고는 느닷없이 무슨 바쁜 일이라도 생긴 듯 가버리고 마는 것이었다. 그 술집이 언제 다시 문을 여는가에 관심을 가질 만큼 한가한 사람은 아무도 없었고 그건 나도 마찬가지였다. 그렇지만 나는 그 술집에 다시 발걸음을 한 첫번째 사람이고 또 마지막 사람이어서 다음과 같은 편지를 쓰게 되었다. 실상은 편지가 아니고 벙어리 여인이 구술한 것을 내 나름의 상상력을 조금 보탠 뒤 의고擬古의 투를 빌려 편지로 옮긴 것이다. 구술을 했으니 벙어리인 줄 알았던 여인은 벙어리가 아니었던 셈이 된다.

어느 날 오후 그 술집의 문이 몇 달 만에 처음으로 삼분의 일쯤 열렸다. 노인이 앉아 있던 자리에 노인이 입고 있던 한복의 잿빛 옷자락이 보였고 탁자 위에는 노인이 살짝 들어 기울이던 양은 주전자와 복福자가 옆면에 그려진 사발이 놓여 있었다. 나는 반가움과 궁금함에 무심코 그 술집에 발을 들여놓았다. 노인이 앉던 자리에 있는 사람은 노인이 아니고 벙어리 여인이었다. 여인은 취해 있었고 울고 있었고 흐트러진 백발 아래의 얼굴은 마주보기가 민망할 정도로 더러워져 있었다. 나는 순간적으로 노인이 돌아가신 것일까, 장례를 치르고 돌아와 노인을 추억하며 노인의 옷을 입고 노인이 앉던 자리에 앉아 노인처럼 술을 마시다가 슬픔에 겨워 우는 것일까 생각했다. 여인은 인기척을 느끼고는 눈을 들어 나를 보았다. 내가 오래된 단골임을 알고는 손을 들어 자리를 권했다.

"내가 이러는 게 기괴해 보이지요? 미쳤다고 생각하시겠지요? 내가 왜 이러는지 사연을 들어보시렵니까?"

나는 여인의 입에서 한꺼번에 쏟아져나오는 말에 놀랐고 그 내용에 당황했다. 나는 평소 그 여인이 벙어리처럼 행동하던 것같이 고개를 끄덕이고 또 흔들었다. 여인은 검은 비닐봉지에서 막걸리 병을 꺼내 주전자에 들이붓고 문을 닫은 다음 내게 다시 한번 사연을 들어보겠느냐고 물었다. 자세히 들으니 여인의 말투는 어눌하고 발음은 부정확했으며 어휘는 수십 년 전에 쓰던 것처럼 낡은 것이었다. 마치 어릴 때 말을 배운 후 무인도에서 수십 년을 혼자 살아오다 세상에 처음 나온 사람 같았다. 하지만 내부에서 무섭게 치밀어오르는 어떤 힘이 여인이 표현할 수 있는 능력 이상으로 표현을 하게 하는 것이었고, 광기에 가까운 분노, 눈물에 가까운 결의가 한마디 한마디 띄엄띄엄 이어지는 말 속에 선혈처럼 묻어 있는 것 같아 나는 연신 방아깨비처럼 고개를 끄덕일 수밖에 없었다.

어느 순간 그 여인은 편지지며 봉투를 꺼냈고 수첩에 외상이며 사소한 거래에 관해 적던 낡은 볼펜을 가지고 왔다. 그리고 자신은 편지를 쓸 줄 모르는데 편지를 반드시 써야 한다고 되풀이해서 말했다. 그것이 그 여인이 자기 사연을 들어보라는 이유였다. 나는 대신 편지를 써주겠노라고 했다. 그 여인은 몇 번이나 고개를 숙여 사의를 표한 다음 편지에 적혀야 할 내용에 대해 오랜 시간 동안 구술을 해주었다. 내가 편지를 완성해두면 언젠가 사람이 찾아와서 가져갈 것이라 했다. 그리고 나서 문득 공중을 향해 하하, 소리쳐 웃더니 술집을 나갔고 다시는 돌아오지 않았다.

서書

  첩이 삼가 상공께 아뢰옵니다. 첩은 한낱 솜털도 가시지 않은 계집아이 때에 이미 상공의 구명지은을 입었삽고 그후로도 수십 년 동안 상공의 분에 넘치는 사랑을 받자와 상공께서 미천한 이 생명을 당장 때려죽이신다고 해도 달리 할말이 있을 리 없습니다. 이제 새삼 무딘 혀를 놀려 상공의 귀를 어지럽히고 겨우 원숭이 울음소리를 면한 천박한 글로 상공의 아름다운 이름을 그릇되게 할지도 모르는 무도한 일을 감행함은 무슨 까닭이겠습니까.
  일전에 상공께서 낙향하시는 그 경황중에 여섯째 서랑壻郎이 큰아이를 남겼더이다. 그 아이는 상공의 피가 십분의 일이라도 섞인 덕분인지 총명하고 어여뻤으며 가엾은 사람을 지나치지 못하고 돌보는 덕성을 지니고 있었습니다. 아이는 상공을 실은 병원차가 무정하고 무참하게 가버린 뒤에 제가 더러운 눈물로 헛된 일생의 서러움을 닦아내는 동안 내내 제 곁에 머물러 있었나이다. 그러다가 제 넋두리 속에 섞여 나오는 기박한 신세를 알고, 편지를 써주면 반드시 전하겠다고 했습니다. 이제 그 아이의 손에 의지하여 상공께 이승에서 마지막이 될지도 모르는 인사를 드리려고 합니다.
  상공께서 늘 말씀하신 대로 첩은 왜인의 더러운 피를 받은 계집입니다. 조선에 광복의 축복이 내린 때를 당하여 첩의 부모는 귀국을 도

모하느라 동분서주하였습니다. 그 와중에서도 챙겨갈 금은보화며 가산이 얼마나 되었는지 무엇이 그리 귀중했는지 알 수 없으나 제 부모는 하나뿐인 딸을 잃어버린 것도 모르고 오빠들이며 짐 실은 짐승을 재촉하여 남으로 남으로 향하였나이다. 제가 부모와 떨어져 밤새 울며 헤매던 곳이 상공께서 살고 계시던 산현山峴입니다.

조선 사람들은 제 울음소리를 듣고 나와서 저를 보고는 무슨 신기한 짐승을 보듯 하였습니다. 제 옹색한 몰골이 어째서 중인의 마음을 끌었는지 모르겠사오나 그들은 첩을 데려다 노리개나 하녀로 삼으려고 했습니다. 아아, 첩은 서로 저를 데려가려는 짐승 같은 사내들의 싸움터에서 하늘에 빌고 빌었습니다. 이들이 싸움을 벌이다가 서로 물고 뜯어 모두 죽게 해달라고. 피가 튀고 뼈가 부러지는 싸움 끝에 한 사내가 저의 팔을 잡아끌며 소리쳤습니다.

─이년, 너는 오늘부터 내 것이다. 너는 오늘부터 나의 집에서 마소처럼 일해야 할 것이며 자리깔개처럼 나를 받들어야 하리라. 네년의 동족이 나를 삼십여 년 동안 핍박을 한 것도 모자라 오늘 기어이 내 피까지 흘리게 하느나. 아아, 아까운 내 코피. 이년, 이 왜년.

첩은 그때 그 사람이 하는 조선말을 알아들을 수 없었습니다. 나중에 거기에 있던 사람으로부터 그가 한 말을 전해 들었을 뿐입니다. 다만 그때 악귀 같은 모습으로 주위에 둘러선 사람들에게 피를 뿜으며 외치던 모습에서 그 사람이 한 말의 내용을 짐작했나이다. 아아, 짐작만으로도 첩은 이미 기절하기 직전이었지요. 그때 상공께서 모습을 보이시지 않았다면 첩은 한 가닥 정신을 모아 옛적의 조선 여인처럼 혀를 깨물고 죽으려고 했습니다.

상공은 인근 고을에서 가장 큰 가문의 종손으로서, 인근 부자들 가운데 가장 많은 재산을 가진 장자長子로서, 가장 많이 배우고 중망을 받고 있는 사람으로서 산현 마루에 싸움이 났다는 말을 듣고 매사에 한치 어그러짐 없는 심판관으로서 나타나셨습니다. 첩은 기억합니다. 검은 학생복에 관옥과 같은 얼굴을 꽃피운 듯 들고, 막 숲속을 소요하다 나온 듯 부채를 들고 걸어오시던 모습을. 그렇게 아귀다툼을 벌이던 사내들이 모두 눈만 끔뻑거리며 상공의 말씀을 기다리고 있을 때의 고요를. 상공께서는 구슬을 입안에 넣고 굴리듯이 낭랑한 목소리로 말씀하셨습니다.

─여러 어른, 일가, 척족, 형제, 인우, 동무 들은 들어주시오. 지금은 조국이 광복하여 온 나라가 기쁨에 춤추고 있습니다. 이 여자아이가 비록 왜인의 핏줄이라고는 하지만 경황중에 부모를 잃고 짐승이 나다니는 산길을 헤매는 것은 우리의 아이들이 배고픔과 질병으로 부모를 잃고 유랑하던 것과 무엇이 다르겠습니까. 이 비린내 나는 아이를 두고 어른들이고 아이들이고 나서서 한바탕 싸움을 벌였으니 이 소문이 밖으로 새어나가면 우리 장씨 일문, 산현 사람들은 하늘을 향해 얼굴을 들지 못하고 살아야 할 것입니다.

그때까지 저의 팔을 잡고 있던 털북숭이 사내가 불만스럽게 소리쳤습니다.

─여봐, 조카. 이 아이는 내가 고개 너머 최가놈들하고 피 터지게 싸워서 끌고 왔네. 나는 유학까지 갔다 온 조카에 대면 무식해서 아무것도 모르지만 이 왜년이 최가놈들 집에 가서 첩살이하는 것보다는 우리 문중의 개가 되는 게 더 행복하다고 생각해서 뼈가 부러지도록

싸워서 데리고 왔네. 그럼 조카는 이 왜년을 그냥 놓아주어서 최가의 종으로 넘어가게 하자는 겐가.

상공께서는 깊고 그윽한 눈을 들어 저를 바라보셨습니다. 그때 저는 상공의 눈에서 한 점 불꽃이 일렁이는 것을 보고서 무릎을 꿇고 애원했습니다.

—살려주십시오. 제발. 저는 누구에게도 들키지 않고 잡히지도 않고 제 나라로 가겠습니다. 제 부모가 이 은혜를 잊지 않을 것입니다. 죽더라도 이 은혜는 잊지 않을 것입니다.

상공께서는 그 자리에서 제가 하는 일본말을 전부 알아들을 수 있는 유일한 분이셨습니다. 상공께서 하문하셨지요.

—너는 어디에서 온 아이냐. 어째서 부모를 잃었느냐.

—부모가 저를 잊고 도망을 갔습니다. 자고 일어나니 아무도 없었습니다. 어제 우리 가족은 산현 아래 주재소 사택에서 잠을 자고 있었습니다. 한밤중에 그 마을 사람들이 그동안의 원수를 갚는다며 주재소에 뛰어들었습니다. 저의 온 가족은 끈 끊어진 구슬처럼 산산이 흩어졌습니다.

—네가 아직 물정을 모르는구나. 여기 둘러서 있는 사람들 가운데 너의 왜말을 알아듣는 이가 있다면 지금 네가 너의 가소로운 동족들을 구슬에 비유한 것만 가지고도 너를 단매에 쳐죽이려 할 것이다. 하여간 너는 어찌하려느냐.

—밤낮을 가리지 않고 걸어가겠습니다. 남쪽 항구 어드메에 본국으로 돌아가는 배가 있다고 들었습니다. 거기 가면 부모도 만날 수 있을 것입니다.

─여기서 너희 동족들이 모이고 있는 부두까지는 수백 리 길이다. 게다 신은 두 발바닥, 까치같이 작은 두 손에 의지해 걷고 기어간다 하더라도 족히 열흘은 걸릴 것이다. 가다가 잡혀 죽거나 봉욕을 겪지 않는다 하더라도 굶어 죽고 말 것이다. 산다고 해도 너의 본국으로 돌아갈 방법이 있겠느냐. 차라리 사방이 잠잠해질 때까지 머물러 있다가 수습이 되면 길을 떠나는 게 어떻겠느냐.

첩은 상공의 뜻이 어디에 있는지 몰라 잠시 망연히 서 있었습니다. 미천한 왜인 계집아이에게 그토록 호의를 베풀어주신 이유가 무엇이었을까요. 그때 제 팔을 놓아주었던 털북숭이 사내가 다시 소리쳤습니다.

─조카님. 해방된 대명천지에서 어째서 배웠다는 사람이 한낱 거지 왜년과 왜말을 길게 하고 있는가. 보아하니 조카가 저 보송보송한 계집아이에게 마음이 있는 모양인데……

그러나 털북숭이 사내는 말을 맺지 못하였습니다. 옆에 있던 나이 지긋한 노인이 등을 긁던 장죽을 휘두르며 호통을 쳤기 때문입니다. 네 이놈, 감히 어디다 대고 혓바닥을 요망스럽게 놀리느냐. 참새며 제비가 어찌 홍곡鴻鵠의 뜻을 알겠는고. 너희 첨지공 계파에서는 종손에게 그렇게 대하라고 가르치더냐, 천하에 불학무식한 놈.

상공은 가볍게 고개를 숙여 예를 표했습니다. 제게는 그것이 학이며 고니의 춤인 듯 천연스럽고 우아하게 보였습니다. 신세가 바람 앞의 촛불 같은 계집아이가 어째서 그런 생각을 하고 있었는지 지금도 알 수 없습니다. 상공은 호통을 치고 나서 흰 수염을 떨고 있는 노인에게 차군당此君堂 할아버님이라고 부르며 나직이 노염을 거두시라고 부탁하셨습니다. 그러고는 털북숭이 사내에게 고개를 돌려 엄숙한 소리로 말씀하셨습니다. 이 계집아이를 어떻게 처리하는가에 관하여 오늘 저녁 판서공 장파長派, 감사공 중파仲派, 첨지공 계파季派 세 문중의 종손끼리 의논할 것이니, 수고롭지만 아저씨께서 계파 종손에게 어둡기 전에 집으로 오라고 전해달라고. 털북숭이 사내는 움찔하여 물러서면서 말했습니다.

—뭐, 이만한 일에 우리 문중 종손, 주손이 다 모일 것까지야⋯⋯

—계집아이 하나라도 일단 우리 문중의 경계에 들어온 이상 어느 한 사람의 임의로 처리할 수는 없는 것이 첫째 이유고 둘째는 빈번히 노장을 범하는 상풍傷風을 의론에 부쳐 근본을 바로 세우려는 것입니다.

그리하여 저는 큰 소리 뒷말 없이 마을에서 가장 높은 차군당 할아버님 댁에서 살게 되었습니다. 차군당 할아버님 집 뒤꼍에는 대나무가 큰 숲을 이루고 있었습니다. 집은 대나무숲에 얹혀 있는 것처럼 자그마했고 저는 그 자그마한 집에 다시 얹힌 처지가 되었던 것입니다.

그로부터 얼마 뒤 첩은 염치도 없이 병이 들어 눕고 말았습니다. 산이 설고 물이 선 까닭은 아니나 사람이 설고 인심이 선 탓은 있었을 것입니다. 부모 형제와 아득히 멀어져 다시는 볼 수 없게 될지도 모른다는 절망감이 자리에 눕게 만들었는지도 모릅니다. 고갯마루의 싸움에 놀란 어린 가슴이 더 견디지를 못했는지도 모릅니다. 그리고 그것을 다 합친 것보다도 더 기막힌 곡절이 제 마음속에 자리하고 있었던 까닭이올시다.

어찌된 일입니까. 아아, 어찌된 일입니까. 저는 하루라도 상공을 보지 않고는, 한시도 상공을 생각하지 않고는 살 수가 없게 되었으니.

미천한 첩이 어찌 그런 가당찮은 꿈을 꾸고 있었는지요. 차라리 상공은 저를 그 털북숭이 사내에게 넘겨 빨래하고 빗자루질하며 짐승처럼 짓밟히게 하시는 편이 나았습니다. 조선 사람이 본디 예의를 숭상하고 인륜 도덕에 어그러지는 일은 추호도 용납하지 않으며 한낱 벌레라 할지라도 죽이고 살림에 연민과 법도가 있다는 것이 첩을 어찌 그렇게 괴롭혔겠습니까. 먼발치 담 너머로 상공이 부채를 저으며 고고히 산책하시는 것을 보며 첩은 소매를 씹고 고름을 쥐어뜯었습니다. 혹 상공이 고개라도 돌려 집 쪽을 바라보시는 양이면 얼른 담 밑에 주저앉아 저도 모르게 눈물을 쏟았던 게 몇 번인지 모릅니다.

저를 보살펴주던 할머님께서는 말은 통하지 않아도 눈썰미만으로 그런저런 사정을 충분히 짐작하셨나봅니다. 힘없는 오금, 달아오른 이마, 열기가 울렁거리는 눈빛을 보고 제 마음을 속속들이 아셨습니다. 저를 나무라지는 않으셨지요. 혀를 차며 제 이마를 식혀주곤 하셨습니다.

─어린 왜국 계집아이가 감히 우리 문중의 대종손을…… 언감생심 오르지 못할 나무는 쳐다보지도 말라 했는데 네가 아무리 지성을 다한다 한들 그 높푸른 잣나무가 네게 썩은 가지라도 기울여주랴. 어서 몸을 추슬러 네 나라 네 부모한테 돌아가도록 해라.

그러나 어찌하리까. 저는 그때 불타오르는 빈집과 같았으니 몸과 마음을 상공께 내어주고 헛소리를 하며 앓았습니다. 다행히 제가 하는 헛소리는 모두 일본말이어서 할머님이 알아들을 리는 없었습니다.

─허흐음. 아무리 망국의 유리걸개遊離乞丐라 한들 우리 문중 땅에서 죽게 할 수는 없는 법이니 의원이라도 불러오는 것이 좋겠다.

차군당 할아버님께서 할머님께 이르신 말씀입니다.

—영감님, 돈이 어디 있어 우리가 죽어나가도 못 부르는 의원을 부른단 말이오.

—내 나가서 종손과 의논하리라. 한번 구명했으면 끝까지 살리는 게 당연한 법.

—종손은 요즘 노름에 빠져서 집에도 안 들어온다는데 누구와 뭘 의논한다고 그러시오. 차라리 읍내 지서에 신고를 하는 게 낫겠소. 지서에서 왜놈들을 모아서 제 나라로 보낸다고들 하니 이 아이도 그 틈에 따라가면 좋지 않겠소.

—하하. 할망구가 망령이 나도 여간 난 게 아니구먼. 지서에 가면 그날로 이 아이는 짐승이 되고 말아. 요전에 일본 순사 떨거지 하다가 맞아 죽은 최가 이야기도 못 들었는가. 제 동족도 그리 취급하는데 하물며 왜의 아이가 어찌되겠소. 내 집에 제 발로 걸어들어온 짐승도 먹을 것을 주고 살려 보내는 게 이치인데…… 내가 알아서 하리니 할망구는 망령이나 다스리고 있으소.

그리고 꿈인 듯 홀연히 상공께서 저를 보러 오셨습니다. 그때 차군당 할아버님은 할머니를 불러 똥지게를 지고 거름 내러 들에 나가셨지요.

—어어이, 덥다. 네가 네 나라로 돌아간다고 울고 있다기에 내가 보러 왔다. 너의 부모의 이름은 무엇이고 본국의 집은 어디냐.

첩은 자리에 누워 손가락 하나 까딱할 힘이 없었습니다. 그래서 다 떨어진 이불 사이로, 다 떨어진 옷 사이로 첩의 속살이 그대로 드러난 것을 어찌할 수도 없었습니다. 상공에게서는 술과 마늘 냄새가 몹시

났습니다.

—제 아비의 이름은 하세가와 마사오^{長谷川正男}라고 합니다. 읍내에서 기름 장사를 했지요.

—어미 이름은 무엇이냐.

—어미는 미쓰코입니다.

—미쓰코, 광자^{光子}. 좋은 이름이구나. 내가 유학을 갔을 때 하숙집 주인 딸이 광자였다. 광자는 밤마다 나를 찾아 이불 속으로 기어들곤 하였느니. 네 이름은 무엇이며 나이는 몇이더냐.

첩은 혼백이 오락가락하여 오랜만에 듣는 일본말도 알아들었다 말았다 했나이다.

—제 이름은 도미코^{富子}이며 열여덟 살입니다.

—열여덟, 열여덟? 믿기지 않는구나. 너는 스무 살의 미쓰코보다 더 숙성한 것 같구나. 너는 거짓말을 해서는 안 된다. 나는 너를 늑대의 아가리에서 건진 사람이다.

그때 제가 뭘 알았겠습니까마는 아는 것을 가지고 상공께 결코 거짓을 말한 적은 없습니다. 그러나 상공은 한사코 제가 거짓을 아뢴다고 말씀하시더니 이불 자락을 들추며 정말 열여덟인지 스물여덟인지 확인을 해보아야겠다고 하셨습니다. 저는 경황중에 이불 끝을 잡고 몸을 움츠렸습니다.

—거짓을 말한 적 없습니다. 용서해주셔요.

—거짓을 말한 적 없다면서 용서는 무슨 용서란 말인가. 내가 긴히 살펴볼 것이 있으니 너는 이불을 놓아라.

첩의 몸은 주린 늑대라 하더라도 고개를 돌릴 정도로 더러웠습니다. 머리칼은 산산이 흩어졌고 얼굴에는 한 점 붉은빛조차 없어서 사내인지 계집인지 늙은 것인지 죽은 것인지 자세히 살펴보아야 알았을 것입니다. 그러나 상공은 저를 아시며 저는 상공을 아옵니다. 어찌하여 저를 살핀다는 구실로 안간힘을 쓰는 손가락을 떼어내고 제 몸에 손을 대셨나이까.

─너는 내가 너를 만지는 게 싫으냐? 이상한 일이구나. 나는 너 때문에 일부러 여기까지 온 것이다. 어허, 가만히!

─차라리 저를 죽게 해주시지요. 견디기 어렵습니다.

─따박따박 말대꾸하는 것이 과연 왜놈의 피로구나.

상공께서는 문득 제 눈을 오래 들여다보셨습니다. 저는 사지를 늘어뜨리고 천장의 서까래를 보며 울고 있었습니다. 상공께서는 불현듯 자세를 바로 하시고는 말씀하셨습니다.

─내가 너를 한번 시험해본 것이다.

저는 상공이 떠나신 후에 오래도록 흐느꼈습니다. 제 허벅지에는 상공의 손길이 남긴 감촉이 눈물이 마를 때까지 남아 있었습니다. 상공은 제 육신이 아직 남아 있으며 그건 예사롭게 버리고 다시 가져다 쓰는 게 아니라는 것을 깨닫게 해주셨습니다. 제 하찮은 육신으로라도 상공에게 가까이 갈 수 있는 길이 열린다면 제가 어찌 가볍게 저를 저버리리까.

저는 다음날 곧 자리를 차고 일어날 수 있었습니다. 저는 손이 발이 되도록 들일을 하고 집안일을 하는 한편 차군당 할아버님 내외분께 조선말을 배웠습니다. 그때는 감이 익고 있었습니다. 문중 마을 전체가 감의 붉은빛으로 환했었지요. 저는 일하고 일했습니다. 그게 상공에 대한 그리움을 잊을 수 있는 유일한 길이었습니다. 그렇게 가을이 오가고 오동나무 잎이 떨어져내렸습니다.

겨울이 되자 이상한 일이 생겼습니다. 할 일이 없어진 남정네들이 저를 기웃거리기 시작했습니다.

—저 계집년 걷는 걸 봐. 엉덩이 살랑거리는 게 꼭 사내를 열다섯은 잡아먹을 것 같구먼.

—아무리 들일을 해도 태어난 살색은 어쩔 수가 없는 법. 쌀뜨물을 끼얹은 듯이 보얗지 않은가. 한입에 넣고 사곰사곰 씹었으면 좋으리.

—가인박명佳人薄命, 길소다흉吉小多凶. 저 아이를 빨리 내보내지 않으면 불미스러운 일이 일어날 걸세.

그때마다 차군당 할아버님 내외께서 저를 위해 말씀을 해주셨지요.

—우리에게는 소생이 없는데 우리는 저 아이를 친딸이나 다름없이 여긴다네.

—부지런하고 깔끔해요. 보시오. 마루에 먼지 하나 없어요. 손이 매워서 음식도 잘하고. 난 꼭 새며느리를 얻은 것 같다오. 저 아이가 없으면 우리 내외는 굶어 죽을 거요.

그러나 사람들은 그치지 않았습니다.

—본디 왜국 계집이라 간사를 떠는 것일세. 차군당, 그대 혹시 딴마음이 있는 건 아닌가. 고목에도 봄이 왔는가?

—예끼, 몹쓸 사람.

—여보, 함양댁. 해방 전에 못 보았소? 세상에 세상에 앙큼하고 흉악한 것들이 왜놈들 아닙디까. 사내들은 기저귀만 차고 계집들은 아예 속곳도 안 입고 다니다가 아무때나 일을 치르는 게 그 족속이라

오. 저 아이가 자꾸 예뻐져가니 동네 총각들이 저 아이만 지나가면 넋을 잃어요. 빨리 내보내지 않으면 무슨 일이 나도 나리다. 저 아이 때문에 혹 우리 아이들이 어찌되기라도 하면…… 아유, 끔찍해, 그때는 함양댁이 책임져요!

어떻게? 어떻게 해야 하겠습니까. 첩은 그저 제 한몸을 추스르기에 여념이 없었습니다. 제가 그렇게 저 자신에게 골몰해 있는 동안 상공께서는 문전옥답을 처분해 읍내에 양조장을 차리셨지요. 그전에 문중 사람을 모아놓은 자리에서 이런 말씀을 하셨다고 들었습니다.

—이제 조선은 물화로써 흥기해야 합니다. 묵은 학문은 소용이 없소이다. 나는 상학商學의 전공을 살려 읍내에 공장을 지으려 하니 뜻있는 어른들께서는 도와주시오. 또 우리가 지금 나서지 않으면 재 너머 최씨들이 읍내의 요지며 공상업은 모두 제 밥상인 양 차려먹을 것이오.

그리하여 큰 반대 없이 동네에서 사십 리 거리에 있는 읍내에 양조장을 차리시고 매일 그 집에서 기생들을 불러모아 풍류를 즐기시든가 노름 친구를 만나 쌓이며 돈을 퍼주신다고 들어 알고 있었습니다. 첩이 태어난 집이 바로 대처 양조장 옆의 이층가옥이었으니, 상공께서는 그곳도 사들여 기름 가게를 여셨지요? 상공은 한 번도 말씀을 하지 않으셨지만 첩으로서는 이런 생각도 하여봅니다.

상공께서 산현 마루에서 첩을 구하신 것도 어떤 이유가 있지 않은가 하는 것입니다. 그것 말고라도 상공께서 저를 문중에 데려다 구차한 삶을 이어가게 한 것에는 필시 어떤 연유가 있지 않은가 하는 것이지요.

후일 읍내에서 제가 들은바, 상공께서는 일본인 처녀를 강도의 손에서 구하여 남쪽 항구까지 손수 데려다준 것으로 알려져 있었지요. 미처 살림을 간추리지 못하고 있던 일본인들이 다투어 상공께 모여들었고 두 손으로 집문서, 땅문서를 받쳐 올리지는 않았던가요? 여하간 그 많은 집이며 재산을 술과 향락, 노름으로 거덜내시던 그 기간이 상공에게는 실로 황금기였습니다. 부모를 잃은 뒤부터 육이오 전쟁을 맞기까지의 그 시간은 실로 저에게는 한 가지 일만 빼고는 치욕적인 세월이었고요.

그날이 언제였던가요. 이제 늙은 기억 속에서 끔찍하고 황홀한 하루는 엷어가는 노을처럼 자꾸 사라져갑니다. 어째서 한평생을 따라다니는 그 하루를 그다지도 무심히 잊어버릴 수 있느냐고 핀잔하신다 하여도 할말이 없습니다. 저는 뽕을 따러 가고 있었지요. 그러니 감꽃 무성한 오월, 아니면 풋복숭아가 나오는 유월인가요? 땅에서 올라오는 축축한 기운이 무릎으로 찾아들고 달맞이꽃처럼 키 큰 풀은 가슴을 간질였습니다. 그렇습니다. 그런 건 기억합니다. 사소한 것, 별것 아닌 것, 아무 문제가 없는 것은 생생하게 기억합니다. 아침이슬이 막 걷히기 시작하던 무렵이었지요. 상공께서 오랜만에 동네에 나타나셨지요. 아직 작취미성의 붉은 대추 같은 얼굴로 신작로를 가로질러 풀물이 고운 비단옷을 적시는 것도 마다하지 않으시고 뽕밭으로 오신 것은 남이 보면 곤란한, 체면에 관계되는 급한 일이 있어서였겠지요. 뽕나무 잎은 그런 일을 가려주는 데는 그만이었으니까요. 거기서 첩을 보신 것은 우연이십니까.

—네가 누구냐?

상공께서는 놀란 얼굴을 하셨지요. 저는 그때 조선말을 어느 정도는 더듬거리며 할 수가 있었습니다.

─도⋯⋯ 도미코입니다.

─오호, 도미코. 네가 이토록 고와졌단 말이냐. 너 지금 어디에 있느냐. 일본으로 돌아가지는 않았느냐.

─가지 못하였습니다. 차군당 할아버님 댁에 있습니다.

─호오. 보기 드문 절색이구나. 누더기 속에서도 빛이 나는 보옥이여, 금낭의 거죽을 뚫는 황금 송곳 같은 어여쁨이여. 어디를 가는 길이냐.

─뽕을 따러 왔습니다.

그러면서 저는 살며시 상공의 얼굴을 올려다보았습니다. 제가 그토록 기다리고 고대하던 상봉의 순간이 이렇게 쉽게 다가오다니. 저는 믿을 수 없었습니다. 그러고도 또박또박 말대답을 놓치지 않았으니 전심으로 사모하는 님이 있는 계집이란 실로 당돌한 데가 있는 모양입니다.

─그래. 뽕은 우리의 옷을 짓게 하고 처녀들에게 사랑의 기회를 가져다주는 것으로 예부터 노래가 있나니라. 뽕 따러 가세. 뽕 따러 가세. 뽕도 따고 임도 딴다네. 너는 이 노래의 뜻을 아느냐.

첩은 잠자코 고개만 숙였습니다.

─모르느냐.

상공은 제 목덜미에 김을 뿜으며 은근히 말씀하셨습니다. 제 고개는 더 깊이 숙여질 따름이었습니다.

그때 수런거리며 소쿠리를 들고 이고 뽕 따고 임 따러 오는 여인네들이 없었다면 상공은 저를 어찌하려 하셨습니까. 첩은 상공에게서 생전 처음으로 사내를 느꼈습니다. 남자의 숨결과 남자의 냄새와 남자가 여자에게 원하는 것 전부를. 첩은 무서웠습니다.

―괜찮다. 너는 집에 가 있거라.

상공께서는 들고 있던 뽕나무 잎을 제 소쿠리에 넣어주시면서 속삭이시고는, 용서하소서, 굵은 배암처럼 소리 없이 사라지셨습니다. 첩은 내내 그 뽕잎이 어째서 상공의 손에 들려 있었던가를 생각하면서 뽕을 땄고 집으로 돌아왔습니다. 오후가 되자 상공께서는 저희 집 울 밖에 서서 저를 부르셨지요.

―차군당 할아버지 계시느냐.

저는 그날 아침에 상공을 뵈온 이후로 내내 밥맛을 잃고 있다가 막 주먹밥을 들고 부엌에 쭈그려앉아 있었습니다. 입안에 든 밥알을 뱉고 황급히 뛰쳐나간 것은 행여 상공이 가버리실까 하여서였지요.

―할아버님께서는 마실 나가셨습니다. 잠시 오르시지요.

―지붕에는 풀이 자욱하고 구들장은 꺼졌으니 그사이 몸을 잘못 들여놓다가는 깔려 죽을까 빠져 죽을까 걱정되지 않겠는가. 어째서 문중 어른 대접이 이다지도 소홀하더란 말이냐. 내 차군당 할아버지께 긴히 드릴 말씀이 있으니 할머님이라도 모셔오너라.

상공께서는 아침과는 달리 의관은 단정히 하셨으나 여전히 단감내가 풍기는 입으로 제게 이르셨습니다.

―할머님은 문중 제사 준비차 가시고 아니 계십니다.

―그러하다면 내가 방에 들어가 기다릴 것이다.

상공께서는 밖을 살피는 듯하시다 벼락처럼 들어오셔서 좌정하시고는 저에게 이르셨습니다.

　─네가 올해 몇 살이던가.

　저는 왜 자꾸 나이를 물으시는가 의아하여 대답을 하기 전에 고개를 숙였습니다.

　─네 자색이 곱다고 나무하는 아이며 소 끌고 가는 사내들이 떠들어대는 소리를 내가 귀담아 듣지 아니하였다. 그런데 실로 보고 또 보니 색을 판별하는 데는 반상이 따로 없고 배우고 무지함으로 구별되지 않으며 아이 어른이 다르지 않음을 알겠노라. 앉거라.

　저는 무슨 긴한 말씀이 계신가 하여 윗목에 꿇어앉았지요. 상공께서는 저를 차근차근 살피시면서 천천히 말씀하셨지요.

　─네 사는 데 어려움은 없는가. 무지몽매한 시골 사람들이 놀리지는 않더냐.

　─아니옵니다. 모두 잘해주십니다.

　─이제 일본에 돌아갈 길은 영영 막혔다. 어찌하겠느냐.

　저는 가슴이 탁 막혔습니다. 일본에 간다 하여도 먼저 간 식구들이 어디 있는지 몰라 천애고아나 다름없어 무슨 일을 어찌하리오마는 그 길마저 막혔다고 하니 혼이 달아나는 듯하였습니다.

　─읍내에 도는 소문에 부두로 가는 도중에 병들고 굶어 죽은 사람이 팔구 할이며 그나마 도착한 사람도 배가 뒤집혀 죽은 사람이 부지기수라고 한다. 네 부모도 다른 길이 있었겠느냐. 네가 여기서 머물게 된 건 하늘이 도운 것이다. 양반이 사는 도덕군자의 동네에서는 아무리 적국의 잔당이라 하여도 아녀자를 해치지 않는다. 나로 말하면 소싯적에 유학에 뜻을 두어 사서를 두루 깨치고 신식 학문까지 배운 사

람이다. 세상 돌아가는 것을 보면 쉽사리 일본 가는 길이 뚫릴 것 같지 않다. 일본은 망했으니 너는 나라가 없다. 일본은 지금 미국의 장수 맥 원수가 통치하고 있다. 네가 다른 요량이 없으면 이곳에 뿌리를 박아야 한다. 가엾도다, 민들레 같은 것.

낯선 땅에 떨어진 어린 처녀에게 다른 요량이 있을 리는 없었습니다. 저는 컴컴한 굴에 들어가는 듯이 어지러워서 그만 쓰러지고 말았습니다. 후에 상공께서는 꾸짖으시기를 그때 네가 그런 요망을 떨지 않았으면 어찌 양반의 몸으로 배추벌레 같은 계집아이에게 홀렸겠는가 하셨습니다. 진정 제가 요망을 떤 것이었다면 상공께서는 어찌 저의 몸을 탐하셨습니까. 정신이 들어보니 이미 일은 끝나 있었습니다. 상공께서는 더운 김이 나는 숨결을 내뿜으시면서 처음에는 '괜찮다'고, 그다음에는 '내 너에게 한 살림 차려주마'고 두 번이나 욕심을 채우셨습니다.

제가 울면서 방바닥의 피를 훔칠 때, 상공께서는 얼음이 낀 물처럼 차가운 목소리로 이르셨습니다.

—네가 오늘 있었던 일을 발설할 시는 동네에 남아나지 못할 것은 물론이요. 네 하찮은 생명도 어떤 손에 요절날지 모른다. 네가 조용히 있겠다면 내 다시 찾아오마.

문을 열고 나가는 버선발이 어찌 그렇게 야속하던지요. 돌아서서 가시던 등이 어찌 그렇게 커 보이던지요. 안개 속에서 차군당 할아버님이 불쑥 나타나던 모습에 얼마나 놀랐는지요. 두 분은 도중에 만나서 한동안 무슨 말씀인가를 나누셨지요. 상공께서는 그날 제사를 잡숫고 읍내로 내려가셨다가 평소에는 참례 않던 주손 제사에 참례

하러 사나흘 후에 다시 오셨습니다. 그날 저는 다시 상공의 품에 안긴 바 되었지요. 뽕밭에서, 선산 묏등에서, 콩밭에서, 또 물레방앗간이며 바위 뒤 가릴 것 없이 제 등판이 안 닿은 데 없이 하기 몇 달, 그렇게 정신없이 지나자 동네에서는 공론이 생겨났습니다.

　—대종손이 읍내에 양조장 벌인 뒤로 기제고 시제고 발걸음이 인색하더니 어째서 출입이 잦은가.

　—그대는 모르는가. 세상에, 대종손이 하필이면 왜년에 빠졌단 말일세.

　—왜년에 한번 맛을 들이면 조선 여자는 쉰 보리밥으로도 아니 보인다고 하더군. 남편을 하늘같이 모시는 것은 물론이고 밤일에도 얼마나 지성으로 공궤를 하는지 모른다네.

　—자네는 왜년을 마누라로 못 둔 것이 그지없이 원통한 모양이네. 그러나저러나 이 사실을 투기 많은 종부가 알게 되면 필시 큰 사달이 벌어질 걸세.

　—모르는 게 약이지. 우리 대종손은 자신이 하는 일을 자신 말고는 아무도 모른다고 생각하고 있지 않나.

　저는 우물가에도 냇가에도 나가지 못하는 처지가 되어버렸습니다. 동네 사람들의 눈길이 무서워서였지요. 아이들도 물동이를 이고 가는 제 뒤를 쫓아다니며 돌을 던졌습니다.

　—쪽발이, 쪽발이, 게다 신고 지까다비 신고 물구덩이 넘는다고 깡총깡총.

　차군당 할아버님 내외께서도 어쩔 수 없었지요. 저는 몇 번 죽으려고 하다가 마음을 고쳐먹었습니다. 상공께서 제 목숨을 구원하셨으니 이제 상공께서 거둬주시기를 바랐습니다. 그 새벽 아무도 모르게 집을 나와 산현 마루로 올라갈 적에 할머님이 쫓아오셔서 제 보따리에 넣어주시던 따뜻한 주먹밥을 지금도 잊지 못합니다.

— 너는 내 딸이다. 어른 계시는 쪽으로 큰절을 올리거라.

저는 그 고개에서 부모를 두 번 잃었습니다. 첫 부모는 한 번 헤어진 후로 아직 본 일이 없고 두번째 부모는 늙어 돌아가실 때까지 더운 밥 한번 차려드리지 못하였으니 종내 저는 천하에 없는, 남 곱절의 불효 여식이옵니다.

알고 모르는 길을 내처 걸어 상공의 양조장에 이르렀으나 상공께서는 아니 계셨습니다. 맹세코, 제가 상공의 집 주변을 이틀 동안 맴돈 것은 오로지 하직 인사를 드리려고 한 것뿐이지 무슨 다른 마음이 있어서는 아니었습니다. 그러다가 결국 지쳐 쓰러졌던 것이며 늑대처럼 큰 개에 종아리를 물린 것 때문만은 아니올시다.

— 이제 정신이 드느냐.

그 소리는 하늘에서 들리는 천신의 소리 같았습니다. 또 땅에서 울려나오는 저승사자의 소리처럼 들렸습니다. 또 뿔 달린 오니(일본의 잡귀)가 저를 놀리는 줄 알았습니다.

제가 누워 있던 곳은 상공이 화류병 치료차 가끔 드나들던 한약방이라고 들었습니다. 은밀하고 으슥한 구석방에서도 한약 냄새가 박하향처럼 코를 파고들었습니다. 저는 정신이 들었을 때나 정신을 잃었을 때나 한결같이 눈물만 흘리고 있었습니다.

상공과 박의원은 스무 살 가까이 나이 차가 졌는데도 서로 친구라도 되는 양 말씀하셨습니다. 조선에서는 신분이 나이를 초월했는데 이제 세상이 달라져서 반상이 따로 없다고 하더이다. 그러나 상공께서 일대를 울리는 양반 가문의 대종손이며 양조장과 그 밖의 여러 상점을 경영하는 사업가로서, 신식 학문을 배우고 화류계며 투전판의 좌장으로서 횡행하시다보니 망년지교로 자연히 서로 말을 트게 되었다고 나중에 박의원께서 설명해주셨지요.

—저 작은 아이가 아이를 배었네. 그걸 아는가.

뒷방에서 두 분의 조심스러운 공론에 숨죽이며 귀를 기울이던 저에게는 청천벽력 같은 소리였습니다. 저는 혹 비명이라도 새어나올까 헝겊으로 입을 틀어막았습니다.

—그게 내 아인지 아닌지 알 게 뭔가.

저는 이제 살 이유가 생겼습니다. 무슨 일이 있어도 살아야 한다고 결심했습니다. 상공께서 생각하시기에 그때 제가 무슨 독기와 오기가 있어서 구차한 생을 이어나가느라 파드득거렸는지 모르겠다고 하시겠지만 저로서는 어미가 된다는 것, 바로 상공의 씨를 세상에 내놓는다는 것은 제가 배운 것, 가진 것, 아는 것 이상의 엄청난 힘을 주었습니다.

—자네 문전에서 쓰러졌으니 자네 애지. 경험 많은 사람이 모르는 척하고 그래.

상공께서는 한동안 침음하시다가 결심을 한 듯 말씀하셨습니다.

—박주부, 내가 나중에 갚을 터이니 이 아이를 기동하게 해주고 그 김에 살 만한 곳도 알아봐주면 좋겠네.

—자네 미쳤군. 이 비린내도 가시지 않은 아이를, 더구나 일본인 계집을 어떻게 건사하려는 건가.

—그렇다고 내 씨를 밴 아이를 거적으로 말아 갖다 버리겠는가. 뒷

일은 뒷일이고······

　그래서 저는 읍내 적산가옥의 부엌방에 들게 된 것입니다. 그곳은 박의원이 어린아이를 몇 번 치료해주어 서로 안면이 있는 사람의 집으로 바깥어른은 해방 전부터 순사였습니다. 해방 후 잠시 몸을 피해 그 집에 머물렀다가 더 높은 자리로 복직한 다음 일 년에 한두 번 집에 올까 말까 했으므로 집안은 늘 조용하고 마당에는 꽃이 없는 때가 없었습니다. 안주인은 너그럽고 양순하여 저의 처지를 따져 물으려고도 하지 않았습니다.

　상공께서는 일절 발길을 끊으셨고 저 역시 상공을 기다리지 않았습니다. 그렇지만 행복했습니다. 나날이 자라는 한 아이의 생명이 짐승이든 사람이든 어미 된 자에게 얼마나 큰 위로가 되는지 상공께선 아시는지요. 요량이 없던 제게 요량이 생겼습니다. 아이를 낳고 길러 그 아이가 다시 아이를 낳는 날까지 제 목숨을 어찌하든 이어가겠다는 요량이었지요. 저는 바느질감을 맡았고 빨래를 맡았고 서툴지만 텃밭에 나가 호미질도 했습니다. 그렇게 밥값을 하고 아이를 위해 준비를 하고 있었습니다. 그러던 어느 날.

　—이런 호랑말코 같은 쪽발이년. 내가 네년의 가랑이를 찢으리라.

　본실本室께서 어찌 아셨는지 몇 명의 동네 아낙들과 함께 제가 얹혀 사는 곳까지 들이닥치셨습니다. 부엌문을 열어젖히다가 그 서슬에 문이 떨어져나갔는데 그 북새통에 제가 언제 어느 힘센 아낙의 발길질에 걷어채었는지도 모릅니다. 저는 바닥에 쓰러져 죽어가고 있었습니다.

　—왜 살려달라고 빌지 않는 거야. 얘들아, 저년 옷을 벗겨라.

저는 바닥을 엉금엉금 기어서 도망을 가려고 했습니다. 아이를 지켜야 한다, 내 아이를 지켜야 한다는 생각밖에는 없었습니다. 누군가 제 저고리를 잡아 뜯었습니다. 저의 몸을 돌려 하늘을 향하게 하고는 배를 밟았습니다.

─살려주셔요. 용서해주셔요. 제발, 제발.

─오냐. 이제 바른말이 나오는구나. 그래도 벌써 늦었다. 이런 천하에 없는 화냥년. 어디 가서 빌어먹지도 못하고 양반댁 사랑을 넘보느냐. 이런, 찢어 죽여도 시원치 않을 년.

제가 어째서 부엌 바닥에 떨어져 있던 아기 버선을 아직 기억하고 있을까요. 막 박음질을 끝내고 뒤집어놓은 분홍빛 헝겊 조각을. 속좁은 여자의 기억력 때문일까요. 그때 그 집의 안주인이 오시지 않았다면 저는 맞아 죽고 말았을 터이옵니다.

─아니, 어디 와서 이런 행패를 부리는 거요!

─오오냐. 이제 보니 너도 한패로구나. 얘들아, 저년도 잡아 꿇려라.

─여기가 누구 집인지 아는 거요? 순사 집에서 사람을 때리고도 모자라서 안주인까지 잡아 꿇리겠다는 겐가.

그제야 아낙들이 주춤거렸습니다. 순사라면 해방 전에는 우는 아이도 울음을 그치게 하는 직업이었지요. 일본인이었던 저도 마찬가지였으니 조선인이야 어릴 때부터 가장 무서운 존재로 알았던 게 순사였겠지요. 조선 아이들이 커서 평범한 아낙이 되었든 양반 대종가의 종부가 되었든.

─여기가 정말 그 댁이오?

─그렇소. 보아하니 양조장 댁 부인이신 듯한데 오늘 일은 그냥 넘

어가지 못할 줄 아시오.

―그냥 넘어가지 못하면? 아아니, 그러면?

―내 집에서 내가 부리는 사람을 저렇게 만들어놓았으니 전부 징역살 각오하시오. 바깥어른이 시키셨소? 그럼 안팎이 성하지 못하리다.

저는 부인의 성정을 오늘까지도 잘 알지 못합니다. 다만 그날 한마디 말로 부인이 상공을 어찌 생각하시는지는 알겠더이다.

―아니오. 이 일은 모두 사랑에서 시킨 일이오. 그렇지 않으면 내가 어찌 이 집을 찾아왔을 것이며 저 찢어 죽일 것이 숨어 있는 것을 어찌 알 것이오.

―나중에 경찰서 가서 그렇게 말하시오. 유치장에 가서도 그리 말하시고 재판을 받거나 징역을 살 때도 그리 하시오. 지금은 이 집에서 썩 나가시오.

거기까지 알아듣고 저는 까무러쳤습니다. 제 하혈로 부엌 바닥이 눅눅해질 정도였다고 하니 얼마나 많은 피를 흘렸는지 모르겠습니다. 저는 상공의 아이를 유산했고 그 이후로 아이를 못 낳는 여자가 되어버리고 말았습니다. 그때 저에게 그리했던 사람들 가운데 누구도 원망치 않습니다. 제 팔자소관이 그러한 까닭이며 그 일 때문에 상공이 연락을 받고 부랴부랴 제게 오셨기 때문입니다.

―가엾은 것.

상공은 제 손을 쥐셨습니다. 저는 눈물중에도 웃었습니다. 이제 상공이 저의 사랑인 줄 알았던 까닭이지요. 상공의 눈가에 번쩍인 것이 눈물이었는지 땀이었는지는 모릅니다. 어쨌든 상공은 감히 순사 간부의 집에 쳐들어가 순사 부인에게 패악을 저지르고 그 부인이 부리는 사람을 반쯤 죽여놓은 것에 대해 책임을 지셔야 했지요. 그러자면 순사 부인에게 잘 보이셔야 했는데 순사 부인은 저를 먼저 위로해주기를 원하셨으므로 연극을 하신 건지도 모릅니다. 또 왜 그러셨는지 모릅니다만, 상공께서는 저를 돌보겠다고 저와 제 곁에 있던 순사 부인이 충분히 알아들을 수 있는 목소리로 맹세하셨고 몸조리할 동안의 생활비와 약값을 보내오셨지요. 저는 한 생명을 잃었지만 또다른 생명을 얻었다는 기쁨 때문이었는지 한 달 후에는 자리에서 일어날 수 있었습니다.

—도미코 상. 양조장에서 사람을 보내왔어.

제가 치자꽃을 묶어 다발로 만들고 있을 때 안주인께서 저를 부르셨습니다. 어떤 사람은 향기가 진해서 집안에 들이지 않는다고도 하는데 제게는 치자가 있는 뜨락이면 어디나 다 고향처럼 느껴졌습니다.

양조장 사람은 저를 기차역으로 데려갔습니다. 백 리 어간의 고을에 호젓한 집을 빌려두고 상공께서 기다리신다고 했지요. 저의 모든 고초는 그곳에 정착함으로써 끝날 것이며 유랑의 운명도 자개장처럼 호사한 것으로 바뀌리라 하였나이다. 저는 조선의 이야기를 많이 알지는 못하는데 언젠가 『장화홍련전』이라는 기이하고 무서운 이야기를 들은 적이 있습니다. 상공께서 보내셨다는 심부름꾼은 그 이야기에 나오는 장쇠와 흡사했습니다. 우락부락하고 무뚝뚝한가 하면 실실 헛웃음을 쳐가면서 말도 되지 않는 이야기를 늘어놓아 노정 백 리 길이 지옥으로 가는 길처럼 느껴졌습니다. 그때 그 일에 대해서는 더이상 말하고 싶지는 않으나 상공께서 혹 오해하고 계신 게 아닌가 싶어 눈물을 찍어 덧붙입니다.

장쇠처럼 생긴 인간은 상공이 보낸 심부름꾼이면서 부인에게 따로 당부받은 게 있는 사람이었습니다. 첩은 십 리도 가기 전에 그런 기미를 알아채고 기회를 보아 도망치려고 했습니다. 그러나 기차역이 있는 읍내 지경을 빠져나올 동안 그이는 저의 등에서 두 치도 떨어지지 않았고 결국은 인적이 드문 산길에 이르자 속셈을 드러냈습니다.

　—종부께서는 현숙하고 도량이 크시다. 사십이 되도록 미성가未成家한 나를 보내 오갈 데 없는 너를 짝으로 삼으라고 하셨으니 너는 나와 더불어 이 길로 먼 데로 가자. 종부께서 질러주신 전대를 보니 우리가 아무것도 하지 않고 놀아도 한두 해 보내기에 부족함이 없다. 우리가 아직 젊으니 힘써 일하고 아들딸 낳아 등 따뜻하게 살면 그 아니 기쁘겠느냐. 네게 무슨 다른 길이 있으리오.

　첩은 한동안 정신이 아득하였으나 곧 살 도리를 찾지 않을 수 없었습니다.

　—제가 한때 눈이 어두워 죽을 곳으로 들었으나 이제는 눈이 뜨입니다. 대저 시앗을 보면 부처도 돌아앉는다고 하였으니 부인이 제게 하신 처사를 원망하는 마음은 조금도 없습니다. 이제 살길을 찾아주시니 그 말씀에 따르겠습니다.

　그이는 제 말을 듣고도 미심쩍은지 몇 번 다른 말로 저울질을 하였으나 제가 하는 말이 같으므로 비로소 낯색을 풀고 말하였습니다.

　—네가 진정 살길을 찾았다. 나는 네게서 나오는 말을 보아 혹여 후일을 도모하려는 기색이 있으면 싹을 잘라버리라는 말씀을 들었다. 호적도 없는 너 같은 왜의 종자 하나가 칼에 찔려 죽은들 어떠하고 낭떠러지에서 떨어져 죽은들 누가 찾기나 하랴. 나는 그길로 대처로 도

망가면 그뿐이다. 너의 자색이 너를 살렸으며 너의 입에서 나온 말이 칼의 힘을 빼어버렸다. 자, 그러면 너는 옷을 벗어라. 너의 몸이 네 말과 같은지 확인하리라.

어느 주인 모르는 묏등에서 저는 꼼짝없이 겁탈을 당하고 말 지경이 되었습니다. 소리를 친다 하여도 새소리만 들릴 뿐, 인적이 없는 길에서 누가 그 소리를 듣고 달려와주겠습니까. 첩은 갖은 궁리 끝에 옅은 소견으로 꾀를 냈습니다.

—지금 몸이 더러우니 뜻이 있다 한들 첫 행사가 원만하리까. 잠시 계곡에서 씻을 겨를을 주시오.

—상관없다. 빨리 시키는 대로 하여라. 내가 누구처럼 기생방 찾아다니는 한량도 아니고 계집 맛본 지가 하도 오래라 너를 보고 있기만 하여도 세 다리가 엉켜서 길을 걷지 못할 지경인데 씻고 자시고 무슨 겨를이란 말이냐.

—저는 본시 왜인의 딸로 지아비 섬기기를 하늘같이 여기라 배웠습니다. 또한 왜의 여자로서 배운 것은 지아비를 제대로 모시지 못할 때는 차라리 배를 가르고 죽을지언정 길에 어긋나는 일은 하지 말라는 것이었습니다. 그 칼을 주시오. 제가 앞일을 훤히 내다보시는 부인과 장차의 지아비 되실 분이 애초에 계획한 대로 모두를 이루어드리리다.

—너의 말이 진심이냐.

—그러합니다.

첩이 혀를 깨무는 시늉을 하자 비로소 그이는 허락했습니다.

—오냐. 시간이 오래 걸려서는 아니 된다. 남이 볼지도 모르니 내가

너를 지켜주마.

상공이여, 용서하소서. 첩이 외간남자에게 속살을 보인 것은 맹세코 그때 한 번뿐이었으며 그것은 살기 위한 유일한 길이었기 때문입니다. 그다음은 상공이 아시는 대로입니다. 그이는 제 살색에 현혹이 되어 저를 따라 물에 뛰어들었다가 스스로의 칼에 찔려 팔병신이 되었고 폭포에서 떨어져 반죽음이 되었지요. 저는 오 리 길이나 뛰고 달려 간신히 옷을 추려 입었고 그길로 아는 사람이 없는 곳으로 무작정 떠났습니다. 혹 아는 사람을 만날까, 새로 아는 사람이 생길까 벙어리 반편 노릇으로 대처의 과부 술집 뒷방살이로 연명한 게 얼마였던지요. 상공을 뵌 건 전쟁이 나서 북이고 남이고 풍비박산이 났을 때, 상공이 피난길에 저를 본 때입니다.

그때 제가 종내 옷고름을 풀지 않았던 것은 상공께 무슨 원한이나 원망이 있어서가 아니었습니다. 사내들은 술과 계집질에는 모두 한통속으로 높낮이가 없다는 것을 두고 경멸하자는 것도 아니며 그저 사내들이 제게 원하는 것을 오래 가지고 있으면 있을수록 그들이 더욱 많은 것을 내놓는다는 문리가 트였기 때문입니다. 상공께서 범속한 사내들과 어찌 같으리오마는.

―네가 호락호락한 아이가 아님을 나는 안다. 네가 싫다면 그만이다. 남들 다 나자빠져 죽는 세상에 내가 무슨 색사에 탐닉하리.

상공의 쓸쓸한 신색을 보며 저는 하마터면 무릎에 엎드려 기다려왔던 애절한 마음을 털어놓으며 실컷 울 뻔하였습니다. 그러나 제가 이를 악물고 참은 까닭에 오늘의 제가 있고 상공이 있지 않았겠습니까. 상공이 두고두고 원망하셔도 할 수 없는 일이라고 생각했습니다.

어느덧 전쟁의 먼지도 가라앉아갈 무렵, 상공께서는 돌아가시는 길에 저를 데리고 가시겠다고 하셨습니다. 본실께서 따로 속셈을 내어 저를 어찌하려 한 것을 아시고 발연대로勃然大怒하셨다는 것, 반죽음이 되어 떠내려왔던 심부름꾼이 모든 것을 털어놓았다는 것, 저를 찾아 수십 리 사방에 사람을 놓았지만 끝내 찾지 못하였다는 것, 이제 세상에 드러내어 내 맘대로 삼처 사첩을 하여도 누가 뭐라고 할 것인가를 누누이 제게 설명하셨습니다. 첩은 좁은 소견에 믿지 못하였습니다.

—내가 너에게 방편을 열어주리. 너는 나와 함께 돌아가서 읍내에서 떨어진 곳에 주막을 열어라. 사람의 이목을 가리는 데는 그것이 제일이다. 너는 원치 않는 외간 사람에게 술을 팔 이유가 없으며 손님은 나 혼자가 될 것이다. 사람을 들여 심부름을 시킬 수도 있겠고 그건 너의 처분에 맡긴다. 나는 너에게 필요한 식량과 의복 침식에 소용될 돈을 줄 것인데 오로지 지난날 네게 섭섭히 한 것을 갚는 뜻에서다. 어떠냐.

상공이 먼저 가신 다음, 첩은 몰래 이십 리 상거에서 상공의 뒤를 따랐습니다. 상공께서 산현 마루에서 뒤를 돌아보시면서 오래도록 서 계셨을 때 첩의 가슴은 어쩌면 옛날처럼 그렇게 떨렸겠습니까. 첩의 눈과 귀는 다시 어린 시절 산현 마루에서처럼 멀고 먹었습니다.

상공이 내려가시고 첩이 고갯마루에 섰을 때, 첩은 보았습니다. 온 마을이 불타듯 익은 감으로 환하게 물든 것을. 전쟁으로 아무도 건드리는 이 없이 저절로 익은 감은 나무 위에도, 나무 밑에도 흔전만전 마음껏 널려 있었고 첩에게는 그것이 어서 오라고 부르는 차군당 할아버님의 말씀처럼 들렸습니다. 아아, 잊어버린 어머님의 모습처럼 보였습니다.

　그다음 일은 상공이 다 아시는 대로이니 별로 아뢸 것이 없나이다. 하지만 대필을 하시는 분이 자꾸 물어오니 상공께 흠이 되지 않는다면 뒷일을 말하는 것도 어렵지 않은 일이로소이다. 상공은 제게 조그만 초가 하나와 땅에 묻을 술독이며 허드렛일을 할 사람을 주선해주셨고 저는 시골 길가의 버들, 담 위 꽃이 되어 주막을 열었나이다. 근동에는 제 주막에 와서 감히 손목을 잡고 희롱하려는 자가 없었던 까닭에 오로지 상공께서만 무상출입을 하셨고 다른 이들은 물만 먹고 술국만 먹고 가는 나날이 계속되었지요. 본실께서 양조장, 신발 가게, 기름집, 대장간을 하나하나 품으로 돌리고 악착같이 지켜내니 상공은 서른을 막 넘긴 나이에 이미 벼슬이며 영달에 뜻을 잃고 마흔이 넘자 취생옹醉生翁이라 자처하시며 낮이나 밤이나 새벽이나 저녁이나 제가 담고 떠다드리는 술로 사셨나이다. 그러니 술집이 잘될 리가 없고 상공의 가업 역시 돌보고 들여보내는 것 없이 나날이 파먹기만 하는 형국이니 자연히 귀 떨어지고 헌 자개장처럼 변했나이다.

　결국 상공은 모든 것을 본실께 넘겨주시고 쫓겨나다시피 하여 저를 의지하여 도시로 나오셔야 했지요. 상공은 저자의 뒷골목 구정물 흐르는 술집 뒷방에서 스무 해를 사셨지요. 첩은 없는 힘을 다하여 한때 익힌 숙수의 재간으로 호구를 하고 상공의 의복과 잠자리를 챙겨드리며 살아왔나이다. 그렇게 살던 틈틈이 상공은 인연이 끊어진 본가라고는 하나 가문 대소사에 종손으로 참여하지 않을 수 없다시며 봄가을에 한 번씩 다녀오시곤 하셨습니다. 마지막으로 다녀오신 게 올해 봄인데 그 이후로 병환이 드셔 누우시매 황망하고 참람함이 어찌 사람의 힘으로 견딜 일이었겠습니까.

—네 이년. 너 때문에 내 인생을 조졌다. 네가 내 혼을 녹이고 몸을 가루로 만들었으며 돌계집인 주제에 나를 속여 자손을 끊었으니 살아서 가문의 동기를 어이 보며 죽어서 조상을 어찌 뵈랴.

상공께선 머리의 핏줄이 터져 반신불수가 되셔서 대소변을 받아내는 서너 해 동안 하루도 빠짐없이 차마 입에 담을 수 없는 말씀을 하셨습니다. 상공께선 마른 나뭇가지 같은 손으로 첩의 흰머리를 쥐어뜯으시며 대가 끊어진 원망을 하셨으나 첩은 본디 돌계집이 아니었소이다. 그동안 차마 상공께 아뢰지 못하였던 것은 앞서 적은 대로 본실께서 제 자궁을 발로 짓밟아서 깨진 그릇을 만든 까닭입니다. 상공께서는 본실이 미워 제 발로 나온 것이 아니었소이까. 본실께선 상공을 몰아낸 이후에 종부로서 거만의 재산을 품에 안았으나 돌아오는 제사에 쌀 한 섬 내놓는 일조차 명분이 없다 거절하셨다지요.

그런데 어찌된 일입니까. 아아. 이 어찌된 일입니까. 상공을 모시러 온 여섯 사위며 일곱 아들은 상공의 본실이 낳은 자손이라고 하시니. 상공은 한 해 한두 번 사람 노릇 하시러 가신다며 산현에 가셨는데 그때마다 종가에 들러 이제 본실의 슬하에 도야지처럼 다복이 십삼 남매를 두셨으니 첩이 잘못한 것은 무엇인지, 누구에게 원망을 들어야 하는지, 누구를 원망해야 할지 모르겠나이다. 그 핏줄에 의지하여 마지막 글월을 드려야 하니 상공께서는 병도 주시고 약도 주시는 분입니까.

아으. 사람의 일이 어찌 이렇게 사람답지 않은 것이오. 첩은 눈물을 뿌리며 상공 계신 곳에 등을 돌려 전도를 모르는 유랑길을 다시 가옵니다. 부디 천년만년 강녕하소서.

후後

언젠가는 그 노인에게 사연을 전달해야 할 것이라는 생각이 편지로 옮기게 하는 힘이 되었지만 편지를 다 쓴 뒤, 그 노인이 어디에 사는지, 죽었는지 살았는지, 또 편지를 쓰게 한 여인이 어디로 갔는지, 편지를 전해주기를 아직 원하고 있는지 아닌지도 모르게 되었다. 내가 그 사연을 편지의 형식을 빌린 글로 옮기는 데 너무 많은 시간을 잡아먹었기 때문인데 그 시간은 이 년이다. 그리고 어떻게 해야 할지 몰라 서랍에 편지를 처박아둔 게 삼 년이 넘었다. 물론 그 여인이 편지를 가지러 올 것이라 지목한 사람도 오지 않았다.

그들 부부가 사라지고 난 뒤 그 술집은 주변의 요요한 불빛과 밤늦어 취객이 토해내는 토사물이며 오줌 속에 더럽혀지고 낡아가며 홀로 어둡고 깊은 구렁이 되어 몇 달을 더 버텼다. 이윽고 때가 되자 건물주인은 일꾼을 불러 가게 문을 열어젖힌 다음 먼지 쌓인 세간을 들어내고 해묵은 달력을 뜯어내 길에 버렸다. 며칠 공사를 벌이는 것 같더니 그 집은 안이 훤히 비치는 유리문에 하루종일 쿵따닥거리는 요란한 음악을 틀어대는 속옷 가게로 바뀌었다.

제기랄, 모든 게 너무 빠르다.

새가 되었네

─여기가 마지막이겠지.

　몇 동인지 확인하려고 올려다본 아파트 단지의 건물 벽마다 예외 없이 수십 가닥의 갈라진 틈이 있었다. 그는 천천히 걸음을 옮겨 어느 아파트에서 늘어뜨린 덩굴식물 아래를 지나갔다. 빗소리만 빼면 철거 직전의 아파트 단지 전체가 침묵의 광산처럼 고요했다. 계단 난간은 뿌리가 썩은 이빨처럼 위태롭게 흔들거렸다. 그 바람에 비틀하며 그는 생각했다.

　─왜 여기까지 온 것일까.

　그가 이승에서 거처할 마지막 장소로 찾아든 곳은 건축한 지 삼십 년 된 십칠 평짜리 오층 아파트였다. 집주인인 그의 처남은 재개발을 앞두고 보름 전에 이사를 했다. 그는 처남이 이사를 간 줄도 모르고 있었다. 아이를 제 외가, 그러니까 처남과 처남댁과 두 아이와 아직 눈이 시퍼런 장인 장모와 결혼 전인 작은처남까지 일곱 식구가 살

고 있는 집에 보낸 게 열흘쯤 전이었다. 빚쟁이들이 제집이라도 되는
양 신발도 벗지 않고 집안에 드나드는 것을 보여주는 게 교육적으로
바람직하다고 할 수는 없었다. 설령 인생 현장의 산 교육이라고 해도
소란과 싸움, 악다구니 속에서 그놈의 교육이 제대로 될 리가 없었다.
그는 좁지만 어쨌든 두 칸 방과 마루에 베란다가 있는, 아파트라는 이
름이 붙은 집이 아이에게는 낫다고 생각했다. 그래서 아이를 맡겼다.
맡기고 나서 미안하기도 하고 아이도 보고 싶어서 전화를 했던 것이
다. 처남, 미안하네. 용이 좀 바꿔주겠나. 그런데 아이의 말이 이상했
다. 아빠, 여기선 이상한 냄새 나. 맨날 깜깜해. 빌딩 청소 용역회사에
나가는 아내가 지친 걸음으로 들어왔길래 조심스럽게 물어보았다. 그
것이 발단이었다.

    "용이가 그러는데 처갓집에서 이상한 냄새가 난대. 오층이나 되는
데 왜 어둡다는 거지?"

    "전화했어요?"

    "응."

아내의 표정에 잘 다림질한 바지 줄 같은 날이 섰다.

    "왜 그애한테 부담 주고 그래요?"

    "부담이라니?"

    "당신이 그 아파트를 사줄 때 그 집이 서울에서 제일 싼 아파트였
어요. 이제 와서 돈이 좀 된다 싶으니까 용이까지 동원해서 압력을 넣
자는 거 아녜요?"

    그때까지만 해도 그는 맹세코 자신이 그 집을 사주었기 때문에, 처
갓집에서 아이를 잠깐 맡아주는 정도의 일은 해주어야 한다고 생각한

194

적은 없었다. 그런데 그의 아내는 그렇게 생각하지 않았다.

"하여튼 걔는 이사 갔어요. 지하 셋방에 일곱 명이 산다구요."

"이사를 갔다구? 언제?"

그래서 그는 처남이 철거보상금을 받아 이사를 갔다는 것, 이사를 가면서 기별 한번 하지 않은 게 무엇 때문인지도 알게 되었다. 재개발 때문에 서울에서 제일 싸던 아파트값이 한몫의 재산이 될 정도로 올랐다…… 그 재산에 대해 그가 새삼 권리를 주장하고 나서면 골치 아프다…… 지금 자형은 돈 때문에 악이 받쳐 있다…… 돈냄새가 나면 무슨 짓을 할지도 모른다…… 아이를 맡아달라는 것도 귀찮다…… 못 맡겠다고 하면 무슨 해코지를 할지도 모르고 맡아주면 아이를 핑계로 처갓집에 드나들면서 무슨 트집을 잡든지 이 아파트를 가져갈 것 같다…… 처갓집의 모든 사람이 그렇게 생각하고, 그렇게 될까 전전긍긍하고 있는 게 확실했다. 요컨대 그는 부담스러운 존재였다. 그러나 그는 아내까지 그렇게 생각할 줄은 정말 몰랐다.

"나는 어떤 상황이야?"

"……"

"어떤 상황이냐구?"

"헤어져요, 우리."

"……"

"그게 좋겠어요."

결혼 전보다 두 배는 커진 듯한 아내의 붉게 불어터진 손, 늘어뜨려진 그 손을 보며 그는 이를 악물었다.

"그러지."

그의 아내는 혹 그가 그러지 말자고 말을 뒤집을까봐 그러는지 단호하고도 엄격한 몸짓으로 빠르게 짐을 꾸렸다. 그동안 그는 빚쟁이가 떨어뜨리고 간, 피우지도 못하는 담배를 입에 물고 불만 켰다 껐다 하며 방바닥에 앉아 있었다.

"우산 가져가."

"당신은요?"

그게 그들 부부가 나눈 마지막 대화였다. 어차피 헤어질 생각이었다. 헤어져 있어야 했다. 당분간, 당분간 말이다. 상황이 좋아지면 합치자고 말할 생각이었다. 그동안 처갓집에 가 있으라고 빌어볼 생각이었다. 그런데 빌 틈도 없이, 그럴 기회를 주지 않고 아내는 그와 자신의 운명을 결정했다. 그는 증오와 환멸의 뿌리가 온몸을 빠르게 채워오는 것을 느꼈다.

아내가 가고 난 다음 그는 다시 처남에게 전화를 걸었다. 자신이 그 아파트에 욕심이 없다는 것을 보여주고 싶었다. 죽어도 그 아파트에는 손을 대지 않겠다. 그러니 더 걱정하지 말고 부모 잘 모시고 이혼한 누이 박대하지 말고 조카 우습게 여기지 말고 잘살아라. 그 말을 해주고 싶었다. 그는 원래 낙천적인 사람이었다. 자신은 늘 웃으며 살았고 남들은 즐겁게 해주려고 했다. 그래서 웃으면서 전화를 했다.

헤이, 처남, 내가 내일부터 광화문으로 출근한다는 말 들었어? 기왕이면 선진적인 마케팅 기법을 동원해서 말이지, 노래도 두어 곡 익히고 불쌍하고 처절하게 분장도 해야겠어, 정시 출근 정시 퇴근을 할 계획이야, 주차는 세종문화회관 지하 주차장에서 할 거야, 물론 주차비는 월정액으로 할인해서 낼 거라고, 뭐어 주차비? 그 정도는 벌어야 직업적인 거지라고 할 수 있지 않겠어? 토요일은 휴무야. 요즘 토요일 휴무제를 실시하는 대기업이 많아서 영업 실적이 신통치 않을 테니까 말이지. 집사람이 거기 가면 당분간 나를 못 볼 거라고 전해줘. 방이 오늘 나가서 나도 나가야 하거든. 그런데 어디 아늑하고 사람 발길 뜸한 덴 없을까. 새 사업 구상 좀 확실하게 해볼 동안 머물러 있을 만한 곳 말이지 등등. 그가 원치 않았는데도 부모에게 물려받은 유일한 자산, 남아 있는 낙천성을 총동원해 거의 재롱에 가까운 수다를 늘어놓은 다음에야 처남은 낡은 가죽지갑 같은 입을 열었다.

"자형. 정 그렇게 사정이 딱하시면 며칠이라도 우리 아파트를 쓰시죠. 베란다에 가스통을 두고 왔는데요. 가스도 좀 남았을 거걸랑요."

고마워. 내가 이제 와서 처가 덕을 크게 보는군. 그는 그 말을 하려다가, 하려다가, 하려다가 말았다. 모두 다 이해했다. 처남에게는 아파트를 필사적으로 지켜야 할 이유가 있었다. 아내 역시 그걸 보호해줄 의무가 있었다. 망하는 것은 그 하나로 족했다. 죽을 때 누구나 혼자이듯이 망할 때도 혼자인 것이 좋았다. 아이도, 아내도 함께 망할 수는 없었다. 아이와 아내는 구명선에 태워야 했다. 안 간다면 이혼을 해서라도, 엉덩이를 때려서라도, 벌을 세우더라도 곁에서 떨어지게 해야 했다. 처가는 그가 믿는 마지막 피난처였다. 그가 이 세상에서 돈을 빌려쓰지 않은 유일한 집안이 그의 처가였다. 그가 돈을 갖다쓰기 시작하면 어떤 집안이든 거덜이 나는 것이었다. 그러나 그 모든 사정을 아내나 아이, 처남이 알기를 바라지는 않았다.

　―용이를 보고 싶다.

아이는 학교에 갔을 것이다. 이제 초등학교 일학년이 되었다. 유난히 고집이 세고 말을 잘 듣지 않는 아이였다. 그의 앞에만 오면 머뭇거리기부터 했다.

"아빠, 엄마는?"

"일하러 갔다."

"에이 씨. 혼자만 갔어."

"아빠랑 놀자."

"아빠 혼자 놀아. 맨날 혼자 놀면서."

말은 많이 늘었는데 몸은 여전히 느렸다. 장난감 차라도 하나 사주고 오려고 했는데 깜빡 잊고 말았다. 깜빡 잊은 게 어디 한두 가지인가. 한 해 전에 담보로 맡긴 아내의 결혼 패물을 여태 찾아주지 못했다. 보증금 다 까먹고도 몇 달 치 밀린 집세, 이미 다른 사람이 가져가서 잘 쓰고 있지만 내긴 내야 할 자동차세와 보험료, 여동생 결혼식 날짜, 텔레비전 수신료, 전화비, 아내가 남겨두고 간 우산……

—차라리 잘된 거지.

존재 자체가 남에게는 부담이고 짐인 그는 이제야 혼자가 되었다. 그는 가방을 내려놓은 채 아무것도, 아무도 움직이지 않는 미지근한 공기 속에 망연히 서 있었다. 아파트 주민 대부분이 아파트가 철거되고 새로 지어질 때까지 부근으로 이사를 나간 터라 밤이 되면서 아파트 단지 전체가 깊은 구렁처럼 캄캄해졌다. 그가 아파트 안에 들어온 다음에도 비는 줄기차게 오고 있었다. 영원히 살아온 용처럼 바람을 몰고 폐허가 된 아파트 주위를 쏴아쏴아 날아다녔다. 이따금 귀신불처럼 희미하게 한 동에 한두 개씩 일렁이는 불빛은 세입자 대책을 요구하며 농성을 하는 식구들이 들어 있는 집에서 흘러나오고 있었다.

그는 세입자가 아니었으며 농성을 하는 것도 아니었다. 따라서 비어 있는 아파트 가운데 제일 마음에 드는 곳을 골라서 밤에 촛불을 켜든 폭탄을 때든 마음대로 할 수 있었는데도 그는 쪽지에 적은 동호수를 찾아 처남이 살던 오층까지 낑낑거리며 올라왔다. 그는 이처럼 정직하고 정확한 사람이었다.

　—뭐지?

　그는 자신도 모르게 한 발짝 뒤로 물러섰다. 천장에서 끊임없이 빗물이 흘러내려 마룻바닥은 온갖 잡동사니로 철벅거렸다. 그런데 무엇인가 살아 있는 것이 그의 발밑을 지나간 것이다. 완벽하게 쓸모를 다한 물건 아니고서는 무엇 하나 쉽게 버리지 못하는 처남이 기이하게도 한때 냉장고라는 이름이 붙었던 물건에다가 보너스라도 되는 양 그 안에 풍요한 쑥빛 곰팡이를 남겨두었다. 놀랍게도 곰팡이 밑에는 썩은 고기와 썩은 사과, 썩은 햄, 썩은 감자까지 들어 있었다. 집안은 온통 음식물 천지였다. 이사 가기 전에 이 집안에 살던 식구들은 세상 마지막날이라도 되는 듯 엄청난 음식을 먹고 마시고 버린 것 같았다.

　—고양이겠지.

　처남이 이사를 간 것은 보름이 넘었다. 이사 가면서 처남 식구들이 깜빡 잊었든가, 또 고양이까지 들여놓기에는 집이 너무 좁아서 고양이를 데리고 가지 않았다면 그 고양이가 얼마나 절망했을까를 잠시 생각했다. 자신의 처지보다 낫기는 하지만 그 고양이도 꽤 상심했을 것이고 약이 올랐을 것이고 문이 닫혀 있어서 나가지도 못하고 목이 쉬도록 울었을 것이었다. 그 생각을 하자마자 그의 목이 뜨끔해지고 눈앞이 흐려졌다. 평생 한번 고양이를 안아본 적이 없는 그가, 철들고 나서는 한 번도 울어본 기억이 없는 그가, 고양이를 눈물나도록 동정하게 된 것이다. 그는 만사를 제쳐놓고 그 고양이를 찾아 나섰다.

―야옹야옹.

그는 고양이를 어떻게 부르는지를 몰랐다. 비슷한 소리를 내면 친구가 온 줄 알고 달려나오지 않을까 싶어 고양이 울음소리를 내며 바닥을 돌아다녔다. 싱크대와 소파 밑을 뒤지고 화장실을 훑었다. 그러다가 곳곳에 날카롭고 작은 이빨로 쏠아놓은 자국을 보게 되었다. 그건 고양이의 짓이 아니었다. 쥐였다. 처음에 쥐를 침대 밑에서 발견한 순간 그는 구역질을 할 뻔했다. 컸다. 고양이만한 쥐였다. 쥐는 도망갈 생각도 없는 듯 고양이 울음을 내는 사람을 빤히 바라다보고 있었다.

―죽일 놈.

한동안 그는 바닥에 한쪽 무릎을 댄 채 쥐를 바라보고 있었다. 촛농이 손등에 떨어지면서, 그 쥐가 꿈속까지 쫓아와 자신의 목줄을 쥐고 흔들던 인간들을 닮았다고 느끼게 된 그 순간, 그에게는 맹렬한 살의가 솟아올랐다. 어둠 속에서 무엇이나 망가뜨리는, 망해가는 사람의 망해가는 기미를 귀신처럼 알아차리고 뼈를 갉고 살을 떼어먹으며 제몸을 살찌우는 인간들, 담보와 뇌물과 이자를 요구하고 단돈 오천만원이 없다고 십 년 동안 피땀 흘려 끌고 온 회사문을 닫으라고 요구하는 인간들. 그는 베란다의 화분대를 꺾어 몽둥이를 만들었다. 준비동작으로 몽둥이를 소리나게 휘둘렀다. 그가 달려들자 쥐는 꼭 맞아 죽지 않을 만한 거리만큼 도망가서 뒤를 핼끔거렸다. 이십여 분을 철벅거리며 쫓고 쫓기는 동안 그도 쥐도 지칠 대로 지쳤다. 쥐를 쫓으면서 그는 베란다에 있는 빗물받이 홈통이 쥐가 나오는 곳이라는 걸 깨달았다. 홈통은 갈라진 곳을 막기 위해 감아놓은 고무가 풀려 있었고 그 틈으로 빗물이 새고 있었다. 쥐는 도망갈 구멍을 찾아 수십 바퀴 맴을 돌았지만, 쥐가 갈라진 틈으로 다시 들어가는 것은 불가능했다. 쥐가 애초에 왔을 때에 비해 너무 살이 쪘든가, 홈통의 틈이 저절로 오므라들었든 간에.

그는 버려진 침대 위에 드러누웠고 쥐는 구석에 웅크렸다. 웅크린 채 떨고 있는 커다란 쥐를 보면서 그는 느닷없이 친근감마저 느꼈다. 고양이와 마찬가지로 한 번도 특별한 감정을 느껴본 적이 없는 쥐에게, 더구나 살이 쪄서 죽어가는 쥐에게. 숨을 고르고 난 다음, 그는 이성을 되찾았다. 이십여 분의 추격전은 그와 쥐 모두에게 도움을 주었다. 적당한 운동은 머리를 맑게 하고 적으나마 활력을 주니까. 그는 생수를 마시고 라면을 끓이고 잠자리를 마련했다. 쥐가 먹을 수 있도록 과자를 바닥에 뿌려두었다. 그 모두가 최후의 절차라고 느끼면서. 지상에서의 마지막 잠을 자는 동안 그는 꿈을 꾸었다.

—어디서부터 잘못했는가, 무엇이 잘못되었는가.

한때 문중의 종손으로서 죽을 때까지도 자기 땅 이외에는 밟지 않고 살 수도 있었던 아버지는, 광산에 투자하고 회사를 차리고 예쁘고 젊은 여자와 살림을 차리고 몸에 좋다는 것만 먹고 하고 싶은 일만을 하는 멋진 인생을 보냈다. 그 가운데서도 가장 훌륭한 처사는 앞마당 사천 평, 뒷마당 이천 평으로 알려진 종갓집을 들어먹은 일이었다. 십여 가구가 널찍하고 편안하게 살 수 있었던 그 집을 잡혀 보증을 서준 것이 문제의 시작이었다. 계고장이 나왔을 때 그의 아버지는 대문 앞에 서 있다가 우체부에게 받는 즉시 그것을 찢어버렸다. 또 집달리가 오면 막걸리를 먹여서 곱게 돌려보냈는데 그게 다 문중의 잘난 종손이라는 것 때문에 가능한 일이었다. 결국 빚이 빚을 부르고 그 빚이 새끼를 친데다 그 새끼마저 번개처럼 첩질을 하여 앞마당 사천 평 뒷마당 이천 평의 전설적인 종갓집은 경매로 넘어가고 식구들은 보따리를 싸게 되었다. 그 덕분에 그는 서울로 올라와 선배가 경영하는 구멍가게 같은 컴퓨터 부품회사에 발을 들여놓게 되었다.

─좋은 시절도 있었는데.

컴퓨터가 바람을 타면서 떼돈을 벌게 된 선배는 완제품 조립 시장에 뛰어들었고 이어서 유통에도 손을 댔다. 사업이 확장되면서 믿고 쓸 만한 사람들이 점점 줄어들자 그가 애초에 발을 들여놓았던, 나중에는 가장 조그만 계열사가 된 부품회사를 그에게 넘겨주었다. 그렇게 될 때까지 그는 칠층짜리 빌딩 맨 위층, 선배인 회장의 집무실이자 세상에서 가장 좋은 곳에서 근무했다. 그의 선배와 선배의 오른팔, 왼팔, 오른발, 왼발, 허벅지, 무릎, 발가락들을 모시고 그들이 원하는 예쁜 여자와 술을 대령했다. 그 일에 지쳐 혼자 차를 끌고 남한산성에 갔다가 아내가 될 여자를 만났다.

필름 좀 끼워주시겠어요? 그녀가 먼저 말을 걸어왔다. 그는 결혼한 다음에 대학을 보내주겠다고 약속했다. 그 무렵 아버지가 늙은 어머니와 동생들에 첩에게서 난 이복동생까지 대동하고 쥐떼처럼 그의 신접살림집을 습격해왔다. 그로부터 십 년, 매일 풀무처럼 일했다. 하루 다섯 시간 이상을 자본 적이 없었다. 제기랄, 제기랄, 제기랄, 젠장맞을! 잠 한번 원 없이 자지도 못하고 속시원하게 남을 욕해본 적도 없다. 매일 매 순간 사방에서 크기가 다른 쇠망치가 떨어져왔다. 지금은 늘 불안했고 무능하면서 바라는 건 많은 종업원 달래는 데 이골이 나야 했고 영악한 사채업자에게 당하고 은행에 절망했다. 그래, 내가 무슨 맞아 죽을 짓을 했다고 이토록 벌을 받느냐. 그는 소리 없이 절규했다.

　—한 대씩 맞아 죽느니 한 번에 깨끗이.

　그는 누군가 자신을 빤히 바라보고 있다는 느낌 때문에 잠에서 깼다. 어둠 속에서 조그만 눈이 날카로운 이빨을 암시하며 그를 노려보고 있었다. 그가 소스라치며 일어나자 쥐는 뭉그적뭉그적 어디론가 사라져갔다. 가령 쥐를 잡아서 죽인다고 한다면 어떻게 할까. 여러 대 때려죽이는 것이 한 번에 깨끗이 죽이는 것보다 더 잔인하다. 죄를 짓는 것이라고 그는 생각했다.

　"차라리 부도를 내버리는 게 깨끗하지. 부도를 맞은 사람도, 그 친구 오죽하면 부도를 냈겠나 하고 용서할 심정이 되거든. 챙길 것 미리 챙기고 모의부도 내는 놈들도 수두룩한 세상이야. 자네, 정말 순진한 사람이구만."

　'부도를 내고 떴다'는 말을 업계에서는 '새가 됐다'고 한다. 그 새들 때문에 피해를 당한 사람들마저 그에게 그렇게 충고했다.

　"어떻게 사느냐고? 은행 융자로 살지. 그다음은 어떻게 하느냐고? 사업 안 되는 게 누구 책임이야? 정부 책임이지. 은행에서는 없는 담보 내놓으라는데, 아 담보 있으면 아쉬운 소리를 뭐하러 해. 사업은 뭐하러 하냐 말이야. 고임금, 고금리에 대기업은 구멍가게까지 쳐들어오지, 마지막에는 도리가 없어. 배 째라고 발랑 나자빠지면 정말 째는 용기 있는 사나이도 없더라고. 인생은 짧은 거야. 자네, 정말 세상

예쁘게 살려고 하는구만."

오늘내일 안에 새가 될 게 틀림없는 사람들은 그렇게 말했다. 그는 그들의 충고에 따르지 않았다. 그는 순진하고 어리석었다. 세상은 예쁘게 살아야 한다고 믿었다. 그래서 결국 새가 되었다. 기왕 새가 될 거라고 하고 예쁜 새가 되려면 어떻게 해야 하는가. 먼저 직원들에게 삼 개월간의 월급 정도는 무슨 수를 써서라도 마련해준다. 꼭 갚아야 할 소액의 빚은 받아가라고 통지하고 거래처에는 '저, 손 텁니다. 그동안 고마웠습니다' 인사를 돌린다. 그리고 은행에서 돌아오는 어음을 막지 못하고 나자빠진다. 못 갚겠다고 나자빠지면 도리가 없다는 것 정도는 은행도 어음 소지자도 지나가는 새도 다 알고 있다. 그러고는 거적때기를 잘 말아서 광화문 지하도로 나가면 된다. 그러면 사람들에게 이런 인사를 듣는다.

"사장님을 인간적으로 존경합니다."

"거참, 법 없이도 살 사람인데."

어쨌든 돈을 마련해야 했다. 그래서 사채업자를 찾아갔다. 그가 조금 큰 금고만한 어둠침침한 사무실에 들어갔을 때 사채업자들은 창을 등지고 웅크리고 앉아 들어오는 사람을 관찰하고 있었다. 그는 그들이 자신을 관찰하는 동안 말없이 앉아 있었다. 은행의 정상적인 대출 이자는 십 퍼센트에서 십오 퍼센트 사이였다. 정상적인 어음의 할인율 역시 이십 퍼센트 이하였다. 그러나 신용이 나쁜 어음이나 가계수표로는 은행 돈을 쓸 수가 없었다. 그걸 사채업자에게 가져가면 그들이 알아서 해주었다. 사채의 이율은 싼 것이 월 이 푼, 보통은 삼 푼, 심하면 사오 푼 또는 엿장수 마음대로였다. 이 굴레에 말려들면 정상적인 거래로 발생하는 이익보다 이자가 훨씬 비싸게 되므로 다시 사채를 써서 그 차이를 메울 수밖에 없다. 그 굴레를 자발적으로 쓰는 데도 고양이에게 관찰당하는 쥐 신세가 되는 순간이 필요했다.

"우리는 담보니 뭐니 하는 건 원래 믿지 않아. 관상을 보고 돈을 주지."

마지막 만남에서 사채업자는 그에게 그런 말을 해주었다. 맞는 말이었다. 수표나 어음이야 금방 휴지쪽이 될 수도 있으니까 직업적으로 단련된 감각이 우선일 것이었다. 그리고 진짜로 망하기 직전이고 더이상 돈을 빌려줄 생각이 없는 사람에게 그런 말을 해주는 데는 이자가 붙지 않았다.

—더이상 해볼 데가 없다는 거지.

그는 몇 달 동안 밤마다 해오던 대로 머리를 싸쥐었다. 자다가도 깜짝깜짝 놀랐고 벌떡벌떡 일어나 식은땀을 줄줄 흘렸다. 잠을 못 자서 미칠 것 같았지만 정작 미칠 일은 온 세상을 볼 면목이 없다는 것이었다. 조금이라도 안면이 있는 사람들에게는 모두 빚을 끌어다 썼다. 쓰지 않으면 회사는 굴러가지 않았다. 식구들이 거처하던 집은 내 집에서 전세로, 전세에서 월세로, 월세에서 더부살이로 바뀌었다. 어떻든 망하는 건 나쁜 일이었다. 아는 사람치고 단돈 만 원이라도 돈을 빌려준 사람은 그를 다시 보려고 하지 않았다. 아는 사람들에게서는 인간 말종이 됐고 모르고 돈을 빌려준 사람들과는 원수가 되었다. 아무도 만날 수 없고 만나서도 안 되는 신세가 되고 말았다. 사랑하고 미워하고 증오하고 그리워하고 죽이고 싶은 대상이 없는 인생은 허무했다. 사는 게 사는 것 같지 않았다. 마지막으로 식구들마저 그를 버렸다.

아니, 그가 그렇게 하도록 만들었다. 그랬다.

─내 잘못만은 아니야, 아냐.

그런대로 굴러가던 회사에 난데없는 폭풍이 불어닥친 것은 선배의 회사가 부도가 난 다음의 일이었다. 선배는 그에게 작은 부품회사를 주었다. 물론 그냥 준 건 아니었다. 죽으라면 죽는 시늉을 하던 시절의 대가인 퇴직금을 주지 않았고 모母회사 격인 선배의 회사에 납품한 물품 대금을 끌어안는 조건이었다. 구식의 기술과 시계수리점 같은 규모의 생산시설, 몇 군데의 거래처 말고는 별 볼 일 없는 회사였지만 그는 자신이 한 회사의 주인이 된다는 사실에 감격했다. 몇 가지 쓸 만한 소프트웨어도 개발했다. 착실하게 주문도 늘어났다. 선배는 제가 씹다 버린 껌 같은 회사를 살려낸 게 못마땅했는지, 아니면 망하는 길에 혼자 가기가 심심했던지 부도를 내기 직전에 몇억이 넘는 대량 주문을 냈다.

"나 그 사람 싫어요. 거래하지 말아요."

그의 아내는 전에 없이 단호하고 강경하게 말했다.

"요새 그만한 물량이 없습니다. 현금이 있어도 못 삽니다, 선배님."

그는 조심스럽게 선배에게 말했다.

"그 사람, 자기 집에 부부동반으로 초대해놓고 부인이 골프 치러 갔다고 짜장면 시켜준 사람이에요. 제가 언제 당신 하시는 일이 틀리다고 한 적이 있었나요? 정 하시려면 저 모르게 하세요."

아내는 창백한 낯으로 사무실을 나갔다.

"아, 그걸 누가 모르나, 정사장. 나도 돈이 없어서 그런 게 아냐. 없는 걸 구할 만한 사람이 자네 아닌가. 이번에 찍어돌리는 건 무조건

십만 대야. 컴퓨터 유통 시장이 완전히 뒤집힐 거라고. 빨리 하지 않으면 시기를 놓쳐요. 부탁하네, 한 번만 도와주게."

선배의 입에서 부탁이라는 말을 들은 건 처음이었다. 그는 그 순간을 기념할 겸 자신의 자그마한 성공을 확인할 겸 해서 창고에 있는 부품의 양을 헤아려보았다. 그건 그가 그 바닥에서 몇 년 동안 밀어넣은 땀과 피의 대가였다. 그는 조심스럽게, 그러나 감히 물었다.

"결제는 어떻게 하지요?"

선배는 그전까지 몇백만 원짜리 거래에서도 삼 개월 이하 어음을 준 적이 없었다. 보통 육 개월, 아니면 구 개월짜리였다.

"부품만 넣어. 그 자리에서 계산해줄게."

그렇다면 마다할 필요가 없었다. 부품이 들어간 날 선배는 보름짜리 어음을 끊어주었다. 보름이면 현금이나 다름없었다. 그는 그 어음을 아내에게 보였다.

"그 양반한테 보름짜리 어음은 현금하고 똑같은 거야."

왜 보름짜리인가에 대해서는 별반 의심을 하지 않았다. 그가 초보였기 때문이었다. 당좌를 개설하면 은행에서는 어음 용지 열 장을 준다. 첫번째 어음이 돌아왔을 때 그것을 막으면 다시 열 장을 내준다. 그러므로 첫번째 어음의 만기일을 빨리 도래하게 하면 그 날짜부터 실제로는 열아홉 장의 어음을 발행할 수 있게 되는 것이다. 부품이 들어가고 나서 얼마 뒤, 선배는 그 부품을 되팔아 현금을 챙겼고 나머지 열아홉 장의 어음을 되는대로 마구 발행한 다음, 새가 되었다. 채권자들이 밀어닥치자 선배의 회사는 삽시간에 아수라장으로 변했다. 십수 명이나 되는 직원들은 하다못해 구닥다리 컴퓨터, 프린터며 사장실

서랍 속의 구리 동전 하나까지 챙겨서는 다시는 돌아오지 않았다. 난로는 남았다. 무겁기도 했겠거니와 채권단이 농성을 하면서 늘 불을 피워놓아서 가져갈 생각을 하지 못했던 것이다. 채권단은 책상을 가장자리로 밀어놓고 바닥에 앉아 화투를 쳤다.

"여기는 완전히 시베리아로군."

난로에서 한참 떨어진 곳에 앉은 패는 화투장에다 호오호오 김을 불어댔다. 계산을 할 때도 연신 손에 입김을 불어가며,

"일 점, 호오, 이 점 호오, 삼 점, 어 추워, 사 점, 오 점, 육 점. 호오."

점수를 셌다.

반면 난로 바로 옆에 앉은 패들은 저고리를 벗어붙이고 벌건 다리를 득득 긁어가며 화투를 쳤다.

"일, 이, 삼, 사, 오 점! 피박! 엇, 뜨거!"

석유가 닳았을 때 석유를 사온 것도 시베리아 사람들이었고 헐거워서 저절로 열리는 문을 한참을 걸어가서 닫는 수고를 한 것도 시베리아 인종이었으며 한숨도 자지 않고 끝까지 버틴 사람도 시베리아 주민들이었다.

―쥐구멍에도 볕이 드는구나.

날이 밝아오고 있었다. 그는 빗물이 흘러내리는 창문을 열었다. 베란다 구석에 있던 쥐가 그를 올려다보았다. 마치 하룻밤 사이에 가축이라도 된 듯이 자연스러운 몸짓이었다. 그래서 살찐 쥐 한 마리와 추레한 몰골의 인간이 그 좁은 공간에 같이 있는데도 겉보기에는 사이가 아주 좋은 것처럼 보였다.

"너만은 어떻게든 해주고 싶었는데 내가 지금 능력이 없거든. 네가 날 사기로 걸려고 하는 모양인데 난 사기친 거 아니다."

그의 호출기 음성사서함에 남겨놓은 선배의 말이었다. 부도 전에 자신의 명의로 되어 있는 재산 전부를 식구며 친척 명의로 분산해놓은 걸 아는 그는 어린 칡넝쿨을 끌어당길 때처럼 조심조심 선배를 구슬렀다.

"도망 다닌다고 되는 건 아니잖아요. 얼마라도 내놓고 고소를 취하하게 한 다음에 다시 돈을 벌어서 갚으면 되는 거 아냐."

"나 네가 찔러서 잡혀가도 검사한테 할말 많아. 당신 사업하다 부도낸 사람이 얼마나 피눈물 나는지 알아? 내가 콱 목매달고 죽으면 당신 검찰총장 되는 길에 좋을 게 뭐 있어? 야, 나 지금 나가면 판사가 얼마 때릴 것 같으냐?"

"일 년이면 될 거야."

"그럼 콩밥 먹고 말지, 뭐. 보자, 으아, 그걸로 까면 하루 일당이 얼마냐 말이다. 감옥 가면 담배도 끊을 수 있겠구나. 안녕."

천신만고 호출기 음성사서함을 통해 연락한 결과가 이런 것이었는데 그렇게 결론지은 후 선배는 호출기도 없애버리고 말았다.

"책임지겠어. 우리한테 맡기시오."

장부를 살펴보니 지방 대리점이며 도매상에 약간의 채권이 있었다. 그거라도 받아낼 수 있다면 부도액의 절반이라도 건질 수 있을 듯했다. 채권단 가운데 한 사람의 추천으로 덩치 좋은 사내 하나가 지방에서 올라왔다. 이른바 해결사였다. 창고의 물건은 정가의 이십 퍼센트에, 지방 대리점의 미수금은 받아오면 총액의 오십 퍼센트를 떼어주기로 했다. 그나마 그는 양심적인 사람이라고 그를 추천한 사람이 주장했다. 정식 절차를 밟으려면 법원에 민사소송을 제기하고 압류 절차를 거쳐 경매를 하고 채권단이 그 금액을 나눠 가져야 했다. 그걸 다 하자면 돈도 돈이지만 나이든 사람은 자칫 쥐꼬리만큼 돌아오는 그 돈을 기다리다 늙어 죽을 가능성이 더 많았다. 그는 덩치 좋은 사내가 돈보따리를 들고 돌아오기를 기다리며 채권단이 돌아가고 없는 사무실 난로 곁에서 새우잠을 잤다. 낙천적이고 정직하고 정확하며 이성적이라는 이유로 채권단의 대표가 되었기 때문이었다.

"망하면 곱게 망할 것이지, 이 새끼들이 얻다 대고 깡패를 보내는 거야. 그까짓 돈 몇십만 원 떼먹을까봐?"

욕은 배부르게 먹고 악담은 야무지게 얻어들었지만 손에 들어오는 돈은 없었다. 사내는 코빼기도 보이지 않았다.

"우리 아이들은 배가 고프면 일을 못해. 수배 걸린 애들한테 일을 시키자니 밥값이네 교통비도 많이 들어가는구만."

그가 전화를 할 때마다 사내는 콧구멍을 쑤시는지 코맹맹이 소리를 내며 기다리라고만 했다. 더이상 못 기다리겠다고 하자 마음대로 하라고 했고 고소를 하겠다고 하니까 고등학생처럼 보이는 아이들이 왔다. 아이들은 그를 칠층 건물의 옥상으로 데려가 그의 사지를 하나씩 들고 난간까지 갔다가 돌아오기를 몇 번 되풀이하다가 마지막에는 키 높이로 던져올린 다음 그가 떨어지거나 말거나 상관하지 않고 그냥 가버렸다. 그날 그는 문득 잊고 있었던 어린 시절의 장난감을 발견한 것처럼 죽음을 생각해냈다.

—실패한 인생이다.

단 한 번 그는 실패했다. 십여 년간 바닥을 기며 악착같이 모으고 번 돈을 깡그리 한 구멍 속에 쑤셔넣었다. 자신을 위해서는 한푼도 제대로 써본 적이 없었다. 돈 많은 사람들, 가령 새가 되면서 화끈하게 여러 사람 신세 망친 선배의 입장에서 보면 많은 돈이 아닐지도 몰랐다. 춤 한번 추고 노래 한 곡 하고 기분좋게 한잔하고 시원하게 해외여행이나 다녀오면 바닥날 액수일 수도 있었다. 그러나 술은 몸에 맞지 않았고 담배는 눈과 목이 따가워서 못했고 여자는 무서워했으며, 따라서 그런 걸 금기시하는 종교는 거추장스럽기만 하다고 여겨서 여지껏 하느님, 부처님 한번 불러보지 않고 살아왔다. 그는 난생처음으로 자신의 타고난 낙천성을 원망했다. 십여 년 동안 감기 한번 없었던 쇳덩이처럼 건강한 몸. 저 푸른 초원 위에 그림 같은 집을 짓고 마누라와 아이들과 떵까떵까 사는 것만을 목표로 해왔던 평범한 꿈 모두를 탓했다. 빗물이 거듭 그의 눈앞에서 흘러내렸다. 어떤 경우에도 절망하지 않았고 주저앉지 않았다. 이제까지는 그랬다. 그것이 자신을 어느 정도까지 소진시킬 것인지를 생각하지 못했다. 더이상 충전이 되지 않는 배터리처럼 그는 무너져가는 아파트 베란다 위에 서 있었다. 무기력하고 덤덤하게.

"봤어? 오늘도 중소기업 사장이라는 작자 하나가 목을 맸던데. 초보나 하는 짓이지. 저야 착한 사람이라는 말을 듣겠지만 도대체 남은 사람들은 어떡하라고 그래. 사업에 초보, 인생에도 초보인 것들."

언젠가 선배는 이렇게 말했다. 바로 그가 초보였다.

—깨끗이 가고 싶다.

쥐는 어디론가 가고 없었다. 쥐가 꾸물거리고 있던 자리에 쥐의 덩치로 미루어서는 어처구니없이 작은 발자국이 어지럽게 찍혀 있었다. 그가 서 있던 자리 역시 그의 발자국이 남았다. 원래의 발자국보다 더 크게 번진, 절망하고 소진된 한 남자가 오래도록 서 있었음을 입증해 주는 자국이었다. 단 두 개의, 물에 빠져 죽기 전에 사람들이 남긴다는 신발처럼 확연한 자국. 그는 자신의 발자국 옆 서늘한 베란다 바닥에 주저앉았다. 오층에서 투신하는 것보다 더 깨끗하고 확실한 방법은 없는 것일까. 고층 아파트 옥상도 있고 한강 다리도 있고 북한산 절벽도 있다. 목을 맬 수도 있고 약을 먹을 수도 있으며 손목을 칼로 그을 수도, 물속으로 걸어갈 수도, 총을 쏠 수도 있는 법이다. 또 그저 늙어 죽는 방법을 택할 수도 있으며 여러 가지 방법을 병용할 수도 있다. 하필이면 아는 사람도 없는 곳에서, 유서도 없이, 겨우 오층에서 떨어져야 하는가. 아니다. 그는 다른 선택을 할 여지조차 없을 정도로 파산했다. 할말도 없고 차비도 없고 밧줄도 없고 총칼도 없고 기운도 없고 용기도 없었다. 중소기업을 살려라아. 한강다리 위에서 그렇게 외치고 죽으려면 거기까지 올라가야 할 텐데 그는 천성적으로 남보다 높은 데에 올라가는 것을 두려워했다. 모든 책임은 내가 집니다. 죽음으로써 사죄합니다. 그렇게 유서를 쓰려고 해도 누구에게 책임을 지며 누구에게 사죄를 하는가.

　―망할 놈의 비.

그가 알고 있는바 인생에서 새가 되는 가장 확실한 방법은 높은 곳에서 팔을 펴고 뛰어내리는 것이었다. 그런데 비가 오고 있는 것이다. 죽을 때 죽더라도 죽어가는 도중에 비를 맞는 건 내키지 않았다. 고여 있는 물에 몸을 적시는 것이나 뛰어내리면서 비를 맞는 것까지도. 우산을 들고, 비옷을 쓰고 뛰어내릴 생각도 해보았다. 그게 있다면. 가장 단순한 방법조차 번거로운 절차가 필요했다.

　—이거라도 깨끗하면 좋겠는데.

　창문에는 죽은 날벌레들이 잔뜩 붙어 있었고 온 집안에서 단 하나 멀쩡한 것처럼 보이던 자물쇠는 쉽게 말을 듣지 않았다. 창문을 덜컹덜컹 밀다가 그는 거실 안쪽에서 달려나가서 창문을 박차면서 떨어지는 방법을 생각해냈다. 그게 멋있어 보이기는 하겠지만 그를 보아줄 사람이 아무도 없는데다 그는 평소에 물건을 아끼고 절약하는 사람이었다. 창문이 열리자 빗물이 확 들이쳤다. 그는 피하지 않았다.

　—집사람은 어떻게 될까.

　그는 당장 사흘 앞을 생각했다. 그의 아내는 단 한 벌밖에 없는 검은 투피스를 입고 그의 빈소를 지킬 것이다. 은행처럼 동그란 눈 주위는 눈물로 얼룩져 있고 오똑한 콧날은 부어 있을 것이며 칠을 하지 않아도 언제나 발그레하던 입술은 오열로 떨릴 것이다.

　'여보, 왜 그런 끔찍한 일을 하셨어요……'

　생전처럼 낮은 목소리로 말해올 것인가. 결혼 생활 십 년 동안 참아온 한과 원망을 비명에 섞어 터뜨릴 것인가.

　'아빠, 회사 갔어? 왜 안 와?'

　아이는 물을 것이다. 아내는 힘껏 아이를 끌어안고 금방 오실 거야, 착하지 하고 말할 것이다. 거기에는 머리가 다 센 아버지가 다리를 벌벌 떨며 지팡이를 쥐고 서 있을 것이고 늙은 어머니는 노래하듯이 그의 이름을 부를 것이다. 그는 눈물을 참았다. 그는 세상 누구보다도 낙천적인 사람이었다.

—이게 다 농담이면 좋겠는데.

　그는 베란다 밖에 한 발을 걸치면서 생각했다. 쥐가 다시 그의 발밑을 스쳐지나갔다. 여태 나왔던 곳을 찾아다니고 있는 모양이었다. 그는 자신도 모르게 풀썩 웃었다. 너는 언제 네가 들어온 구멍을 찾을 거냐.

　어디선가 아이 하나가 빨간 비옷을 입고 달려간다. 어디선가 세상에 나서 서른일곱 해 지난 육체가 벌레 먹은 밤송이처럼 떨어져내린다. 아이가 멈추어 서서 "아빠아" 하고 외친다. 그 뒤를 지쳐 보이는 한 여인이 우산을 쓰고 천천히 걸어온다. 비가 가늘어지고 이윽고 그친다. 여인은 우산을 내리고 하늘을 올려다본다.

　어디선가 하늘 한 귀퉁이가 열리고 그 아래의 세상에 손수건만한 넓이의 햇살을 내려보낸다. 새 한 마리가 깃을 털며 날아오를 차비를 한다. 포르르 난다.

첫사랑

1

흙먼지가 커다란 꽃처럼 피어올랐다. 빵공장에서 트럭들이 쏟아져
나왔다. 트럭은 빵공장에서 나갈 때는 보름달 빵처럼 부풀었다가 돌
아올 때는 러스크 빵처럼 납작해졌다. 길가로는 흰 머릿수건을 하고
하늘색 제복을 입은 처녀들이 소리 없이 지나다녔다. 정자나무 아래
에 노인들이 죽은듯이 잠을 자고 있었다. 매일이 똑같았다. 빵틀에서
똑같은 빵이 찍혀나오듯이 오늘은 어제와 같고 내일도 오늘 같을 것
이었다. 그리고 네가 따라오고 있었다. 매일 따라오는 네가.

어제처럼 시장 앞에서 춘자 남편은 노래를 불렀다. 늘 흙투성이에
다 떨어진 교복 차림이지만 구두만은 늘 반짝반짝했다. 혹시 우리 춘
자를 못 보았나요. 내 사랑 춘자를. 성은 김이고 이름은 춘자. 지옥의
주민들은 모두 삶은 달걀처럼 무표정하게 그 앞을 지나쳤다. 조금 있

으면 지나가는 여자 하나하나를 붙잡고 물어보다가 전부 다 춘자라고 소리를 지르다가 춘자가 이렇게 많다고 히죽거리다가 마침내는 모로 쓰러져 흙구덩이 속에 뒹굴겠지. 다리를 버르적거리면서 눈을 까뒤집고 입으로는 조용히 거품을 흘릴 것이다. 정신이 들면 구두를 윤이 나게 닦고 다시 노래를 부르겠지. 나는 춘자 남편을 지나 잿빛 수챗물이 흐르는 도랑을 뛰어넘었다. 어제와 똑같다. 너는 여전히 따라오고 있었다, 여전히.

아이들이 찬 공이 268번 버스 아래로 굴러들어갔다. 차장이 오라잇 탕탕, 차문을 두드렸다. 버스는 지옥에서 출발해서 어디 있는지 모를 넓고 큰 딴 세상으로 갔다가 다시 지옥으로 돌아올 것이다. 축구공이 뻥, 소리를 내며 바퀴에 튕겨져 하늘 높이 날았다. 어디선가 무엇인가를 태우는 연기는 쉴 없이 솟아오르고 있었다. 너는 어느 때는 연기처럼 어느 때는 동네 아이처럼 어느 때는 바퀴이며 공인 것처럼 보일 듯 말 듯 나를 따라왔다.

네 키는 나보다 한 뼘은 더 컸다. 네 얼굴은 크고 네모지고 검었다. 너에게선 늘 낯설고 수상한 냄새가 났다. 너를 두고 선생들은 산적 같다고 말했지만, 선생들이 어디서 산적을 만나보았는지는 모르겠지만, 산적도 이런 지옥에는 살지 않을 것이고, 선생들도 이 지옥엔 살지 않았다. 선생들은 딴 세상에서 버스를 타고 와서 아이들을 가르치다가 도시락을 들고 딴 세상으로 가버렸다. 딴 세상에서 온 사람들이 가버리고 나면 지옥에는 어둠과 먼지와 소란과 냄새, 연탄가스, 뚱뚱한 누나들만 남았다. 또 잊었다. 견딜 수 없는 것, 그것, 끔찍한 것, 사람 머리, 머리통, 머릿수였다. 어떤 짐승보다도 사람이 더 많은 땅, 내 머리만한 면적에 내 머리칼 수보다 사람이 많은 세상, 지옥.

우리가 처음 만났던 그때, 지옥 중학교 3학년 26반은 다른 스물다섯 개 반과 마찬가지로 시골에서 서울로 전학 온 아이들이 마흔 명쯤 됐다. 나는 그중 하나였다. 넓은 도시에서 하필이면 지옥구 지옥동으로 흘러들어온 불쌍한 아이들이 스무 명쯤 됐다. 너는 그중 하나였다. 원래부터 살던 아이들은 열 명도 되지 않았다. 출신 성분이 복잡한 아이들은 서둘러 서열을 지었다. 1등부터 10등까지는 하루 만에. 10등 이하는 천천히. 그렇게 해서 몇 달이 지나다보면 전교 오천 명의 서열이 만들어졌다. 거기서 왕이 된 아이가 말했다.

"나는 고등학생하고도 논다. 나는 딴 세상의 진짜 깡패들도 알고 있다."

그런데 그 자랑스러운 아이가 바로 우리 반에 있는 너를 제일 무서워하다니. 네가 여차하면 면도칼을 휘두르는 갈데없는 독종이며 누구에게도 진 적이 없는 그 깡패에게 존경받는 이유가 무엇인지 나는 몰랐다. 나는 막 전학 온 시골 아이였으니까. 그 깡패에게 잘못 걸리면 죽는다는 건 곧 알게 되었다. 그걸 알아야 도시 변두리의 지옥 중학교에서 살아남을 수 있었다. 성한 몸으로 졸업해야 딴 세상, 딴 동네로 갈 수 있었다. 나는 그걸 몰랐다. 나는 막 전학을 왔으니까. 전학을 온 뒤 며칠 되지 않아서 그 깡패가 내게 심부름을 시켰다. 나는 그 깡패가 지옥의 초등학교, 중학교, 고등학교, 전수학교, 주일학교에까지 골고루 명성을 떨치고 있던 아이인 줄 몰랐다. 그런 훌륭한 깡패가 왜 시골에서 막 전학 온 핏기 없고 어리숙한 나한테 '매점 가서 빵과 사이다를 사오너라'는 심부름을 시켰을까. 다른 아이라면 '아아, 드디어 내게도 기회가 왔구나. 영광스럽게도 나한테 심부름을 시키시다니, 이 목숨 바쳐 빵을 사와야지' 하면서 두 주먹을 꼭 쥐고 뛰어가련만 나는 그럴 생각이 없었다. 나는 물정을 몰랐다. 깡패도 몰랐다. 나는 바보였다. 그래서 그 심부름을 거부했다.

"싫다."

그 깡패는 무안한 듯한, 어이가 없는 듯한, 귀찮은 듯한, 이해할 수 없다는 듯한 표정으로 나에게 왔다. 그리고 내 멱살을 바짝 틀어쥔 채로 삼층 교실에서 변소 뒤까지 끌고 갔다. 그 광경은 전교 오천 명이 다 보았는데 누구도 왜냐고 묻지 않았고 말리지도 않았다. 나무와 부서진 책상과 칠판이 쌓여 있고 구린내가 나는 후미진 곳에서 나는 맞았다. 맞느라고 점심시간이 끝나는 줄도 몰랐다. 나는 난생처음 남의 주먹에 맞아 코피가 터졌다. 그것 때문에 수업에 들어갈 수가 없어 난생처음 수업을 빼먹게 되었다. 나는 울지 않았다. 그 대신에 내 인생의 목표를 바꾸었다. 깡패한테 맞아도, 맞아서 코피가 터져도, 수업에 들어가지 못해도 자살을 하지 않는 것. 그때 네가 다가왔다. 너는 느릿느릿 바지 단추를 채우면서 내 앞에 섰다.

"얼씨구, 여기 땡땡이치는 놈이 또 있네."

너는 침을 찌익 뱉으면서 규율부처럼 말했다.

"너 누구하고 싸웠어?"

나는 싸운 적이 없다. 맞았을 뿐이다. 나는 일어섰다. 고개를 돌렸다. 네가 무엇이든, 내가 무엇이든 아무 상관이 없다고 생각했다. 가버리려고 했다. 그러나 어느새 고양이처럼 가볍고 빠르게 다가온 너는 내 어깨를 눌렀다. 바로 그때 나는 내 장래희망을 바꾸었다. 살아서 이 지옥을 빠져나가기. 너는 빙글빙글 웃으면서 나를 흙먼지와 톱밥 속에 주저앉혔다. 나는 너를 노려보았을 뿐이다. 장래희망을 바꾸었기 때문에.

봄이었다. 아프리카에서 코뿔소들이, 시베리아 벌판에서 사슴들이 각축하는 계절이었다. 코딱지를 누렇게 만드는 흙먼지가 떠다니는 지옥의 공기에는 빵공장에서 빵을 찌면서 내보내는 고소하고 시큼한 냄새가 섞였다. 하늘은 시퍼렜다. 매일 똑같았다.

갑자기 너는 신기한 물건을 본 것처럼 네 손가락으로 내 턱을 쳐들었다. 네 손길은 너무나 부드러웠고 자연스러워서 누군가에게 어떤 식으로든 위안받고 싶어하던 내게 거부할 수 없는 것처럼 느껴졌다. 네가 말했다.

"넌 꼭 계집애같이 생겼구나."

나는 너를 노려보고 노려보고 노려보다가 울고 말았다. 계집애처럼 흑흑 느껴 울었다. 너는 나를 한참이나 내려다보고 있었다. 싸움과 코피와 수업을 빼먹었다는 것이 서럽지는 않았다. 너에게 계집애 취급을 받았다는 것이 분했다. 그런 취급을 받고도 아무 말도 못하고 찔찔 울기나 하는 내가 가여워서 머리가 아프도록 울었다. 너는 문득 사라졌다가 양동이에 물을 담아 가져왔다. 그 양동이에는 축구부라는 글자가 씌어 있었다. 그건 학교에서 가장 사나운 깡패들로 만들어진 축구부 말고는 아무도 건드릴 수 없는 물건이었다.

"씻어."

나는 너를 깨끗이 무시했다. 축구부 양동이와 축구부를 무시했다. 온 세상을 무시했다. 일어서서 나왔다. 네가 무섭지 않았다. 그저 창피했다.

다들 너를 피했다. 너를 피하는 아이들을 너는 무시했다. 그런데 너는 너를 싫어하는 나한테는 점점 가까이 다가왔다. 나는 네가 무섭지 않았다. 그냥 싫었다. 웬일인지 너는 그전처럼 수업을 빼먹지 않았다. 선생들은 말했다.

"야, 오랜만에 백승호 얼굴을 보는구나. 잘 있었니."

그러면 너는 피식 웃으면서 의자를 뒤로 젖히고 천장을 바라보았다. 침으로 방울을 만들어 하나씩 날렸다. 옆에 있던 아이들이 웃음소리를 냈다. 그러면 선생은 얼굴이 벌게져서 출석부를 접었다. 너는 아예 네 자리를 내 뒤로 옮겼다. 그리고 내 등을 칠판 삼아 연필로 한 자씩 썼다.

'너 죽어.'

나는 네가 무섭지 않았다.

"그만둬! 싫다고!"

칠판에 악보를 그리고 있던 음악 선생이 돌아보았고 앞자리에 앉았던 작은 아이들이 돌아보았고 옆자리에 있던 아이들과 뒷자리에 앉은 아이들은 숨을 죽였다. 너는 옆자리에 앉은 아이의 공책을 빼앗아 거기에 뭘 쓰는 척하고 있었다. 아이들은 무슨 일이냐고 묻는 선생에게 아무 말도 해주지 않았다. 선생은 내 머리를 출석부로 가볍게 탁탁 치고는 교단으로 돌아갔다. 너는 그 뒤에 대고 주먹을 쥐어 앞뒤로 끄떡거리는 시늉을 했다. 아이들이 소리 없이 웃었다. 나는 학교에서 너한테 소리를 지른 최초의 아이가 되었다. 그게 자랑스럽지는 않았다. 매일이 똑같았다. 어쩌다 다른 날이 있기도 했다.

그날도 길에는 빵 트럭이 지나다녔다. 길에서 공을 차던 아이들이 트럭 꽁무니에 달라붙어 같이 뛰기 시작했다. 빵공장에서 나온 트럭들은 덜컹거리면서 달려가다가 이따금 빵을 떨어뜨리기도 했다. 나는 다른 때처럼 아이들과 함께 트럭을 따라 달리지 않았다. 그런데 빵이 하나둘이 아니고 상자째 내 코앞에 떨어졌다.

"빵이다, 빵!"

삽시간에 아이들 수십 명이 모여들었다. 작은 먼지구름이 만들어지고 그 속에서 아이들은 서로를 깔아뭉개고 올라타고 물어뜯으며 빵을 나눠 가졌다. 나는 제일 가까이에서 제일 빨리 빵을 집었지만 봉지를 뜯기도 전에 누군가 손목을 쳐서 내 빵을 가져가버렸다. 나는 빈 빵 상자를 앞에 두고 멍하니 서 있었다.

"빵 도로 놔, 새끼들아."

언제 네가 다가왔는지 아이들에게 나직한 목소리로 명령했다. 아이들은 순식간에 반쯤 뜯어먹은 빵까지 전부 다 상자에 내려놓았다. 나는 그냥 가려고 했다. 그런데 네가 나를 불렀다.

"너, 거기서 다섯 개 집어."

나는 무시했다. 나는 네가 싫었다. 네가 자꾸 나한테 접근해오는 게 싫었다.

"나는 빵 안 먹어."

보름달이 그려진 포장지 속에 든 빵이 얼마나 맛있는지 나는 진작 알고 있었다. 하지만 끝내 그 빵을 집지 않았다. 나는 터덜터덜 집으로 갔다. 집 앞에서 너는 나를 기다리고 있었다. 너는 찢어진 네 모자 속에서 빵을 꺼내서 내게 내밀었다. 나는 너를 힘껏 노려보았다.

"왜 나한테 이러는 거니. 나는 거지가 아냐. 나는 빵이 싫어. 너도 싫어."

네 턱이 딱딱해졌다. 미술책에서 본 그리스 조각처럼 각이 졌다. 너는 고함을 치면서 빵을 팽개쳤다.

"사람 마음을 그렇게 모르냐."

너는 모자도 찢어버렸다. 대문을 발로 힘껏 차고는 가버렸다.

"아니, 왜 대문을 차고 난리냐? 주인 알면 큰일날라."

누나가 달려나올 때까지 나는 찢어진 모자와 그 안에서 종잇조각처럼 구겨진 빵을 노려보고 있었다.

"이게 웬 빵이야."

누나가 빵을 주워모았다.

"버려. 버리란 말야."

"얘, 먹는 걸 버리는 법이 어디 있니. 포장도 안 뜯었는데. 오늘 저녁 대신 먹어도 되겠다."

누나는 그날 저녁 돼지처럼 그 빵을 다 먹었다. 나는 누나가 싫었다. 누나가 싸주는 도시락도 싫었다. 그래서 잊어버린 척 다음날은 도시락을 학교에 가져가지 않았다. 학교가 끝나고 나니 배가 고팠다. 나는 빵 트럭을 따라 열심히 달렸다. 그렇지만 빵 상자는커녕 빵 한 봉지도 떨어지지 않았다. 다음날도, 그다음 날도 그랬다. 이렇게 하루하루가 똑같았다. 다른 날도 있기는 했다.

어느 날부터인가 누나와 나는 아침을 굶어야 했다. 누나가 다니던 공장에서 월급을 주지 않았기 때문이었다. 누나는 울었고 눈이 퉁퉁 부어서 공장으로 갔다. 나는 수돗물로 배를 채워서 누나처럼 배가 고프지는 않았다. 그날 너는 교문 앞 빵집 입구에서 나를 기다리고 있었다. 너는 나를 끌고 빵집 안으로 들어갔다.

"이건 너 주려고 산 거야."

너는 김이 나는 찐빵을 내밀었다. 너는 커다란 암소가 그려진 우유도 주문했다. 나는 허기가 져서 쓰러질 것 같았지만 먹지 않았다.

"먹어봐."

"왜 나한테 이러는 거니."

"그냥 주고 싶어."

"난 네 부하가 아냐."

"너 같은 부하는 필요 없다."

그때 온 가게 안에 튀김 냄새가 퍼졌다. 나는 기름기가 많은 튀김을 싫어했다. 배고플 때 튀김을 먹으면 배가 아팠다.

"저거 먹고 싶어?"

나는 고개를 끄덕였다. 너는 마치 네 것인 양 얼른 튀김을 집어왔다. 가게 안에 있던 누구도 너에게 뭐라고 하지 않았다. 나는 그걸 새처럼 조금씩 나누어 먹었다. 내가 튀김을 먹는 동안 너는 착한 공룡처럼 눈을 두리번거리면서 나를 내려다보고 있었다. 나는 네가 싫었다. 너는 튀김을 몇 봉지인가 싸서 가방 안에 넣어주었다. 나는 누나 생각이 나서 그냥 가만히 있었다. 가게를 나오면서 나는 너에게 물었다.

"이 찐빵 가져가도 돼?"

너는 고개를 끄덕였다. 너는 찐빵도 가방이 터지도록 담아주었다. 그날 저녁 나는 찐빵을, 누나는 튀김을 배가 터지도록 먹었다. 누나는 설사가 나서 그다음 날 공장을 가지 못했다. 다시 똑같은 날이 되풀이 됐다. 다른 날은 어쩌다 있었다.

네가 아이들에게 존경을 받는 이유를 나는 몰랐다. 4월, 아니 5월이
었던가. 학교 운동장에 있는 플라타너스 나무가 온몸 가득 새잎을 피
워올리기 전까지는. 그 무렵 신체검사라는 걸 했다. 신체검사를 할 때
아이들은 교복 윗도리를 벗고 바지를 벗고 윗도리 속옷을 벗고 전날
쯤 목욕탕이나 부엌에서 때를 벗긴 몸을 드러냈다. 풍선처럼 뚱뚱한
아이도 있었고 두부처럼 희고 네모진 아이들이 있었고 나처럼 검고
마르고 비틀어진 아이들이 있었다. 아이들은 서로의 몸에 손톱자국을
내고 간지럼을 태우며 킬킬거렸다. 그런 아이들이 갑자기 조용해졌
다. 네가 나타났던 것이다.

너에게는 우리에게 없는, 아니면 드물게 있는 무엇인가가 있었다.
그것은 우리가 가끔 실오라기인 줄 알고 잡아뽑는, 막 돋아나기 시작
하는 이상하고 낯선, 어른 냄새가 나는 털이었다. 그건 겨드랑이의 털
이었고 가슴에서 배로, 배에서 속옷에 가려진 사타구니로 줄달음치는
털의 행렬이었다. 수백 개의 눈알이 너에게 집중되었고 흩어졌고 다
시 들러붙었다. 너는 아무렇지도 않게, 이미 그 전해에 그것을 목격한
아이들이 너에게 엄청난 존경심을 바쳐온 것을 당연하게 만드는 느린
동작으로 너의 털들을 과시했다. 반에서 제일 힘센 아이도 어쩔 수 없
던 것은 바로 너의 털이었다.

네가 다른 아이들보다 나이가 많았던가. 그건 모르겠다. 네가 조숙
했던가. 그것도 모르겠다. 다만 너의 털로 존경을 받았다. 너는 털로
덮인 이상한 몸을 저울 위에 올려놓았다. 그다음 차례가 나였다. 너는
내가 저울 위에 올라갔을 때 나를 힐끗 쳐다보았다. '이거 어때?' 하

고 묻는 듯이. 나는 잠자코 있었다. 내게는 상관이 없는 문제였다. 너는 내가 너나 너의 털을 존경하지 않는 것을 이상해하는 것 같았다. 그래서 내게 그걸 보여주려고 했는지도 모른다. 그걸, 다른 아이들이 꿈도 꾸지 못하는 그것을.

나는 독서실로 가서 한 달 치 출입증을 끊고 여름방학 동안 거기에서 공부를 했다. 내가 알기에 지옥에서 빠져나가는 방법은 공부밖에 없었다. 나는 공부에 공부를 거듭했고 고등학교 교과서에도 손을 댔다. 독서실 주인은 내게 고등학생 반에 들어가도록 허락해주었다. 대학 입학시험을 준비하는 형들 사이에서 더욱 열심히 공부하라는 격려와 함께.

어느 날 네가 나타났다. 너는 반 달 치 출입증을 끊었다. 반 달이 지나자 중학생 반에 있는 아이들에게 나머지 반 달에 해당하는 돈을 빼앗아서 다시 반 달 치를 끊었다. 너는 독서실에서 공부 같은 건 하지 않았다. 네가 왜 독서실에 왔는지 나는 안다. 너는 나를 따라왔다. 나는 대학 입시를 준비하는 형들과 함께 있었고 너는 너를 무서워하는 아이들과 함께 있었다. 독서실의 중학생 반에서 분유 깡통에 전기를 연결한 젓가락을 집어넣고 라면을 끓이는 기술과 수음밖에는 공부할 게 없었다. 나는 독서실에서만은 중학생이 아니었다. 그따위는 벌써 졸업했다. 다시 그곳에 돌아갈 일이 없었다. 그러므로 지긋지긋한 나날 가운데 남다른 어느 새벽 세시에 내가 독서실의 옥상으로 가지 않았다면 나는 여름방학 내내 너를 만나지 않을 수도 있었다.

독서실이 들어 있는 건물과 맞붙은 건물의 일층은 목욕탕이었다. 한밤까지 무럭무럭 피어오르는 살냄새와 비누 냄새가 건물 뒤편을 돌아 독서실 작은 의자에 땀이 나는 엉덩이를 붙이고 있는 중학생과 고등학생의 코에 닿았다. 일요일 새벽에 바구니를 든 얼굴이 붉고 머리가 젖은 아가씨와 여인네들이 막 독서실 셔터를 올리고 집에 돌아가는 우리들과 마주치기도 했다. 그들은 뜨거운 물에 불린 몸과 마음을 뒤뚱거리며 입안 가득 거품을 채운 듯이 쉴새없이 깔깔거렸다.

독서실 옥상에서 보이는 건 그 옥상과 똑같이 생긴 이웃 건물 옥상이었다. 그 옥상에는 작은 방이 있었다. 작은 방 너머로 전기 철탑이 거인처럼 서서 팔을 벌리고 있었다. 그날 새벽달은 밤에도 쉬지 않고 연기를 토해내는 빵공장 굴뚝을 넘어간 지 오래되었다. 지옥의 하늘에서는 원래부터 별을 볼 수 없었다. 작은 방에 세든 처녀는 불을 켜고 자는 버릇이 있었다. 그 비밀을 아는 사람들은 재수생 형들이었다. 총무는 옥상으로 가는 계단에 번호자물쇠를 걸었다. 번호를 아는 사람은 형들과 총무밖에 없었다. 나는 형들끼리 하는 이야기를 엿들어 번호를 알게 되었다. 그래서 형들이 모두 자는 것을 확인하고 번호자물쇠를 열고 옥상으로 올라가곤 했다. 나는 독서실에서는 고등학생이었다. 지옥에서는 고등학생도 성장을 해야 했다. 성장을 하려면 불 꺼지지 않는 처녀의 방을 엿보아야 했다. 그 처녀는 그들의 상상이 만든 성 속에 살고 있는 고귀한 공주였다. 공주는 공장에 다니고 있었고 자기 전에 옷을 모두 벗어젖힌 채 머리를 빗으며 노래를 부르는 습관이 있었다. 못된 계부에 의해 지옥의 탑에 유폐된 모든 공주가 그렇듯이. 나는 부질없이 손을 저어 불 꺼진 창 쪽으로 흔들었다. 흔들리는 나의 손을 저주했다. 사방에서 늘어진 끈들이 딱딱 소리를 냈다. 나는 네가 언제 옥상에 올라왔는지, 언제부터 나를 지켜보고 있었는지 몰랐다.

너는 전봇대처럼 우뚝 서서 담배를 피우고 있었다.

"오랜만이다."

너는 담배를 튕겨 내 쪽으로 날려보냈다. 네가 긴장을 감추려고 그런다는 걸 나는 알았다.

"너 여기서 뭐하니?"

나는 물었다. 마치 먼저 올라온 게 너이고 나중에 올라와서 너의 비행을 모두 목격한 게 나이기라도 한 것처럼. 너는 나를 탓하지 않았다.

"너를 보러 왔다."

"왜?"

나는 빨리 그 자리를 모면하고 싶었다. 재수생 형들이 내가 하는 짓을 알면 그냥 두지 않을 것이다.

"기차 타고 온갖 곳을 다 돌아다녔다. 네가 보고 싶어지더라."

너는 옥상으로 올라오는 문에 쇠를 걸었다. 나는 지붕의 감옥에 갇힌 셈이었다. 그래서 네가 말을 걸어오는 것을 잠깐 받아주었다. 하긴 그때 나는 한 번도 기차를 타본 적이 없는 중학생이기도 했다.

"어디로?"

"은척까지 갔다. 여기서 은척까지 있는 역마다 다 내렸다. 은척에서 여기까지 오면서 모든 역에 다 가보았다."

"바보야. 그 역이 그 역이지 뭐냐."

웃을 일이 없는데도 웃음이 나왔다. 너도 어색하게 웃었다.

"저 너머 방에 누가 사니?"

"몰라."

나는 그전처럼 냉정한 중학생으로 돌아갔다. 서둘렀다. 누가 올지도 몰랐다. 재수생 형들이 알면 나를 반쯤 죽여 중학생 반으로 도로 돌려보낼지도 몰랐다. 내가 너를 지나치려고 하자 네가 내 팔을 잡았다.

"그냥 갈 거야?"

네 손길에는 소름이 끼치도록 부드럽고도 질기고 단호한 힘이 들어 있었다. 그건 사랑에 빠진 자만이 가질 수 있는 것.

"그래."

나는 너와 사랑에 빠질 정도로 어리석은 중학생이 아니었다. 나는 쌀쌀하게 너를 뿌리쳤다. 너는 뜨겁게 호소했다.

"우리 이야기 좀 하자."

"할말 없어."

우리는 잠시 실랑이를 벌였다. 그런 와중에 네가 헐떡거리며 소근거렸다.

"그렇게 여자를 보고 싶니?"

"뭘?"

"네가 왜 옥상에 왔는지 안다."

나는 창피했다. 분했다. 너에게 화가 났다. 나를 막는다면 다시는 너를 보지 않으리라 다짐했다.

"내가 보여줄게."

"싫다."

"이따가 목욕탕 문 열면 건물 뒤로 와. 건물하고 담 사이로 좁은 길이 있다. 거기로."

"안 갈 거다."

나도 그 자리를 알고 있었다. 건물 뒤 사람 손이 닿지 않을 정도로 높은 담은 금방이라도 쓰러질 듯했고 그 위에 날카로운 유릿조각이 꽂혀 있었다. 담과 유릿조각은 담을 넘어 들어가거나 담 위에 올라 창문을 통해 목욕탕 안을 들여다보려는 저주받을 호기심을 억제하는 효과가 있었다.

"여섯시다."

너는 그 말만 하고는 가버렸다. 나는 손을 씻었다. 씻고 또 씻었다. 가지 않겠다고 맹세했다. 책상에 엎드려 잠을 잤다. 자려고 했다. 분명히 잠이 들었다. 그런데도 웬일인지 나는 여섯시에, 목욕탕 창문으로 김이 쏟아져나오기 시작할 무렵, 건물 뒤편 쓰러질 듯이 위태롭게 서 있는 담 아래에 서 있게 되었다.

"왔구나."

너는 미리 와 있었다. 너는 담 밑에 있는 판자를 치웠다. 판자 아래에는 네가 쌓아놓은 벽돌이 있었다. 그 벽돌을 딛고 담 위로 올라갈 수 있도록.

"올라가. 내가 받쳐줄게."

너는 나보다 키가 한 뼘은 더 컸다. 너는 나보다 두 배는 더 힘이 셌다. 네가 받쳐주면 될 것이다. 네가 올려주면 될 것이다. 네가 믿음직하고 성실해 보일수록 부끄럽고 창피한 마음이 커졌다. 그래서 나는 다른 핑계를 찾았다.

"담 위에 유리가 있잖아."

목욕탕 뒤편 창문은 담보다 더 높았다. 담에 올라서야 안이 보이는데 그 담 위에는 유리가 박혀 있는 것이다. 나는 기껏 호기심이나 채우자고 엉덩이가 찢어질 위험을 감수할 생각은 없었다.

"내가 치워놨어."

그랬다. 너는 몇 시간 전부터 미리 그곳에 와서 담 위로 올라간 다음 한 사람이 앉을 만한 자리만큼 유리를 부수어놓았다. 네가 소리를 내지 않으려고, 들키지 않으려고 얼마나 조심했는지, 왜 그런 일까지 했는지 내가 생각하는 동안 문득 내 발을 받쳐 올렸다. 나는 얼떨결에 담 위에 올라갔다. 올라탔다. 네가 밑에서 말했다.

"보이지?"

보이지 않았다. 목욕탕 안은 김으로 꽉 차 있었다. 김 속에서 어른거리는 것이 사람인지 고깃덩어리인지 구별이 되지 않았다. 사람이라 하더라도 그게 남자인지 여자인지도 구별할 수 없었다. 남자인지 여자인지 안다고 해도 옷을 벗고 있는지 입고 있는지 벗는 중인지 입는 중인지도 알 수 없었다. 내가 고개를 흔들자 밑에서 안타까워하던 네가 마침내 담으로 올라왔다. 너는 대포처럼 김을 쏟아내는 목욕탕 창문을 보고는 내게 사과했다.

"다음에 오면 보일 거야. 오늘은 재수가 없구나."

뾰족한 유리 위에 커다란 엉덩이를 힘겹게 걸친 네게 나는 괜찮다고 대답해주려고 했다. 네가 미안해할 필요가 없다고 말해주려고도 했다. 다시는 이따위 담 위에서 너하고 참새처럼 나란히 앉지 않겠다고 말하려고 했다. 그런데 그럴 틈도 없이,

"네, 네, 네이 요놈들!"

소리치며 목욕탕 안쪽에서 누군가 뛰어나왔다. 새벽의 희붐한 빛 속에서 손에 망치를 든 누군가. 나는 허둥대다가 구두를 떨어뜨리고 말았다.

"내 구두!"

누나가 사준 구두. 단 하나뿐인 내 구두. 너는 나를 담 바깥으로 떠다밀었다. 나는 담 밖으로 떨어져서도 구두, 구두를 외쳤다. 네가 안으로 떨어지는 걸 보고 절름거리며 도망쳤다. 너는 엉덩이를 유릿조각에 찢겼다. 망치로 정강이뼈를 맞았다. 그렇지만 담 아래로 떨어진 건 아니다. 네가 뛰어내렸다. 너는 주인에게 허리를 잡혔고 주인의 의기양양한 욕설을 들어가며 구두를 찾았고 찾고 나서는 주인을 떠밀어 나동그라지게 했고 구두를 들고 우리집 대문 앞으로 찾아왔다. 네가 말했다.

"미안하다."

생각해보면 나는 지금까지 너에게 한 번도 미안하다는 말을 한 적이 없다. 미안하다는 말은 모두 네 차지였다. 나는 구두 한 짝을 건네받았고 고맙다는 말도 하지 않았다. 나는 단 한마디 말만 했다.

"너는?"

너는 말없이 무릎까지 바지를 걷어 내게 보여주었다. 발목에서 무릎까지 시퍼렇게 멍이 든, 털이 무성한 네 다리를. 나는 돌아섰다. 그리고

"미안하다."

그 말이 네 입에서 나왔다.

"다음에 더 멋있는 걸 보여줄게."

그 말도 너의 입에서 나왔다.

2

어제의 어제는 오늘과 같았다. 빵공장에서는 오전 열시만 되면 김이 솟아올랐다. 김에는 빵이 익을 때 나는 고소하고 시큼한 냄새가 섞여 있었다. 그 냄새는 공장 근처 하늘을 연처럼 돌아다니다가 점심시간 직전에 교실로 흘러들어 아이들의 뱃속을 간지럽혔다. 아이들은 빵과 원수가 져서 빵만 보면 미친듯이 달려들어 먹어치우려고 했다.

"너, 빵집 계집애 알지."

교문 앞 빵집의 여자아이는 네 말처럼 계집애가 아니라 중학교를 졸업하고 집안일을 돕고 있는 처녀였다. 그 처녀를 모르는 아이들은 없었다. 학교를 갔으면 아마 고등학교 이학년? 그 처녀는 늘씬하고 아름답고 가슴이 불룩 솟았고 잔소리가 심했고 중학생들이 자신에 대해 관심을 가지는 것을 끔찍하게 싫어했다. 그 처녀 앞에서는 가장 싸움을 잘하는 아이를 포함해서 그 누구도 꼼짝 못하고 고개를 푹 숙인 채 원수 같은 찐빵만 배가 터지도록 먹는 수밖에 없었다. 언제든지 아이들을 얼려버릴 수 있는 그 차디찬 눈길, 경멸과 권태로 가득찬 표정, 쌀쌀하고 매운 손길. 그런데도 그 가게 앞을 그냥 지나쳐갈 수 있는 아이들은 거의 없었다. 학교 변소에 있는 낙서들, 낙서에서조차 찬양되는 그녀의 아름다움, 냉혹함의 신화는 아무것도 모르는 일학년 아이들조차 거부할 수 없는 은밀한 빵 배급과 같았다.

"난 계집애들한테 관심 없어."

나는 그렇게 대답했다. 그때 내가 관심을 가지고 있던 사람은 변소에서 그 처녀와 비슷한 빈도수로 발견되는 이야기의 주인공인 음악

234

선생이었다. 음악 선생은 계집애가 아니었다.

"걔 내가 먹었다."

거짓말. 그 처녀에게서는 늘 드라이아이스처럼 찬김이 뿜어져나왔다. 아이들이 빵가게 앞에서 일없이 조금 머뭇거리든가, 살짝 들여다본다든가 하면 당장에 용암과 같은 욕이 터져나왔다. 그 욕설의 첫대목이나 마지막 대목을 장식하는 말은 '대가리에 피도 안 마른 새끼들'이었다. 매일 똑같았다. 그런데 그 마녀 같은 처녀를 어떻게 했다고?

가을이 되자 딴 세상처럼 너와 내가 사는 세상에도 바람이 자주 불었다. 집 근처 예전 과수원 자리에 몇 그루 안 남은 배나무에는 작고 딱딱한 배가 열렸다. 곧 그 나무도 열매도 쓰레기에 묻힐 운명이었다. 너는 거기까지 나를 따라왔다. 미안하다면서도 늘 내 주변에 어른거렸다.

"걔를 좋아해?"

나는 그 처녀를 잘 몰랐다. 질투 같은 건 하지도 않았다. 아무 상관이 없었다. 그런데도 너는 뽐내며 말했다.

"나는 관심이 없는데 그 계집애가 자꾸 따라다니거든. 그런데 걔는 꼭 구멍난 속옷을 입는다? 너 좋아하면 하나 갖다줘?"

네가 그럴 때마다 나는 너를 경멸했다. 벌레 먹은 배가 떨어졌다. 내가 가려고 하자 너는 초조해했다.

"너한테 개 먹는 걸 보여줄까."

나는 네 눈을 들여다보았다.

"네 맘대로 해."

너는 풀이 죽었다. 그래도 끈질기게 속삭였다.

"내일 시험 끝나고 곰바위로 와줄래?"

나는 집에 와서 손을 씻었다. 네 말 같은 건 신경도 쓰지 않았다. 그런데도 내가 시험을 마치고 곰바위로 간 건 무엇 때문이었을까. 곰바위는 이따금 어른 남녀가 이상한 짓을 벌인다는 소문이 나 있는 학교 뒷산의 으슥한 곳이었다. 나는 그 전날 밤에 한잠도 자지 않았다. 시험 준비하느라 밤을 새우려고 했다. 그렇게 해서 다시 1등을 차지하려고 했다. 지옥을 빠져나가는 기차표를 얻으려고 했다. 너는 공부를 못하면서, 공부를 잘할 생각도 없으면서 공부 잘하는 나를 따라다녔다. 어른에 가까우면서 아이에 가까운 나를 좋아했다. 어쩌면 내가 너의 잘난 것 어느 한 가지라도 존중해줄 수 있다면 너의 맹목적인 헌신에 대한 빚 갚음이 될지도 몰랐다. 그리고 그리고 그리고 그리고 지옥에서도 나는 성장해야 했다.

내가 가방을 든 채로 바위 위로 올라갔을 때 너는 없었다. 처녀도 없었다. 나는 바위 위에 누워서 내가 왜 거기까지 왔는지를 생각해봤다. 누나가 첫 월급으로 사준 구두까지 신고, 그 구두의 콧등까지 까져가면서. 내가 네 말을 믿다니. 나는 지옥의 가을햇빛 아래에서 혼자 웃었다. 속아준 것으로 빚은 없다. 와준 것으로 깨끗해졌다. 나는 돌아가려고 했다. 그때 두런거리는 소리가 들려왔다. 나는 바위 위에 납작 엎드렸다. 그냥 그래야만 할 것 같았다. 그 목소리가 너의 것인지 다른 사람의 것인지 구별할 수 없었다. 굵어서 알아들을 수 없는 남자의 목소리에 이어 "추워" 하는 여자의 목소리가 들렸을 때 내 가슴속에 다른 사람이 들어 있어서 격렬히 다투는 것처럼 쿵쾅거렸다. 그리고 곧 무슨 뜻인지 알아들을 수 있는 소리가 들렸다. 그 소리를 내가 난생처음 들었음에도.

　그건 남자와 여자의 피부 가운데 가장 연약한 부분이 맞닿아 나오는 소리였다. 쯔읍, 하고 길게 끄는 소리. 짭짭, 하고 연속적으로 나는 소리. 쭈욱, 하고 무엇인가 잡아당겨지는 소리. 나는 소리를 내지 않으려고 가슴을 움켜쥐었다. 그다음부터는 아무 소리도 들리지 않았다. 빵냄새 비슷한 시큼한, 시궁창처럼 더러운, 목욕탕 김처럼 수상한 냄새가 한꺼번에 덤벼드는 것 같았다. 바위 위에서 내려다보이는 교정은 너무도 조용했다. 플라타너스들은 장난감 병정처럼 씩씩했고 어디선가 노랫소리가 들려오는 것 같기도 했다. 나는 바위 밑에 있는 사람들이 가버렸기를 바랐다. 그들이 갔으면 나도 가려고 했다. 아무도 없는 교정 한모퉁이에서 음악 선생의 노래를 들으리라. 그전처럼 알 수 없는 감정이 북받쳐 목이 멜지도 몰랐다. 나는 고개를 내밀었다. 아무도 없으면 바위에서 내려가려고.

　그런데 바위 밑에서 무엇인가 움직이고 있었다. 그건 누군가의 엉덩이였다. 그 엉덩이가 네 것인가. 나는 너에게 물어본 적이 없다. 네가 나에게 그때 곰바위에 와보았느냐고 묻지 않았듯이. 다만 그 엉덩이 아래에 길고 매끈한 두 다리가 더 뻗쳐 있던 것을 기억한다. 나는 눈부시다못해 아프도록 빛을 반사하는 흰 다리에서 눈을 뗄 수 없었다. 뒤에서 누군가 발을 잡아당기는 것 같아 나는 딸려가지 않으려고 애를 썼다. 앞에서 누군가 끌어당기는 것 같아 끌려가지 않으려고 기를 썼다. 행여 떨어질까 싶어 모자를 움켜쥐었다. 그동안 다리의 모양이 바뀌었다. 다리의 주인이 드러났다. 그건 눈을 감고 있는 빵집의 처녀였다. 머리칼이 흐트러진 처녀였다. 그 처녀의 다리가 흔들리고 앙다문 입술이 흔들렸다. 내 입에서는 단내가 났다. 눈앞에 엄청난 밝기의 전구가 켜진 듯했다.

확실치는 않다. 확실치 않아. 그 처녀가 언제 눈을 떴던가. 나와 눈을 마주치기까지 얼마나 오랫동안 눈을 감고 있었던가. 오오, 나는 돌이 굴러내려 내가 보고 있었다는 것을 들키고, 소리가 나서 놀란 두 사람이 떨어지는 것도 아랑곳하지 않고 뛰어내려, 긁히고 찢기는 것도 모르고 수백 미터 산길을 뛰어내려갔다. 그녀의 눈은 집에까지 따라오고 꿈속까지 따라오고 내가 처음 여자와 자던 이십대의 어느 날까지 나를 따라왔다. 어쩌면 지금까지도 가끔 따라온다, 따라온다, 그 눈이.

나는 사랑에 빠졌던 것이다. 바로 그 처녀의 눈에 빠졌다. 놀람과 분노와 당혹감을 한껏 떠진 눈으로 총알처럼 쏘아보내던 눈빛. 희고 검은 부분의 경계선이 지금도 손으로 그릴 수 있을 만큼 뚜렷한 그 눈. 동그란 눈. 홉뜬 눈.

3

그날 이후 매일이 똑같았다. 나는 너를 상대하지 않았고 그 처녀는 중학생을 상대해주지 않았다. 우리는 서로 멀리 떨어져서 도는 행성과 같았다. 너는 슬픔에 잠겨 네 마음대로 했고 나는 시름에 겨워 내 마음대로 했다. 너는 연합고사를 몇 주일 앞두고 퇴학을 당했고 나는 지옥에서의 마지막 시험을 치렀다. 네가 사라지고 나서 그 처녀도 사라졌다. 그 처녀가 사라짐으로 해서 내 첫사랑은 끝났다.

졸업식을 하기 전에 숫자가 적힌 종이쪽을 나누어받았다. 그 번호를 가지고 추첨을 해서 진학하게 될 고등학교를 정한다고 했다. 공고나 상고, 특수지 고등학교에 진학하게 된 아이들은 그런 종이쪽 따위는 받지 않았다. 불합격자에게는 당연히 그런 종이쪽이 돌아가지 않았다. 그러니 학교를 중퇴하고 검정고시도 보지 않고 연합고사를 보지도 않았으며 공고나 상고에는 관심도 없는 네가 그 종이쪽을 나누어주는 특정한 날, 특정한 장소에 나타난 것은 이상한 일이기는 했다.

나는 종이쪽을 받자마자 교실 밖으로 뛰쳐나갔고 해방의 포만감으로 누나처럼 뚱뚱해지고 너처럼 키가 커져서 운동장을 달렸다. 빵집 간판이 넘겨다보였을 때 잠시 멈추었지만, 사랑은 다 그런 법이라는 노래 가사를 떠올렸을 뿐. 그때 맑은 햇빛을 받으며 걸어오는 너를 보았다. 너는 두껍고 커다란 외투를 입고 보기에도 멋진 모자를 쓰고 있어서 딴 세상에서 온 부자처럼, 기차 기관사처럼, 원양어선 선장처럼, 우주인처럼 보였다.

"어디 가니?"

"너는?"

우리는 운동장에서 마주섰다. 네가 천천히 다가왔다. 너를 보는 게 마지막이라는 느낌이 든 건 왜였을까. 네 얼굴을 비추는 노란 햇빛은 내가 가게 될 다른 좋은 세상에서 오는 것 같았다. 해를 등지고 있는 내 몸에서 뻗은 그림자는 짧고 짙었다.

"한번 안아보자."

"그래."

나는 처음으로 너의 부탁을 받아주었다. 너는 나를 안았다가 안았던 팔을 풀고 외투 단추를 급하게 풀면서 말했다.

"너, 다시는 안 오겠구나."

"그래."

너는 외투를 벌렸다. 나는 네 품안에 들어갔다.

"사랑한다."

너는 나를 깊이 안았다.

"나도."

　지나가던 아이들이 우리를 이상하다는 듯이 쳐다보았다. 지옥의 빵 공장에서 빵 트럭이 쏟아져나오고 딴 세상 바다에선 고래들이 펄쩍 뛰어오르던 그때, 나는 비로소 내가 사내가 되었다는 것을 깨달았다.

작가의 말

1.

두 세기에 걸쳐 있다고는 해도 돌아보면 멀지 않은 길, 그 길을 오래도록 숨차게 달려왔다. 자꾸 돌아보게 되는 것은 청춘이 거기 있기 때문. 사람들 간데없고 추억은 남아 있다. 그리고 책이 남았다. 사랑한다고, 사랑했노라고 말해줄 것을!

2003년 3월

2.

이 세계 속에서 나는 더이상 변하지 않을 것이다.

2016년 10월
성석제

문학동네 소설
첫사랑
ⓒ 성석제 2016

1판 1쇄 2016년 10월 12일
1판 6쇄 2023년 1월 3일

지은이 성석제
책임편집 이연실 | 편집 김봉곤
디자인 김현우 유현아
마케팅 정민호 이숙재 박치우 한민아 이민경 안남영 왕지경 김수현 정경주 김혜원
브랜딩 함유지 함근아 김희숙 고보미 박민재 박진희 정승민
제작 강신은 김동욱 임현식 | 제작처 영신사

펴낸곳 (주)문학동네 | 펴낸이 김소영
출판등록 1993년 10월 22일 제2003-000045호
주소 10881 경기도 파주시 회동길 210
전자우편 editor@munhak.com | 대표전화 031) 955-8888 | 팩스 031) 955-8855
문의전화 031) 955-2689(마케팅) 031) 955-1905(편집)
문학동네카페 http://cafe.naver.com/mhdn
인스타그램 @munhakdongne | 트위터 @munhakdongne
북클럽문학동네 http://bookclubmunhak.com

ISBN 978-89-546-4251-4 03810
* 이 책의 판권은 지은이와 문학동네에 있습니다.
  이 책 내용의 전부 또는 일부를 재사용하려면 반드시 양측의 서면 동의를 받아야 합니다.
* 이 도서의 국립중앙도서관 출판예정도서목록(CIP)은 서지정보유통지원시스템 홈페이지
  (http://seoji.nl.go.kr)와 국가자료공동목록시스템(http://www.nl.go.kr/kolisnet)에서
  이용하실 수 있습니다.(CIP 제어번호: 2016022740)

www.munhak.com